문학의 이해와 감상

문학의 이해와 감상

임 용 택

박문사

　오랫동안 대학에서 「문학의 이해」수업을 담당하면서 느낀 것은 현재 국내에 출판된 문학이론이나 개론(概論) 관련 저술의 다수가 시와 소설론을 중심으로 문학의 장르나 역사, 문예사조, 순수 비평이론 등 여전히 다소 경직된 고전적 기술방식에 집중돼 있다는 점이다. 무엇보다 문학이 오늘 현대사회에서 지니는 실용적 가치와 기여도를 비롯해, 최근 우리 사회에서 중요한 비중을 차지하는 (대중)문화 분야나 문학 이외의 장르와의 유기적 조화에 대한 적극적 관심과 언급이 부족하다는 인상을 지울 수 없다. 이러한 현상은 문학을 여전히 실생활과는 동떨어진 보수적이고 딱딱한 비평영역으로 남겨둘 우려가 있다. 이에 본 저술은 문학의 효용적 가치를 최우선으로 삼아 현대사회의 인간의 삶과 밀접한 관련을 지닌 사항과 내용을 기술함으로써, 궁극적으로 문학을 현대사회 및 문화의 특징과 구조를 이해하는 자료로 삼고자 한다.

　아울러 기존의 문학이론 관련 저술에서 부족하다고 여겨지는 점은 문학작품을 어떻게 읽고 분석해야 하는가의 구체적 감상법과 그것이 지닌 의미성이다. 이론에 대한 서술은 있으나 실제로 작품의 감상 및 분석에 어떻게 적용할 것인가, 그것이 오늘을 살아가는 우리에게 어떤 의미를 부여하는가의 고민은 본 저술의 또 다른 주안점이

될 것이다. 문학은 사회 파악의 척도이자 기본적으로 인간의 존재와 삶을 다루는 인간학의 일환이기 때문이다. 다양한 문학이론의 백화점식 나열이나 제시에 머물지 않고, 작품의 상황을 우리 현실에 조화시켜 문학을 실생활에 유익한 실용적 학문 분야로 인식하는 계기를 제공하고자 하는 것도 본 저술의 커다란 지향점이다.

본 저술은 크게 6부로 구성된다. 제1부 〈문학일반〉에서는 문학의 기본적 정의와 기능을 비롯해, 주된 감상법인 모방론·표현론·효용론(수용론)·객관적 존재론(구조론)을 조명해 작품 감상의 틀을 제시한다. 이어서 문학이론과 분석에 필요한 제반 용어 및 기초적인 개념을 설명함으로써, 문학이라는 학문 분야의 전체적 성격을 개관하고 이해를 도모한다.

제2부 〈문학과 언어〉에서는 문학에서 가장 중요한 수단인 언어와 관련된 주요 사항을 종합적으로 점검한다. 특히 소쉬르로 대표되는 언어학·기호학 이론을 문학과 접목시켜 문학작품에서 언어가 수행하는 기능과 역할을 면밀히 검토한다. 나아가 문학 언어와 일상 언어와의 차이 및 문학작품을 하나의 거대한 담론(談論)으로 간주하는 구조주의 관점을 적극 활용함으로써, 현대문학에서 언어가 차지하는 비중과 중요성을 확인하고자 한다.

제3부 〈문학과 예술〉에서는 문학작품을 일정한 기호적 의미를 지닌 텍스트로 간주해 미술이나 음악과 같은 다른 예술 장르와의 유기적 관계에 초점을 맞춘다. 이를 위해 문학 텍스트들은 독자들의 열린 해석에 개방돼 있다는 텍스트성 이론, 모든 예술 텍스트들이 내부적으로 연결돼 있다는 상호텍스트성 이론 등을 바탕으로 문학과 미술, 문학과 음악의 관련성을 구체적으로 점검한다.

6

이은 제4부 〈문학과 문화비평〉에서는 기호학적 언어이론에 바탕을 둔 구조주의 문화비평을 문학 텍스트 분석에 접목시켜 조명한다. 구체적으로 소설과 같은 문학작품은 물론 드라마, 영화의 미디어 콘텐츠의 서술구조 분석을 우리 사회에 통용되는 허구적 관념인 '신화'의 관점에서 논함으로써, 일상생활에서 효용성을 발휘할 수 있는 문학연구 방법론 제시에 주력한다. 그 밖에도 1960년대의 새로운 문학연구를 모색한 컬추럴스터디스와 영화소설, 영화시의 설명도 의미 있는 작업이 될 것이다.

제5부 〈현대사회와 문학〉에서는 1960년대 이후 오늘날까지 화두가 되고 있는 포스트모더니즘과 페미니즘의 특징과 성격의 고찰이 주된 관심사이다. 현대사회를 살아가는 인간의 삶의 기록으로서의 문학을 다각도로 검토하고 외연을 확대하기 위함으로, 포스트모더니즘 문학과 페미니즘 문학은 현대사회의 흐름과 양상을 이해하는 유용한 수단이 될 것이다.

마지막 제6부 〈현대문학과 성〉에서는 현대문학을 논할 때 불가분의 관계를 갖는 성(性)과 신체를 프로이드의 정신분석학을 비롯한 근대학문의 성과를 바탕으로 다양한 작품과 함께 분석한다. 특히 신체와 성을 에워싼 고전적 인식과 근대적 시각의 차이는 포르노그래피나 성도착과 같은 첨예한 사회문제와 문학적 형상화의 측면에서 신중히 접근할 필요가 있다. 예술적 인간학으로서의 문학의 중요성을 여실히 드러내는 또 다른 예가 될 것이다.

전체적으로 이러한 세부 내용들은 단순한 이론 제시에 머물지 않고 실제 작품 감상의 충분한 비중으로 중요성을 확인할 수 있을 것이다. 본문에서 소개하고 감상하게 되는 주요 작품들은 국문학을 중심으로 서양문학과 전공분야인 일본의 문학작품들을 소설과 시를 중심으로 이론적 설명을 뒷받침하는 형태로 제시해 보았다.

끝으로 무엇보다 본 저술은 정교하고 엄정한 학술논문과 같은 고도의 연구 성과를 염두에 둔 것은 아니며, 정년을 목전에 둔 시점에서 이제까지의 강의내용을 정리해 본 일종의 개인적 기록임을 강조하고 싶다. 따라서 기술방식이나 체제 면에서 부족하고 미흡한 부분에 대해서는 독자들의 너그러운 이해를 구하고자 한다.

9

11

제1부

문학일반

문학의 정의

문학이라는 용어가 처음으로 사용된 것은 『논어(論語)』로, 일반 문장과 유교의 가르침을 담은 경서(經書)를 지칭하는 것으로 인식되었다. 참고로 우리나라에서는 보통 문장(文章)이라는 표현을 사용하다가 근대에 접어들어 'literature'의 번역어로 유입되었다.

문학의 고전적 정의는 "일종의 위대한 언어로, 문자로 기록된 모든 것"(M.Arnold 1822~1888), "문자로 기록된 학문과 지식 · 상상의 결과"(J.E.Worcester 1784~1865) 등으로 요약되나, 이에 따르면 수학이나 물리학에 관한 저술들도 문학의 범주에 들어가게 되므로 어디까지나 광의의 개념에 불과하다. 보다 구체적인 개념은 다음 문장을 통해 확인 가능하다.

> "(문학이란)산문이건 운문이건 반성보다는 상상의 결과요, 교훈이나 실제적 효과보다는 될 수 있는 한 많은 국민에게 쾌락을 주는 것을 목적으로 하고, 특수한 지식이 아니라 일반적 지식에 호소하는 저술로 이루어진다."(H.Posnett 1855~1927)

문학은 창작 과정에서 경험보다는 인간의 상상력을 중요시하는데, 작자의 직접 체험만으로는 한계가 존재하기 때문이다. 나아가 문학은 단순히 교훈이나 지식이 아닌 정서를 전달함으로써 독자에게 쾌락을 주게 되며, 전문인이 아닌 일반인들이 쉽게 이해할 수 있어야 한다는 점에서 일반적 지식을 지향하게 된다.

궁극적으로 문학의 현실적 정의는 인간을 다루는 인간학의 범주에서 논해져야 한다. 물론 작품의 제재나 소재로 자연을 다루기도 하고 사회문제를 논하기도 하지만, 근본적으로는 인간의 제반 사항 특히 삶의 문제를 주된 대상으로 삼는다. 또한 인간학이라고 해도 인간을 철학적으로 다루거나 생물학적으로 분석하고 이해하는 것이 아니다. 결국 문학은 일정한 미적 형식을 바탕으로 인간을 예술적으로 다룬다는 점에서 예술적 인간학에 가깝다.

문학읽기의 목적

주지하듯 문학은 역사, 철학과 함께 인간의 지적 영역을 다루는 인문학의 주요 영역으로서, 다양한 사람들의 정신활동의 기록인 글(작품)로 많은 사람들의 감정 · 사상 · 사고를 파악할 수 있다. 그렇다면 역사, 철학과 문학의 차이점은 무엇일까. 인류의 삶과 사회의 발자취의 기록인 역사와, 역사를 이해하는 논리적이고 합리적인 이론의 토대를 제시하는 철학에 비해, 문학은 역사의 기록이나 철학의 이론이 실제로 인간의 삶 속에서 어떻게 활용되고 궁극적으로 어떤 형태로 사회의 형성과 변화에 작용해왔는가를 종합적으로 탐구하는 학문 분야이다.

역사나 철학, 사상 혹은 심리학과 같은 인문학의 제반 분야를 잘 차려진 음식에 비유한다면 문학은 음식을 실제로 섭취함으로써 얻게 되는 육체적 자양분과 정신적 만족감 등 삶의 행위에 수반되는 모든 의미성을 종합적으로 반영한다. 환언하자면 문학작품에는 당시 사회의 배후에 존재하는 작자의 사상과 철학이 복합적으로 나타나게 되며, 따라서 문학읽기 즉 독서의 궁극적 목표는 역사의 기록이나 작자의 철학과 사상이 우리에게 어떠한 감동으로 다가오는가, 그것이 독자의 삶에 어떠한 긍정적 요인으로 작용할 수 있는가를 느끼고 이해하는 것에 있다. 간혹 문학을 어렵다고 느끼는 이유는 고등학교 국어 수업에서 작품을 접하면서 순수한 감동으로 느끼고 음미하기에 앞서 연구하고 분석하려 했기 때문으로, 이른바 입시위주 교육이 초래한 부정적 결과로 볼 수 있다.

문학을 왜 읽어야 하며 무엇을 위해 읽어야 하는가의 문제는 효용성의 관점에서 접근해야 한다. 다시 말해 문학작품 읽기가 우리 삶에 어떤 이로움을 주는가에 대한 대답은 문학이 인간의 성장 과정인 삶 속에서 지적·정서적 발달을 돕는다는 점이다. 문학은 자기가 미처 겪지 못한 타인의 삶을 간접적으로 체험함으로써 보다 나은 삶이 될 수 있도록 도움을 주고 자기발전 즉 자아 확립을 도모하는 원동력이 된다.

무엇보다 문학읽기의 주체인 독자들의 자아와 작품 속의 세계가 서로 교섭하는 상호작용은 독서 주체인 우리들의 자아확충을 가져오고 독서의 궁극적인 목표가 된다. 이때 중요한 것은 문학작품을 읽고 무언가를 얻으려는 주체적이고 자발적인 향상심이다. 만약 타의적으로 문학읽기를 한다면 작품 속 다양한 등장인물들의 간접체험은 오히려 자신의 정체성 형성에 혼란을 초래할 수 있다. 일례로 자살을 다룬 작품을 접할 때 자살을 초래한 등장인물의 고뇌와 사회의 문제점을 인식하고 수정하는 계기로 삼아야 한다. 만약 자살이라는 극단적 행위의 일과성이 지닌 미묘한 매력이나 호기심에만 빠져든다면 독자는 자살을 미적인 것이나 고통스러운 현실에서 벗어나는 효과적인 방법으로 여기고 무의식적으로는 이를 동경하게 될 것이다. 자살을 다룬 작품에 담긴 작가의 참된 메시지를 이해하기 위해서는 반드시 독자들의 사고능력이 뒷받침돼야 하며 흔히 영화나 드라마 시청에 연령제한을 두는 이유이기도 하다.

문학의 본질과 감상법

　미국의 문학평론가 에브람스(M.H.Abrams 1912~2015)는 과연 문학은 어떤 것이며 어떻게 바라다 볼 것인가의 문제에 대해, 문학의 전체 상황을 좌우하는 네 가지 요소로 '우주(universe)', '작품(work)', '작가(artist)', '독자(audience)'를 들면서, 이들의 관계를 바탕으로 '모방론', '표현론', '효용론', '객관적 존재론'의 관점을 제시하고 있다.

▌ 모방론

'모방론(mimetic theories)'은 그리스어의 모방을 의미하는 '미메시스 (mimesis)'에서 유래되었고, 삼라만상의 세계인 우주와 작품과의 관계에 초점을 맞춘 관점이다. 문학은 우주의 본질을 모방하거나 재현한다고 여긴다. 모방은 고대 철학자인 플라톤(Platōn)과 아리스토텔레스 (Aristoteles) 이후 오늘날까지 존재하는 중요한 비평용어로, 특히 13세기 말에서 15세기에 이르는 르네상스시대를 거쳐 고전주의(Classicalism)가 성립된 17세기 이전까지 커다란 영향력을 발휘하였다.

플라톤에 따르면 예술작품에서 표현되는 만물은 단지 일시적으로 존재하는 허상에 불과하며, 문학 혹은 예술은 '이데아(idea)'로 불리는 인간의 이성에 의해서만 인정되는 사물의 실체인 진실·진리를 모방한 것으로 간주한다. 근본적으로 인간의 지적(知的) 생산의 모든 결과물은 모방이며, 모방이 곧 예술이라는 기본인식을 지닌다. 모방의 결과물은 결코 진리가 될 수 없음에도, 인간들은 관념적 허상에 사로잡혀 사물을 단순히 복제(모방)해 왔다고 비판한다. 표면적으로는 문학·예술의 가치를 폄하하고 있는 것으로 보이나, 실제로는 눈에 보이지 않는 우주의 순수한 진리를 표현하는데 문학이 가장 효과적인 기능을 발휘한다는 시각을 드러내고 있다. 실제로 플라톤의 모방론은 훗날 칸트(I.Kant 1724~1804)나 헤겔(G.W.F.Hegel 1770~1831) 등의 관념철학자들에게 큰 영향을 미치게 되었고, 동양에서도 우주의 진리이자 가르침을 뜻하는 도(道)를 윤리적 혹은 정신적 의미보다 우주의 질서를 표현한 것으로 여기는 점에서 문학의 의미성을 강조하고 있다.

한편 아리스토텔레스는 모방이야말로 문학을 포함한 모든 예술의 본질이라는 견해를 피력한다. 모방은 인간의 본능이고 이러한 본능을 만족시키는 것을 즐거운 것으로 여긴다. 이때 인간이 모방하는 대상은 살아가는 삶의 기록으로서의 인생이며, 그것을 성립시키는 과정에서 자연과의 조화를 이룬다고 보았다. 아울러 인생에서 일어나는 갖가지 사실들은 역사처럼 특수한 것이 아니며, 인간이 살아가면서 느끼는 진솔한 삶의 내용으로서, 이를 가장 잘 드러낸 것이 시라는 '시학(詩學)'의 기본 개념을 제시하고 있다.

아리스토텔레스는 문학을 자연물처럼 형상을 지닌 실체로 파악하면서, 문학이 자연을 모방하는 이유는 자연이 실체를 지닌 구조물이자, 전체와 부분의 조화를 이룬 유기적 생명체이기 때문이라고 말한다. 즉 문학은 유기적 생명체를 구성하는 자연의 원리를 모방한다는 설명이다. 이를테면 "시내가 강을 이루고 강이 바다를 이루듯이 우리 인간도 영원히 혼자인 경우는 없다", "꽃은 피면 언젠가는 반드시 떨어지듯 사람도 태어나면 언젠가는 죽는다"와 같은 주장은 자연의 진리를 인간의 삶으로 유추해 포착한 예이다.

이상의 내용을 종합할 때 모방을 에워싼 플라톤과 아리스토텔레스의 차이점이 드러난다. 플라톤은 만물이 표상하는 보편적 진실인 자연·우주의 질서를 현실과 이상(이데아)의 이원론적 세계관에 입각해 파악하고 있다. 나아가 그러한 보편적 진실을 직시한 초월적 형상이 이데아이며, 문학이나 예술은 단순한 허상의 존재인 현실을 모방한 것에 불과하다는 것이다.

이에 비해 아리스토텔레스는 보편적 진실은 이데아와 현실처럼 개체적으로 분리돼 있지 않으므로, 문학이나 예술로 보편적 진실인 자연 즉 우주의 질서를 유추하고 인식할 수 있다는 견해를 피력한다.

결국 모방은 무엇인가를 흉내 내는 것이며, 모방하려는 대상의 원형 또한 분명히 대상 내부에 존재한다는 논리가 된다. 결국 모방된 것이 모방한 대상을 능가할 수 있는 탁월성을 지니고 있을 때 예술작품의 존재 가치를 인정할 수 있다는 견해이다. 물론 이를 위해서는 예술작품을 성립시키는 저자(작가)의 능력이 중요하며, 독자로 하여금 생생한 리얼리티를 생성시켜야 한다.

▌ 근대이후의 모방론으로서의 반영론

근대이후의 모방론을 흔히 '반영론(反映論)'이라고 부른다. 그러나 문학은 인간의 본질적 특성인 보편성과 우주의 원리를 모방한 것이라는 플라톤과 아리스토텔레스의 주장과는 근본적으로 다른 성격을 지닌다. 단적으로 설명하면 문학을 현실의 반영이요 역사의 반영이자 삶의 반영으로 간주한다. 따라서 자연스럽게 문학의 사실성에 치중하는 리얼리즘(Realism) 문학이나 사회 구성원의 계층적 자각과 이데올로기를 중시하는 마르크스 문학론과 접목된다.

리얼리즘은 삶의 조각 혹은 파편이라는 뜻으로, 문학이론에서는 현실의 정확한 표상(表象 representation)을 제공하는 픽션의 방법 혹은 형식으로 정의된다. 결국 표상은 인간이 특정 사물이나 사항에 대해 떠올리는 상징적 이미지 혹은 모습을 의미한다.

리얼리즘 문학은 19세기 소설을 중심으로 전개되었고 보통 '사실주의'로 부른다. 영국의 조지 엘리엇(G.Eliot 1819~1880), 프랑스의 발자크(H.Balzac 1799~1850)와 에밀 졸라(E.Zola 1840~1902), 러시아의 투르게네프(I.S.Turgenev 1818~1883), 톨스토이(L.N.Tolstoy 1828~1910) 등이 대표적 작가로 거론된다. 리얼리즘 문학은 문학작품을 인생과 현실의 관계 속에서 파악하고 작품 속 현실의 충실한 재현과 모방을 추구한다. 그 과정에서 평범한 작중 인물들의 삶과 일상적 사건에 초점을 맞추고 다양한 사회의 계층(계급)을 다룬다.

참고로 낭만주의 문학 또한 리얼리즘 문학과 동일하게 인생을 재현하지만, 미적 요소를 중시해 실제보다 아름답고 영웅적으로 묘사한다는 점에서 차별된다. 리얼리즘 문학은 낭만주의의 주관적 감정이나 지나친 감상(感傷)적 태도를 지양하고 사물을 객관적으로 파악하려고 노력한다. 다음에 언급하는 19세기의 자연주의(Naturalism)문학은 리얼리즘 문학의 대표적 형태의 하나이다.

자연주의 문학의 특징은 산업화 · 물질화된 근대사회의 어두운 단면과 작중 인물의 인생사를 과학적이고 객관적으로 묘사하는 것으로 압축된다. 대표 작가인 에밀 졸라는 자신의 소설을 '과학적 실험'으로 여기면서, 인간의 행동과 성질은 통제를 벗어난 진화론적이고 생물학적인 힘에 의해 결정된다고 판단하였다. 따라서 인간은 전적으로 자연의 질서 속에 소속되며, 특히 생물학적 유전요인이나 환경에 영향을 받는다는 것이다. 실제로 자연주의 문학작품 속 인물들은 탐욕적이거나 동물적 충동에 지배받는 부정적 성향을 드러내고, 이를 초래한 사회의 압력이나 환경, 의학적 요인들에 관심을 기울인다. 그 과정에서 철저한 고증과 객관적 묘사에 치중하므로 작품의 결말은 어둡고 비극적이다.

다음으로 마르크스주의 문학은 리얼리즘의 핵심인 현실을 첨예하게 반영하므로 반영론의 가장 민감한 문학 장르로 평가된다. 마르크스주의는 자본주의 사회에서 부르주아(유산자) 계급에게 경제적으로 억압받는 노동자(프롤레타리아) 계급을 해방시키려는 정치적 이념을 지니므로 문학작품을 철저하게 이데올로기의 실현이나 혁명을 위한 도구 내지는 수단으로 인식한다. 자본주의 체제하의 무산자 계급의 경제적 억압과 투쟁을 통해 인간의 소외를 현실적으로 반영하고 있는 것이다. 자본주의 사회의 현실적 모순을 직시하고 역사적(시대적) 인식을 바탕으로 노동자 계급을 해방하려는 정치적 이념에 주력하는 사상성의 강조로 인해 필연적으로 예술적 완성도는 결여될 수밖에 없다.

지금까지 설명한 모방론과 반영론을 이해하기 위해 작품 한편을 예로 들어 설명해 본다.

까마득한 날에
하늘이 처음 열리고
어디 닭 우는 소리 들렸으랴.

모든 산맥들이
바다를 연모(戀慕)해 휘달릴 때에도
차마 이곳을 범(犯)하던 못하였으리라.

끊임없는 광음(光陰)을
부지런한 계절이 피어선 지고
큰 강물이 비로소 길을 열었다.

지금 눈 내리고

매화향기 홀로 아득하니

내 여기 가난한 노래의 씨를 뿌려라.

다시 천고(千古)의 뒤에

백마(白馬) 타고 오는 초인(超人)이 있어

이 광야에서 목 놓아 부프게 하리라.

– 이육사(1904~1944) 〈광야〉

    고등학교 국어 교과서에 등장하는 널리 알려진 작품이다. 수록 시집은 유고시집인 『육사시집』(1946)이지만 실제 성립 시기는 일제의 탄압이 극심하던 무렵으로 추측된다.

    우선 모방론의 관점에서는 광활한 대지인 "광야" 속 자연의 모습과 진리가 떠오른다. 구체적으로 대지가 존재하기 시작한 "까마득한" 태고(太古)이래 "끊임없는 광음"의 오랜 시간의 연속 속에 변함없는 표정으로 군림해 온 "산맥", "강물", "매화향기"의 자연의 모습이다. 핵심 표현인 "천고의 뒤에 백마 타고 오는 초인"은 유구한 자연의 섭리를 신봉하고 받드는, 인간이 닮고 싶은 초연한 절대자에 해당한다. 우주의 섭리를 주관할 수 있는 이상의 존재로서, 플라톤이 말한 인간의 합리적 이성인 이데아의 산물로 볼 수 있다.

    다음으로 반영론의 관점에서 "초인"은 시인의 이상이 반영된 바람직한 삶의 모습을 떠올리는데, 배후에는 초인의 출현을 추구하는 작자의 희망이 자리하고 있다. 주목할 표현인 "가난한 노래의 씨"는 작자가 당면하고 있는 현실적 삶의 자성적 시각에 다름 아니다. 특히 시의 성립 시점이 일제 식민지치하임을 상기할 때 조국광복의 염원을 담은 것으로 파악 가능하다. 다만 고려할 것은 이와 같은 판단에 이르는 과정 속에서 흔히 저항시인으로 불리는 이육사의 생애가 주요 근거로 작용하고 있는지의 여부이다. 즉 상황적으로 일제 치하를 떠올리는 과정에서 이육사의 시인으로서의 전기적(傳記的) 행보가 강조된다면 이어 설명하는 표현론의 해석 태도가 된다. 결국 반영론은 해당 작품이 성립된 시대 상황을 우선적으로 고려하는 관점이다.

▌표현론

'표현론(expressive theories)'은 문학작품과 작가의 밀접한 관련성을 중시하는 작가 중심주의 입장을 취한다. 문학작품을 작가의 내면이 가장 유사하게 묘사된 비유적 표현의 형상화로 여기고, 작가의 개별적 체험이나 내면의 감정을 중시한다. 문학이 인간의 외부에 존재하는 우주의 삼라만상을 모방한 것이라는 모방론의 관점과 대립되는 시각이다.

만약 작품의 제재가 외부로부터 도입되었다 하더라도 자연과 같은 주변 사항에 대한 모방이나 반영의 결과가 아니며, 외부세계의 구체적 사물이 작가의 정신에 의해 창조적으로 전환된 것으로 간주한다. 자연을 인간의 눈에 비친 수많은 외부 사물의 하나로 인식하고, 이에 대해 아름답다거나 삭막하다는 작자의 감정을 중요시한다.

표현론의 중심에는 낭만주의가 존재한다. 가장 큰 이유는 낭만주의에서는 독자가 문학작품을 읽고 감동하는 이유를 작품 속 작가의 개인적 체험이나 상상 등의 내부에서 찾고 있기 때문이다. 따라서 표현론적 문학연구자들은 문학작품을 읽을 때 개별적 감정과 상상을 성립시킨 작가의 전기적 요소에 관심을 기울인다.

표현론적 관점에서 이육사의 〈광야〉를 논할 경우 "이육사의 저항 시인으로서의 의연한 기상과 절개를 '바다', '산맥', '매화향기' 등의 자연 소재로 효과적으로 표현하고 있다"고 본다면 가장 일반적인 표현론적 감상이다. 이에 대해 "일제 치하의 암울한 현실에 중심적으로 착목해, 광복을 향한 염원을 초인, 광야의 은유적 표현으로 묘사하였다"고 한다면 전술한 반영론적 감상이 된다. 이처럼 반영론적 관점과 표현론적 관점은 불가분의 관계를 지닐 수밖에 없다. 〈광야〉를 시인의 전기적 행보에 치중해서 본다면 표현론적 관점이고, 시가 처한 사회 현실을 중시한다면 반영론적 관점이 된다.

▌효용론과 '독자반응비평'

'효용론(pragmatic theories)'은 문학작품과 독자와의 연관성에서 제기되는 관점이다. 작품이 독자에게 어떤 영향을 주며, 궁극적으로 지향하는 바가 무엇인지를 규명하는 독자 중심주의에 입각하고 있다. 문학은 왜 존재하며 무엇을 할 수 있는가라는 사변적 물음에서 출발해, 독자를 향한 문학의 기능을 논하는 입장이다. 역사적으로 효용론은 문학작품이 독자에게 쾌락을 제공해야 하는가, 아니면 가르침(교훈)을 주어야 하는가라는 기능에 관심을 기울인다. 문학을 포함한 예술을 독자에게 무엇인가를 제공하기 위한 수단 및 도구로 간주하면서, 목적 달성의 성공여부에 따라 가치를 판단한다. 필연적으로 실용성을 강조하게 되므로 '실용론'으로 부르기도 한다. 효용론적 입장의 실용주의 비평가들은 문학작품은 독자에게 일정한 반응을 불러일으키기 위해 만들어진 것이고, 작품의 성공여부는 독자의 반응이나 요구에 좌우된다고 여긴다. 결국 효용론에서 가장 중요시하는 것은 독자의 반응이다. 그 배후에는 기존 문학연구가 작품 혹은 작가에만 치우쳐 독자를 도외시해왔으며, 문학사 또한 작가와 작품의 역사적 사실의 기술에만 치중해왔다는 반성적 자각이 자리하고 있다.

이러한 독자의 반응을 중시하는 효용론적 비평 태도가 '독자반응비평(reader-response criticism)'이다. 동 비평은 독자들을 성별 · 계급(계층) · 종족(인종)의 특정 범주에 입각해 작품 수용방식을 이해하고 이론화한 개념으로 1960년대 이후 성립되었다. 기본 정신인 "저자는 죽었다"라는 인식하에 작품에 내재된 저자(작가)의 의도와는 무관하게 독자의 반응과 해석에 관심을 기울이고, 작품을 구축하는 독자의 독서과정에 초점을 맞추어 작품의 의미를 다양하게 해석한다. 아울러 이러한 독자반응비평을 발전시킨 주장이 효용론적 입장에서 비롯된 수용론(受容論)이다.

▮ 수용론과 '기대의 지평'

1960년대 말부터 독일에서 제시된 '수용미학(受容美學 Rezeptionsästhetik)'을 영어권에서는 '수용론(reception-theory)'으로 부르며, 핵심은 독자반응비평을 특화한 개념인 '기대의 지평(horizon of expectations)'에 찾을 수 있다.

기대의 지평은 독자가 작품(텍스트)을 접하고 수용하는 과정에서 정치체제, 사회구조, 교육제도와 같은 환경적 요인과 개인의 지식,

이해력을 바탕으로 작품에 일정한 기대치를 가지고 감상에 임하는 것과 마찬가지로, 작가 또한 자신이 작품에서 전하려는 의도를 독자가 제대로 이해하고 수용해 주기를 바라는, 독자를 향한 기대의 지평을 지닌다는 것이다. 독자와 작가의 기대의 지평이 일치할 때 독자는 작품의 의미에 대해 아무런 수정이나 정정을 가하지 않지만, 시대 환경이나 상황에 따라 양자 간의 불일치가 발생할 경우는 새로운 해석과 평가를 가하려는 본능적 의도가 발생하게 된다. 이처럼 기대의 지평은 작품과 독자 상호간의 끊임없는 대화와 소통의 상호작용을 유도하면서 의미를 축적해 가는 과정으로, 작품에 대한 평가는 시대나 역사에 따라 가변적(유동적)일 수밖에 없다. 참고로 독자의 기대의 지평은 과거 시대의 독자들의 반응에 좌우되고, 이를 초래한 역사의 압력에도 영향을 받기 쉽다. 따라서 기대의 지평에 입각한 수용론은 소수 독자들의 반응보다 시대에 따라 역사적으로 변화하는 다수 독자들의 반응에 주의를 기울인다.

　이상의 설명을 바탕으로 시 〈광야〉를 읽고 "나(독자)는 시인에게 존재하는 남성적 웅지가 나에게 결여돼 있다는 것을 느끼며, 나태함, 연약함을 깨닫게 되었다"고 한다면 가장 기본적인 효용론적 감상태도가 된다. 이에 비해 시 속의 "백마 타고 오는 초인"을 구체적으로 지금의 독자가 처한 시대 상황과 결부시켜, 이를테면 "요즘처럼 혼란하고 각박한 현대사회에서 입신출세와 같은 위대한 업적을 이룩한 성공사례의 상징물"로 본다면 독자의 기대의 지평이 새로운 해석과 평가를 가하고 있는 것으로 볼 수 있다. 요약하자면 효용론과 수용론의 공통점은 모두 독자들의 반응 즉 독서행위에 중점을 두지만, 수용론에서는 작품을 읽는 독자들이 살아가는 시대적(역사적) 상황을 직시하고 기대의 지평을 에워싼 작가와의 불일치나 과거 독자와의 차별성에 입각한 의미의 재해석을 추구한다.

▌객관적 존재론

'객관적 존재론(objective theories)'의 핵심은 작품 중심주의 입장에서 문학작품을 하나의 실체로 간주하고, 오직 작품(텍스트) 분석에 유용한 것은 작품의 형식과 구조라는 태도이다. 참고로 텍스트(text)는 특정 활자로 기록되거나 인쇄된 문서의 총체를 가리킨다. 객관적 존재론은 텍스트의 절대적 가치와 의미를 중시한다는 의미에서 '절대론' 혹은 '구조론'으로 불린다.

전술한 대로 모방론은 모방 대상과의 관계에서 작품을 규명하고, 효용론은 독자와의 관계에 중점을 둔다. 또 표현론이 표현의 주체인 작가와의 연관 속에서 작품을 보려한다면, 객관적 존재론은 작품 자체만을 대상으로 구조적 실체를 규명하려는 태도이다. 따라서 객관적 존재론 입장의 문학연구가들은 작품을 이루는 언어구조를 정밀히 읽는데 주력한다. 한 편의 작품이 지니는 모든 가치는 언어의 구조(structure) 속에 있다고 보기 때문이다.

여기서 실체는 사물이 자체적으로 지니는 독립된 구조와 법칙을 객관적으로 성립시키는 형식적 요소를 말한다. 작품이 작가에 의해 제작되고 독자에 의해 읽혀진다고 해도, 궁극적으로는 작자와 독자에 종속되지 않는 자체 내용과 형식을 바탕으로 미학적 기능을 발휘한다고 여긴다. 따라서 객관적 존재론에서 가장 중시되는 것은 작자가 작품에 담고 있는 메시지의 내용이 아닌 표현 방식 즉 형식(form)

이다. 프랑스의 상징주의 시인인 폴 발레리(Paul Valery 1871~1945)가 말한 "작품은 작가의 손을 떠나는 순간 혼자 걷는다"는 작품의 독립성을 중시하는 객관적 존재론의 중요성을 적극 환기하고 있다.

역시 〈광야〉를 예로 들면 최우선 고려 사항은 당연히 이 시가 어떤 언어적 구조나 질서 및 미학적 체계를 지니고 있는가에 있다. 작가와 작품이 처한 시대적 상황이나 맥락을 고려하지 않고 볼 때, 이 시는 참신한 언어 감각을 전면에 내세운 한 편의 서정시(lyric)에 가깝다. 서정시는 형식상의 분류로, 이 시는 정형률은 아니지만 3행(line)을 한 연(stanza)으로 한 전체 5연으로 구성되며, 각 연의 마지막에 반복된 "들렸으랴" "못하였으리라", "뿌려라", "하리라"의 영탄조의 어법이 자아내는 음악적 운율(rhythm)은 주요한 형식적 요소이다.

나아가 이 시의 가장 큰 특징은 참신한 언어감각에 찾을 수 있다. '하늘이 열리다', '산맥들이 바다를 연모해 휘달리다', "강물이 길을 열었다", "매화향기 홀로 아득하니"는 신선하고 감각적인 어휘 구사이다. 결국 이 시를 객관적 존재론의 관점에서 본다면 "가난한 노래", "백마 타고 오는 초인"과 같은 비유적 표현 속에 함축된, 시인이 추구하는 미의식과 이상 세계의 언어적 형상화에 중점을 두고 분석해야 한다.

지금까지 문학작품을 읽는 네 가지 기본 관점에 대해 살펴보았는데, 중요한 것은 문학작품을 읽을 때 특정 관점에만 치우쳐 감상하기보다는 대상 작품의 문학적 완성도를 고려해 복수의 관점들을 조화시켜 감상하는 것이 바람직하다는 점이다.

소설의 감상법

    소설을 감상할 경우 전술한 네 가지 관점을 활용해 큰 틀에서 접근할 수 있으나, 세부적으로는 다음과 같은 논점에 입각해 분석하는 것이 일반적이다.

- 작자 및 작품 소개: 기본적인 작자의 약력과 대상 작품을 이해하는데 필요한 사항
- 줄거리 및 구성(story/plot): 구체적인 내용을 작품 전개 순으로 요약 소개
- 주인공 및 중심인물: 주인공 및 주요 등장인물의 캐릭터, 행동 특성, 심리상태 분석
- 작품 속 시·공간: 시제(時制)와 무대공간의 특징 및 성격
- 중심사건: 스토리 전개에 결정적 역할을 한 주요 사건의 내용 및 성립배경
- 화자(話者)의 시점 및 특징: 일인칭 서술자, 3인칭 관찰자 시점 등의 특징 및 작품에서의 기능과 영향
- 전환점(turning point): 내용 전개에서 전환점이 된 사건이나 사항
- 주제(메시지): 작품의 중심 주제 및 작자가 독자에게 전하려는 메시지
- 사상적 배경: 작품이 성립된 시대적 배경과 배후에 있는 작가 혹은 시대의 사상적 배경
- 기법의 특징: 수사 기교, 형식 및 문체와 작품 내용과의 조화, 관

계성

- 문학사적 의의 및 견해: 작품의 역사적 의의와 비평자의 견해,
  감상평

나쓰메 소세키『몽십야』

열거한 사항을 바탕으로 일본의 근대 소설가인 나쓰메 소세키(夏目
漱石 1867~1916)의『몽십야(夢十夜)』중〈第六夜〉를 예로 들어 감상해 보
고자 한다.『몽십야』는 1908년 7월25일부터 8월5일까지『아사히신
문(朝日新聞)』에 연재된 소품(小品) 형식의 짧은 단편소설로, 현재(메이
지)와 과거(가마쿠라, 신화시대), 미래(100년 후)의 시간적 배경 속에서 각각
독립된 10개의 꿈에 관한 이야기로 진행된다. 꿈이라는 신비적 공
간의 특성을 살린 환상(幻想)문학 혹은 괴기(怪奇)문학적 요소를 지닌
작품이다. 참고로 괄호 안의 설명은 이해를 돕기 위한 인용자 주(注)
이다.

> 운케이(運慶)가 호국사(護国寺)의 산문(山門)에서 인왕상(仁王像)을
> 조각하고 있다는 소문에 산책 삼아 가 보니, 이미 많은 사람이 모여 연
> 신 하마평을 해대고 있었다.
> 산문 앞 5, 6 간(間: 건물의 기둥과 기둥사이) 떨어진 곳에는 큰 적송(赤松)
> 이 있어, 줄기가 비스듬히 산문의 기와를 가리고, 먼 푸른 하늘까지 뻗
> 쳐 있다. 소나무의 푸름과 붉은 칠을 한 문이 서로 비추며 멋지게 보인
> 다. 게다가 소나무의 위치가 좋다. 문의 왼쪽 끝이 시야를 가리지 않게
> 비스듬히 잘려나가, 위로 갈수록 폭이 넓게 지붕까지 돌출돼 있는 것

이 왠지 고풍스럽다. 가마쿠라(鎌倉)시대(12세기 말~1333)로 여겨진다.

그런데 바라보고 있는 것은 모두 나와 마찬가지로 메이지(明治)시대 (1868~1912)의 인간이다. 그 중에서도 인력거꾼이 가장 많다. 손님을 기다리다, 무료해서 서 있음이 분명하다.

「크기도 하군」이라고 말했다.

「인간을 만드는 것보다 훨씬 힘이 들겠지」라고도 말했다.

그런가 하고 생각하자, 「와, 인왕상이로군. 요즘에도 인왕상을 만드는가. 그런가. 난 또 인왕상은 모두 오래된 것뿐이라 생각하고 있었지」 라고 말한 남자가 있다.

「참으로 강해 보이는군요. 뭐니 뭐니 해도 말이죠. 옛부터 누가 강한가 하면, 인왕만큼 강한 사람은 없다고 합지요. 듣기에는 야마토다 케노미코토(日本武尊: 일본 고대신화에 등장하는 전설상의 용맹한 영웅)보다도 강하다고 하니까요」라고 말을 거는 남자도 있다. 이 남자는 엉덩이의 옷을 허리춤에 말아 넣고, 모자를 쓰지 않았다. 어지간히 무식한 남자로 보인다.

운케이는 구경꾼들의 평판에는 일일이 신경 쓰지 않고, 끌과 망치를 움직여대고 있다. 전혀 돌아보지도 않는다. 높은 곳에 올라타서 인왕의 얼굴 부근을 계속 파 내려간다.

운케이는 머리에 작은 에보시(烏帽子: 네모난 자루 모양의 성인남자용 모자) 같은 것을 쓰고, 스오(素袍: 일본 전통 의복의 일종)같기도 한 옷의 큼직한 소매를 등에 동여매고 있다. 그 모습이 몹시도 고풍스럽다. 왁자지껄 떠들어대는 구경꾼들과는 전혀 어울리지 않는 것 같다. 나는 어찌하여 지금 이 시기까지 운케이가 살아 있는 걸까 생각했다. 참으로 불가사의한 일도 다 있구나라고 생각하면서, 역시 서서 보고 있었다.

그러나 운케이 쪽에서는 기이하게도 전혀 느끼지 못하는 모습으로 열심히 파내고 있다. 고개를 들어 그의 태도를 올려다 바라보던 한 젊은 남자가 내 쪽을 돌아보고는,

「과연 운케이군. 안중에 우리들은 없어. 천하의 영웅이라곤 오직 인왕과 자신만이 있다는 태도야. 훌륭하군」이라고 말하며 칭찬을 시작했다.

나는 이 말이 재미있다고 생각했다. 그래서 힐끗 젊은 남자 쪽을 바라보자, 젊은 남자는 지체 없이,

「저 끌과 망치를 다루는 것 좀 보게. 자유자재의 오묘한 경지에 이르렀어」라고 말했다.

운케이는 지금 두꺼운 눈썹을 한 치(寸: 약 3cm) 높이로 가로로 파 내려가서는, 끌의 날을 세로로 되돌리자마자 비스듬히, 위에서부터 망치로 쳐 내려갔다. 단단한 나무를 한 마디씩 깎아, 두꺼운 나무껍질이 망치 소리에 맞춰 튀어 오르는가 싶더니, 콧방울이 쩍 벌어진 납작코의 측면이 순식간에 모습을 드러냈다. 그 칼을 놀리는 기법이 매우 제멋대로였다. 그리고 조금의 망설임도 없는 듯 보였다.

「잘도 저리도 손쉽게 끌을 써서, 마음먹은 대로의 눈썹과 코가 만들어지는군」이라고 나는 너무나 감탄했으므로 혼잣말처럼 중얼거렸다. 그러자 조금 전의 젊은 남자가,

「무슨 말을, 저건 눈썹이나 코를 끌로 만드는 것이 아니오. 저 모습 대로의 눈썹과 코가 나무속에 파묻혀 있는 것을 끌과 망치의 힘으로 파내는 것뿐이오. 마치 땅속에서 돌을 파내는 것과 같은 것이니, 결코 실수할 리가 없소」라고 말했다.

나는 이때 비로소 조각이란 그런 건가라고 생각했다. 정녕 그렇다

면 누구라도 할 수 있는 일이라고 생각하기 시작했다. 그래서 갑자기 나도 인왕을 파내보고 싶어졌으므로, 구경을 그만두고 서둘러 집으로 돌아왔다.

도구함에서 끌과 쇠망치를 꺼내, 집 뒤편으로 나와 보니, 지난번 폭풍으로 쓰러진 떡갈나무를 장작으로 쓸 작정으로, 톱질해 둔 적당한 녀석이 잔뜩 쌓여 있었다.

나는 가장 큰 것을 골라, 기세 좋게 파기 시작해 보았지만, 불행하게도 인왕은 발견되지 않았다. 그 다음 것에도 운 나쁘게 찾아낼 수 없었다. 세 번째 것에도 인왕은 없었다. 나는 쌓여 있는 장작을 닥치는 대로 파 보았지만, 그 어느 것도 인왕을 숨겨 놓고 있는 것은 없었다. 결국 메이지의 나무에는 아무래도 인왕은 파묻혀 있지 않다는 것을 깨달았다. 그것으로 운케이가 오늘날까지 살아 있는 이유도 대략 깨달았다.(제6야 전문)

• **줄거리 및 구성:**

가마쿠라시대의 조각가 "운케이"가 호국사 입구에서 인왕을 조각하고 있다는 소문을 듣고 모인 메이지시대의 구경꾼들은 그의 작업 모습을 바라보며 나름대로 열심히 평가를 하고 있고, 그중에는 인력거꾼들이 많으며 산책 나온 "나"도 있다. 운케이는 주위의 소란스러운 분위기나 시선에 아랑곳하지 않고 인왕상의 얼굴 부분을 중심으로 자신의 작업에 몰두하고, 나는 이런 그의 모습을 보면서 운케이가 지금까지 어떻게 살아 있을 수 있을까 의아해 한다. 운케이의 작업 모습에 놀라움을 금치 못하는 나를 향해 곁에 있던 "젊은 남자"는 신의 경지에 가까운 운케이의 작업을 높이 평가한다. 특히 운케이는 인왕의 얼굴을 조각하는 것이 아니라, 나무속에 파묻혀 있는 것을 파내고 있을 뿐이라는 말을 들은 나는 갑자기 인왕 조각이 하고 싶어지고, 이를 위해 서둘러 집에 돌아와 장작용 나무를 쪼개 인왕을 파내려 하나 모두 실패로 끝난다. 여기서 나는 메이지시대의 나무에는 인왕이 묻혀 있지 않다는 것과 운케이가 지금까지 살아 있는 이유를 깨닫게 된다.

• **주인공 및 중심인물:**

운케이(運慶 ?~1223)는 가마쿠라시대 초기의 불상조각가로 실존했던 인물이자 실제 주인공에 해당한다. 나를 비롯한 구경꾼들의 평가를 받는 수동적 위치에 있어 감정이나 심리상태를 파악할 수 없다. 주위 구경꾼들이 떠들어대는 소란스러운 분위기 속에서도 오로지 자신의 인왕 조각에만 몰두하는 장인의 모습을 보인다. 이를테면 "운케이는 구경꾼들의 평판에는 일일이 신경 쓰지 않고, 끌과 망치를 움직여대고 있다. 전혀 돌아보지도 않는다. 높은 곳에 올라타서 인왕의 얼굴 부근을 계속 파 내려간다"에 무아지경의 경지를 엿볼 수 있다. 인상적인 것은 운케이의 고풍스러운 복장이나 존재가 주위 구경꾼들과 전혀 조화를 이루고 있지 않으며, 가마쿠라시대의 인간으로서 현재(메이지)와는 단절된 형태로 존재한다는 점이다.

다음으로 인력거꾼들은 구경꾼의 다수를 차지하는 메이지의 인간들로 운케이에 대한 평가를 주도하고 있다. "(인왕을 만드는 것이) 인간을 만드는 것보다 훨씬 힘이 들겠지", "인왕만큼 강한 사람은 없다" 등 그들의 평가는 속물적이고 낮은 교양을 드러내며, 젊은 남자의 전문적 평가와는 지극히 대조적이다. 실제로 그들의 복장과 인상에 대해 "남자는 엉덩이의 옷을 허리춤에 말아 넣고, 모자를 쓰지 않았다. 어지간히 무식한 남자로 보인다"로 적고 있다.

　마지막으로 메이지시대 구경꾼의 한 사람인 젊은 남자도 주목해야 할 인물이다. 운케이를 "천하의 영웅"에 비유하거나, 그의 작업이 "자유자재의 오묘한 경지"에 있다는 등 시종일관 높은 평가를 하고 있다. 가장 특기할 점은 끌과 망치를 통해 의도하는 대로 인왕의 얼굴부위를 조각해 내는 운케이의 작업을 보고 감탄하는 나에게, 운케이는 인왕을 조각하는 것이 아니라, 나무속에 묻혀 있는 것을 파내고 있을 뿐이라는 의미심장한 말을 건넨다. 이러한 그의 특별한 주장은 후반부에서 이를 믿고 실행에 옮기지만 실패로 끝나는 나의 행동을 통해, 작자인 소세키가 독자에게 전달하려 한 메시지를 암시하고 있다.

• 작품 속 시 · 공간:

　가장 큰 특징은 메이지와 가마쿠라라는 현재와 과거의 시 · 공간이 동시에 존재하는 점이다. 호국사 입구의 산문이라는 공간에 가마쿠라시대의 인물 운케이와 이를 바라보는 메이지시대의 인간들이 동시에 존재하고 있어 꿈이 갖는 초현실적 요소를 암시하고 있다.

• 중심사건:

　운케이의 작업에 대한 젊은 남자의 평가를 들은 "나"가 인왕을 찾기로 결심하고, 집으로 돌아와 인왕이 나무속에 파묻혀 있다고 여기고 이를 실행에 옮기나 결국 실패로 끝나는 부분이 가장 핵심적 사건에 해당한다.

• 시점(視點):

　나를 비롯해 젊은 남자, 인력거꾼 등 메이지의 인간을 등장시켜, 그들의 입을 빌려 가마쿠라시대의 인물인 운케이의 작업 모습을 평가함으로써, 운케이로 대표되는 가마쿠라 예술 나아가 일본의 전통예술의 우수성을 현재 즉 메이지의 시점에서 평가하는 효과를 내고 있다.

• 화자의 특징:

　중심화자인 나는 메이지시대 인간이자 구경꾼의 한사람이다. 전반부까지는 관찰자의 입장을 취하다가, 후반부에 집에 돌아가 젊은 남자의 말에 이끌려 인왕을 찾는 등 이야기를 주도해 나간다. 전체적으로 운케이의 작업에 감탄하지만 인력거꾼들의 속물적 평가나 젊은 남자의 예술적 평가와는 달리 중간적 입장을 취하고 있다. 젊은 남자의 말을 곧이듣고 행동에 옮겼다가 실패를 맛보는 어리석은 행동을 보이나, 이를 계기로 운케이가 메이지시대까지 살아있는 이유를 스스로 깨닫게 된다.

• 전환점:

　크게 내용상의 전환점과 장소상의 전환점으로 나눌 수 있다. 내용상의 전환점은 운케이의 조각 작업에 대한 젊은 남자의 평가 부분으로, 본문 표현 중 "저건 눈썹이나 코를 끌로 만드는 것이 아니오. 저 모습대로의 눈썹과 코가 나무속에 파묻혀 있는 것을 끌과 망치의 힘으로 파내는 것뿐이오. 마치 땅 속에서 돌을 파내는 것과 같은 것이니 결코 실수할 리가 없소"에 해당한다. 이 부분을 전환점으로 보는 이유는 인왕 조각이 운케이의 특별한 솜씨에 의한 것이 아니라, 이미

완성돼 있는 인왕을 땅속이나 돌로부터 발굴하는 것이라는 독특한 논리를 전개하고 있기 때문이다. 젊은 남자의 주장을 들은 나는 구경을 중단하고 집으로 돌아와 이를 실행에 옮기게 되고, 장작나무 속에서 인왕을 찾아내려는 시도가 실패로 끝나자 비로소 가마쿠라시대의 사람인 운케이가 메이지시대까지 살아있는 이유를 깨닫게 된다.

다음으로 장소상의 전환점은 운케이가 위치한 호국사를 사이에 두고 메이지시대로부터 가마쿠라시대로 바뀌고 있다는 점이다. 호국사는 역사성을 지닌 절이므로 과거의 가마쿠라시대를 의미하게 되고, 구경을 중단하고 집으로 온 것은 현재의 메이지시대로 돌아왔다는 논리가 된다. 이러한 가마쿠라시대로부터 메이지시대로의 시간적 전환이 호국사로부터 집이라는 공간의 이동으로 나타나고 있는 점에 꿈 특유의 초현실적 성격을 느끼게 된다.

• 주제(메시지) 및 사상적 배경:

가마쿠라시대의 인간인 운케이의 조각은 일본의 전통예술을 은유적으로 암시하며, 이에 대한 메이지시대의 작가인 나쓰메 소세키의 시선은 가마쿠라시대로 대표되는 일본 전통예술의 우수성이라는 주제를 환기한다.

가장 큰 논점은 젊은 남자의 '운케이는 인왕을 조각하는 것이 아니라, 나무속에 묻혀 있는 것을 파내고 있는 것'이라는 주장의 의미이다. 숨겨져 있는 것을 찾아낸다는 것은 그것의 가치가 높은 것임을 전제로 하며, 나에게 인왕을 찾아내는 것은 마치 보물을 발굴하는 것처럼 아무나 쉽게 찾아낼 수 없는 매우 소중한 것임을 일깨워 주려는 일종의 가르침으로 해석 가능하다. 물론 그 보물이란 운케이의 조각으로 은유된 전통예술의 진수 정도가 될 것이다.

한편 소세키가 일본의 전통예술을 우수한 것으로 평가한 이유는 상대적으로 현재(메이지시대)의 문학을 포함한 일본의 예술이 뒤떨어져 있다는 비판적 시각에서 비롯되고 있다. 따라서 마지막에 운케이가 지금까지 살아있는 이유를 깨닫게 된 것은 운케이로 대표되는 가마쿠라시대의 예술 나아가 일본의 전통예술이 영원한 생명력을 지닌 채 오늘에 이르고 있음을 암시한 것으로 볼 수 있다.

문학의 기능

문학의 기능은 문학이 무엇을 할 수 있는가라는 본질적 역할에 관한 것으로, 크게 '교시적(教示的) 기능'과 '쾌락적 기능'으로 나누어 생각해 볼 수 있다. 중요한 것은 양자가 서로 상반된 대립적 시각을 보이면서도 상호보완의 관계에 있다는 점이다. 다시 말해 가르침과 즐거움은 별개가 아닌 유기적 관계를 지니며, 이를테면 설화문학(說話文學)은 쾌락적 기능과 교시적 기능이 공존하는 구체적인 예가 된다.

▌ 교시적 기능

교훈적 기능을 말한다. 문학은 독자가 작품을 읽으며 느끼는 즐거움과 감동 속에서 인생의 의미를 스스로 깨닫고 추구할 수 있게 해

준다는 시각이다. 이를 바탕으로 사회과학과 문학의 차이점을 생각해 보면 양자 모두 학문적 지식이 인간의 삶을 풍요롭고 가치 있게 만든다는 점에서는 동일하다. 그러나 경제학, 정치학 등의 사회과학적 지식은 지시적이고 관념적이며, 인간의 삶을 풍요롭게 한다는 명분으로 다소 강제적이고 규범적인 속성을 내포한다. 이에 비해 문학은 인생을 영위하는 과정에서 느끼는 흥미와 감동 속에서 세상을 살아가는 교훈적 메시지를 전달하게 된다.

근대이후 문학에 나타난 교시적 기능의 대표적 예로는 볼테르(Voltaire 1694~1778), 루소(J.J.Rousseau 1712~1778) 등 인간의 자유와 권리를 억압하는 부르봉왕조의 절대왕정 정치를 붕괴시키고, 인권선언에 입각한 공화제로의 전기를 마련한 18세기 프랑스혁명기의 계몽주의 작가들의 작품을 들 수 있다. 또 톨스토이와 투르게네프의 소설은 러시아 농노계급의 해방운동의 기폭제가 되었다.

동양에서는 공자(孔子)가 시(詩)를 '사무사(思無邪)'로 표현하였다. 시를 가식 없는 인간의 진실한 감정의 결과물로 간주하고 유교정신에 입각한 도덕이나 윤리적 감화를 강조한 것이다. 나아가『춘향전』이나『심청전』에 등장하는 권선징악적 요소나 근대문학 성립기의 신소설(新小說)로 대표되는 개화기 문학, 이광수(1892~1950)의『무정』(1917), 심훈(1901~1936)의『상록수』(1935~6)와 같은 농촌소설도 계몽적 성격을 지니고 있다.

한편 영국의 문예비평가 리처즈(I.A.Richards 1893~1979)는 문학의 가치를 생활의 실용성에 두고, 예술을 인간의 일상적 생활 경험에 질서와 조직을 부여하는 '생활을 위한 예술'로 간주하면서 교시적 기능에 나타난 문학의 공리성(功利性)에 주목하고 있다. 그에 따르면 공리

성은 작가의 상상력(imagination)에서 비롯되며, 작가는 이를 통해 인간
이 영위하는 생활의 가치를 향상시켜야 한다는 것이다.

▌ 쾌락적 기능

기본적으로 문학작품은 독자에게 즐거움을 제공해야 한다는 것
으로, 즐거움의 정도나 방법은 작품의 성격에 따라 다양하다. 이를
테면 희극에서는 웃음을 자아내고, 연애소설은 인간의 가장 대표적
본능인 연애의 대리 충족으로 만족감을 드러내며, 탐정소설은 독자
의 호기심을 자극한다는 점에서 즐거움을 제공한다. 그런데 즐거움
을 주기 위한 최우선 선결조건은 감동의 제공여부이다. 독자들은 감
동을 바탕으로 작품 속 주인공의 행동과 감정을 자기화하면서 작품
에 공감하고 도취하게 된다.

문학작품의 즐거움을 처음으로 언급한 사람은 아리스토텔레스이
다. 전술한 모방론에서 모방은 즐거운 행위이며, 인간은 모방을 통
해 기쁨을 느낀다고 말해 예술적 모방을 통한 문학의 즐거움을 주장
하였다. 이를테면 전쟁문학의 경우 실제 상황에서는 전쟁의 아름다
움이나 기쁨을 느낄 수 없으나, 전쟁을 묘사한 작품에서 전쟁의 처
절함과 비극적 상황에 접함으로써 인간적 감동의 쾌감을 느낄 수 있
다. 작가의 무한한 상상력을 바탕으로 전쟁이라는 처절한 현실을 예
술적으로 모방했기 때문이다.

물론 비극도 마찬가지이다. 비극이 추구하는 기본 감정인 슬픔은
작품에서 독자가 느끼는 마음의 동요 즉 감동의 산물이며, 아리스토
텔레스는 이를 '카타르시스(catharsis)'로 부르고 있다. 카타르시스는

종교의식에서 말하는 심신의 정화에서 유래돼, 육체적으로는 생리상 불순한 요소를 제거하고 배설함으로써 야기되는 쾌락, 정신적으로는 감정이나 정서의 억압된 상태에서 해방되었을 때 나타나는 만족감을 말한다. 문학에서는 단순히 관능적이고 저속한 쾌감이 아닌, 인간의 정신적 즐거움을 미적으로 승화시킨 쾌락을 가리킨다. 카타르시스는 이후 철학자 쇼펜하우어(A.Schopenhauer 1788~1860)에 의해 미학(美學)으로 발전하였다.

쇼펜하우어에 따르면 문학의 본질은 일상의 세속적 이해관계에서 벗어남으로써 성립되는 체험인 미의 추구에 있으며, 그것은 반드시 윤리적이거나 도덕적일 필요는 없다고 설명한다. 단순히 사물의 아름다움을 인지하지 않고, 인간이 일상생활이나 삶에서 느끼게 되는 모든 감정 상태의 정서적 인식을 가리킨다. 이러한 다양한 인간의 주체적 정서가 만족과 쾌감을 가져다준다고 여겼다. 요약하자면 모든 예술의 공통적인 본질은 미를 매개로 쾌락이라는 직접 목적을 위해 정서를 자극함에 있으며, 정서는 오직 미에 의해서만 성립된다는 것이다. 참고로 영국의 비평가 러스킨(J.Ruskin 1819~1900)은 문학에서 표현하는 미적 정서의 구체적 종류로서, 사랑(love), 존경(veneration), 찬탄(admiration), 기쁨(joy), 미움(hate), 공포(horror), 분노(indignation), 슬픔(grief)을 들고 있다.

▌ 근대 문예사조와 쾌락적 기능

문학의 쾌락적 기능은 문예사조 중 특히 낭만주의와 인상주의, 탐미주의에서 더욱 강조된다. 낭만주의(Romanticism)는 18세기 말부터 19세

기 초에 걸쳐 유럽에서 성립·전개되었고, 인간의 정서와 공상에 집
중하며, 대담한 상상력으로 정열의 해방, 자아의 추구 및 이국취미
(exoticism)를 즐긴다.

　이에 비해 19세기 후반 프랑스를 중심으로 성립된 인상주의
(Impressionnisme)는 원래 모네(C.Monet 1840~1926)나 르누아르(A.Renoir 1841~1919)
등 미술가를 중심으로 제시된 문예태도이다. 문학에서는 영국의 제
임스 조이스 (J.Joyce 1882~1941)나 버지니아 울프(V.Woolf 1882~1941) 등이 대
표 작가이다. 사물을 눈에 보이는 순간의 인상 즉 순간적으로 변화하
는 사물의 인상을 감각적으로 선명하게 묘사하는데 주력하며, 배후
에는 필연적으로 그것을 바라보는 인간의 감정이나 정서가 개입되
기 마련이다. 또한 미의 표현 및 완성을 유일무이한 목표로 삼는 예
술지상주의 입장의 대표적 문예사조인 탐미주의(Aestheticism) 또한 미
를 인생의 가장 중요한 목적으로 여기므로 당연히 쾌락적 기능을 중
시할 수밖에 없다.

　한편 모든 쾌락적 기능의 문예사조에서 공통적으로 주의할 점은
미의 추구로 얻게 되는 즐거움이 지나치게 대중적인 흥미나 오락에
빠져 관능적이고 저속한 쾌락의 수단이 되어서는 안 된다는 것이다.
인간의 감정을 정화하고 승화하는 가운데 진정한 쾌락을 느끼는 정
신적 즐거움을 수반해야 한다.

문학성의 기본 요소

　문학의 성격이나 기능을 논하는 과정에서 감정, 정신, 정서 등 독자의 내면과 관련된 기본용어들이 등장한다. 주지하듯 문학은 언어를 사용하고 언어를 수단으로 작가가 의도한 메시지를 전달하지만, 그에 앞서 메시지의 성립과정을 에워싼 문학성을 설명할 필요가 있다. 같은 예술 영역에서 문학이 미술이나 음악과 구별되는 고유의 속성을 살펴보아야 한다. 실제로 음악과 미술은 각각 소리와 색이라는 순수 매체로 형상화되므로 참된 미를 표현하는 예술로 볼 수 있지만, 문학은 언어라는 매체가 지닌 지시성이나 사상성으로 인해 단순히 미만 드러낼 수 없다는 점에서 문학성의 기본 구성요소를 정확히 이해하지 않으면 안 된다.

　미국의 문학비평가 윈체스터(T.C.Winchester 1847~1920)는 문학성의 기본 구성요소로 '정서(emotion)', '상상(imagination)', '사상(thout)', '형식(form)'을 들고 있다. 그 밖에 비평가에 따라서 거의 유사한 분류이지만, '지적인 요소(intellectual element)', '정서적 요소(emotional element)', '상상적 요소(element of imagination)', '기교적 요소(technial element)'에 '작문과 문체의 요소(the element of composition and style)'를 첨가하기도 한다.

(정서)

　'정서(emotion)'는 문학작품을 읽고 감동하는 것에서 성립된다. 즉 문학은 감동적이어야 하며, 감동은 어떤 사실이나 사항을 인식하는 지적 이해가 아니라, 사랑하고 그리워하고 괴로워하고 슬퍼하는 감성적인 부분에서 비롯된다. '감성(sensibility/sensation)'은 '이성(reason)'과 대립되는 개념으로, 인간이 외부세계로부터 받게 되는 자극이나 인상을 가리키고 감수성과 동의어이다. 인간의 감각활동에 의해 환기되고 지배되는 체험 내용으로, 감정이나 충동, 욕망을 포괄한다. 인간이 사고하도록 소재를 제공하므로 이성이나 의지로 억제 가능하다.

한편 '감정(feeling)'은 사물을 보거나 접했을 때 발생하는 기분으로 흔히 히로애락(喜怒哀樂)을 의미한다. 참고로 심리학에서는 정신의 작용을 '지(知)', '정(情)', '의(意)'로 나누는 과정에서 기쁘다거나 아름답다와 같은, 주체가 상황 및 대상에 대해 취하는 태도 혹은 가치부여인 '정'의 과정 전반을 가리키는 것으로 인식한다.

이에 비해 정서는 인간이 감성에 입각해 사물을 접하며 느끼는 모든 감정을 총괄한 것으로, 그것을 불러일으키는 기분이나 분위기를 뜻한다. 감정과 비교하면 보다 본능적이며, 내면에 형성된 감정이 외부적으로 나타나므로 신체적 표출이 두드러진다. 참고로 정서보다 복잡하고 고등(高等)하며, 대체로 불건전한 성격을 나타내는 것이 후술할 '정조(情操 sentiment)'이다. 정서가 궁극적으로 표출하는 집합적 경향으로서, 독자가 작품을 읽고 감동을 느낄 경우 형성된다.

▌문학읽기와 정서와의 관계

비평가 바네스(A.C.Barness)에 따르면 인간의 마음속에는 막대한 정서적 태도들이 용해 상태로 존재하며, 정서는 외부의 적당한 자극으로 언제든지 재(再)자극된다고 주장한다. 즉 정서는 과거 체험의 잔재로서, 예술가들은 이러한 감정의 잔재를 일반인보다 훨씬 더 풍부하고 다양하게 갖고 있고, 다양한 정서가 문학작품을 이루는 원동력이라고 판단한다.

문학작품의 창작 과정에서 우선 감성이 개입되고 감성을 바탕으로 감정이 형성된다. 감성이 외부 사물에 접해 직감적으로 떠올리는 인상이라면 정서는 대상의 성격을 인지하는 것이다. 이 과정에서 파생되는 감정이 슬프다거나 고통스럽다고 느끼게 만든다.

이를테면 "꽃이 지는 것을 보며 인생의 허무함을 느끼며 발걸음을 멈추고 생각에 잠겼다"라는 문장에서 감성은 꽃이 지는 것을 시각으로 느끼는 단계를 말한다. 만약 그냥 무심코 지나쳤다면 감성이 풍부하지 못한 것이 된다. 다음으로 감정은 꽃이 지는 상황을 슬프다고 느끼고 즉각적(본능적)으로 인생을 떠올리게 한다. 꽃이 피면 언젠가는 지듯이 인간도 한번 태어나면 결국은 쓸쓸히 사라지기 때문이다. 마지막으로 정서는 꽃의 피고 짐을 인생 논리에 적용하면서 허무를 느끼고 가던 길을 멈추게 된다. 꽃이 피면 언젠가는 지고 마는 것이라는 자연의 순환 논리가 인생에 적용됨을 주체적으로 인식한 결과이다. 자연의 진리가 허무라는 구체적인 정서의 틀에서 표현되면서 가던 길을 멈추는 동작 행위 즉 신체적 표출로 나타나고 있음에 주목할 필요가 있다.

▌ 정서의 보편성과 특수성

정서의 종류로는 전술한 러스킨의 사랑, 존경, 찬탄, 기쁨, 미움, 공포, 분노, 슬픔 외에 동양에서는 '사단칠정(四端七情)'이 언급된다. '사단(四端)'은 인간의 기본 정신구조로서, 인(仁), 의(義), 예(禮), 지(智)

를 말하고, '칠정(七情)'은 정서의 유형으로, 희(喜), 노(怒), 애(哀), 락(樂), 애(愛), 오(惡 증오), 욕(欲)을 가리킨다.

　중요한 섯은 정서는 인간의 제반 감정의 집합체로서 고정적 틀에서 논할 수 없으며, 따라서 같은 정서라도 작가에 따라 개별적 양상을 드러내고 유동적이며 다양한 표정과 성격을 갖는다는 점이다. 정서의 정도에도 차이가 존재하는데, 강도가 강할수록 작가가 작품에서 표현하는 감동의 강도도 배가된다. 이처럼 강도가 강한 정서의 상태를 문학에서는 '열정(熱情)' 혹은 '격정(激情 passion)'이라고 부른다. 원래 'passio'는 수고나 고난, 수난(受難)을 의미하며, 문학에서 열정(격정)은 작가가 사물을 접하며 느끼는 감정의 움직임이 너무 강렬한 나머지 일종의 괴로움에 가까운 강도로 표출됨을 뜻한다. 이처럼 문학작품 속에서 작가가 나타내는 열정은 일반적으로 신체적 반응을 수반하면서 정서로 이어지게 된다.

　　나 보기가 역겨워

　　가실 때에는

　　말없이 고이 보내

　　드리우리다.

　　영변에 약산

　　진달래꽃

　　아름 따다 가실 길에

　　뿌리우리다

가시는 걸음걸음

놓인 그 꽃을

사뿐히 즈려밟고

가시옵소서

나 보기가 역겨워

가실 때에는

죽어도 아니 눈물

흘리우리다

— 김소월(1902~1934) 〈진달래꽃〉(1922)

이 시에 나타난 정서는 사랑하는 사람과의 뜻하지 않은 이별에 대한 고통으로, "역겨워", "즈려밟고", "눈물"과 같은 신체적 어휘로 형상화되고 있다. 특히 "역겨워"와 "즈려밟고"에는 이별의 처절한 아픔이 격정에 가까움을 암시한다. 이러한 격정의 정서가 존재하므로 시의 핵심 메시지인 한(恨)의 숭고한 체념의 미학은 우리 민족의 보편적 정서로 승화돼 나타난다.

▌정서와 정조

'정조(情操 sentiment)'는 동일 사물에 대한 정서가 반복될 때 형성되는 고정적이고 습관적인 성향을 가리키는 철학용어이다. 문학작품에서 정조가 가장 두드러지게 나타나는 것은 '감상벽(感傷癖)'으로 불리는 '센티멘탈리즘(sentimentalism)'으로, 건강한 정서를 이루고 있지 않을 때 성립된다.

　정서와 정조의 형성과정을 일상 예로 설명하자면, 한 남성이 어떤 여성을 만나면서 호감을 갖게 되면 우선 감정이 발생하고, 감정은 외모나 사고방식과 같은 그 여성이 갖고 있는 정서에 대한 호감으로 이어지며, 호감이 강해지면서 사랑이라는 정조로 발전하게 된다. 이때 남성은 이 여성을 소유하고 싶다거나 모든 면에서 자신의 생각과 일치하는 행동으로 나타나기를 기대하지만, 상황이 그렇지 못할 경우 남성은 상대 여성의 행위를 보고 실망하거나 고민하게 된다. 그 결과 느끼는 허무나 좌절, 고독의 정조가 강해지는 경우 전술한 센티멘탈리즘에 빠지게 되는 것이다,

　결국 센티멘탈리즘은 자의식(self-consciousness)적인 정서의 자극을 의미한다. 앞의 예로 설명하자면 남성 자신이 일방적으로 정해 놓은 호감이라는 정서의 틀에 여성의 인상을 억지로 맞추려는 노력이 헛수고로 끝났을 때 발생하는 불만족스러운 심리상태를 가리킨다. 문학작품에서는 행위 주체가 느낀 정서와 대상이 지닌 정서가 불일치 상태에 놓일 때 일반적으로 센티멘탈리즘을 체험하게 된다. 따라서 성도착이나 죽음에 대한 친근감 등 문학작품 속에서 흔히 나타나는 불건전한 정조 또한 작가가 추구하는 예술적 정서와 이를 바라다보는 사회의 도덕적 가치체계로서의 일반적(보편적) 정서 간의 불일치에 기인하고 있다.

　정조는 문학사에서 일정 시기의 문학의 흐름이나 특성을 논할 때 중요하다. 한국 근대문학사의 대표적 정조만 보더라도 1920년대 초반의 홍사용, 박종화, 현진건, 나도향, 이상화, 박영희가 주요 동인으로 참여한 문예지 『백조(白潮)』와 김억, 남궁벽, 염상섭, 오상순, 황석

우의 『폐허(廢墟)』로 대표되는 낭만주의 계열의 센티멘탈리즘을 비롯해, 1930년대의 시인 이상(李箱)의 불건전한 정서를 들 수 있다. 시기적으로 일본의 식민지지배가 고착돼가는 상황 속에서 억압된 문학자들의 시적 정서가 퇴폐와 허무와 같은 세기말적인 병적 정조를 형성해 나타난 결과이다. 나아가 『춘향전』과 같은 통시성(通時性)과 공시성(共時性)을 겸비한 정전(正典 canon)은 어느 시대에 누가 읽어도 흥미와 감동을 주는데, 그 이유는 동 작품의 권선징악적 요소나 지고지순한 사랑의 모습이 한국인의 정서에 밀접하게 부합되기 때문이다.

▌정서의 개별성과 보편성

문학이 아무리 인간의 보편적인 정조를 다루고 있다고 해도 작가 개인의 체험이나 정서에 입각하고 있으므로, 기본적으로는 개별적 혹은 개성적인 성격을 나타내게 된다. 과학과 같은 학문 분야에서는 인간의 개성이 크게 작용하지 않지만, 문학이나 예술은 작품을 성립시킨 작가의 주관과 개성이 절대적인 역할을 수행하기 마련이다. 이렇게 보면 정서를 에워싼 개별성과 보편성은 서로 모순되는 부분으로 볼 수 있으나, 사실은 양자가 밀접한 연관 관계를 지니고 있음에 주목할 필요가 있다.

손금에 맑은 강물이 흐르고
강물 속에는 사랑처럼 슬픈 얼굴.
아름다운 순이의 얼굴이 어린다

소년은 황홀히 눈을 감아본다

그래도 맑은 강물은 흘러

사랑처럼 슬픈 얼굴

– 윤동주(1917~1945) 〈소년〉(1939) 일부

이 시에서 기본 정서를 이루고 있는 것은 시인의 개별적 체험 속 "순이"를 향한 사랑이다. "사랑처럼 슬픈 얼굴"의 참신한 감각묘사의 배후에는 시인이 떠올린 "순이"의 이미지와 특별한 감정이 존재한다. 그러나 이 시에서 독자가 느끼고 받아들이는 것은 특별한 사랑이 아닌 누구나 공감할 수 있는 보편적 사랑의 감정이다. 인간에게는 누구나 시 속 "순이"의 "사랑처럼 슬픈 얼굴"을 한 애틋한 사람이 존재하며, 설령 존재하지 않는다 해도 그와 같은 허구적 상황을 감각적으로 이해할 수 있는 정서가 자리 잡고 있다.

(상상)

'상상(imagination)'은 과거에 느꼈던 소재들을 집합해 재생하는 능력이다. 단순히 무에서 유를 창조하는 것이 아니라, 외부로부터의 자극으로 야기된 심적 이미지가 그러한 소재들을 결합해 새로운 무엇을 만들어 내는 것을 말한다. 상상이 중요한 이유는 근본적으로 문학작품이 창조성을 중시하기 때문이다. 과학이나 철학의 학문 분야가 철저히 이성적이고 논리적이며 합리적 성격인데 비해, 예술이나 문학은 작자의 상상에 의한 가공 즉 허구의 세계를 창조하는데 주안점을 둔다.

우선 모방론적 관점에서 상상은 르네상스 이전까지는 일반적으로 인간의 합리적 사고를 방해하는 것으로 간주되었다. 즉 우주의

질서를 이성이 지배하는 세계로 파악하는 과정에서 상상 또한 자연의 모방에 지나지 않으며 진리의 발전에 저해를 가져올 뿐이라고 인식되었다.

영국의 철학자 베이컨(F.Bacon 1561~1626)은 문학이 이성보다 상상력과 관계가 깊다고 주장한다. 상상을 이성보다 높은 능력이라고는 보지는 않으나, 역사는 기억, 철학은 이성에 직결돼 있는데 반해, 문학은 상상과 깊은 관계를 지닌다는 것이다. 따라서 역사와 철학이 사실이나 진실을 다루는 학문이라면, 문학은 사실과 진실에 입각한 지식을 바탕으로 이를 유희하는 것이라는 일종의 경험주의적 사고를 드러낸다. '경험주의(empiricism)'는 인간의 생각이나 개념들이 삶의 경험에서 유래된다고 주장하는 철학적 입장으로, 그러한 경험을 구성하는 구체적 요소로는 사회적 관습과 인간의 습관이 지적된다.

문예사조에서는 낭만주의가 상상과 밀접한 관계가 있다. 상상은 철학자들이 말하는 허구의 세계가 아닌 진리 그 자체로, 문학에서 가장 유가치한 것이 상상이라는 것이다. 특히 워즈워스(W.Wordsworth 1770~1850)와 같은 낭만주의 문학자들은 이성을 상상 속에 내포시키거나 하위 개념에 둠으로써 결과적으로는 이성의 존재를 부인하고 있다.

▌ 문학과 과학에서의 상상

과학은 인간이 추구하는 꿈이나 이상을 물질적으로 실현하는 학문 분야이므로 특히 창조적인 발명을 할 때 상상은 필요하다. 다만 문학과 예술의 상상은 그 자체를 결과 및 표현의 대상으로 여기나, 과학에서는 연구하려는 현상을 규명하는 과정에서 이를 물질적으로 구현해 가는 하나의 도구에 불과하다고 인식한다. 참고로 상상이 자의적이거나 비합리적일 경우 공상 또는 환상으로 부르게 되는데, 과학에서는 이를 비합리적으로 여기고 현실적 결과를 내지 못하면 불필요한 것으로 인식하지만, 문학이나 예술에서는 대단히 중요한 위치를 차지한다.

땅 밑에 얼굴이 나타나,
쓸쓸한 병자의 얼굴이 나타나.

땅 밑 어둠 속에,
화사한 봄풀 줄기가 움트고,
쥐 둥지가 움트고,
둥지에 헝클어진,
수북한 머리털이 떨리고,
동지 무렵의,
쓸쓸한 병든 땅 위에서,
가늘한 파란 대 뿌리가 돋아나,
돋아나,
그것이 참으로 안쓰러보여,
아른대듯 보여,
참으로, 참으로, 안쓰럽게 보여.

땅 밑 어둠 속에,
쓸쓸한 병자의 얼굴이 나타나.

일본 근대시사에서 가장 개성적 시인으로 평가되는 하기와라 사쿠타로(萩原朔太郎 1886~1942)의 〈땅 밑의 병든 얼굴(地面の底の病気の顔)〉(1917)이란 시이다. 현실감각으로는 파악되지 않는 땅 밑의 세계를 상상해서 구체적 영상으로 전개하고 있다. "화사한 봄풀", "쓸쓸한 병자의 얼굴", "쥐 둥지"는 시인이 땅 밑 세계를 상상해 떠올린 심상(image)의 세부들이다. 땅 밑 세계를 어둡고 쓸쓸한 것으로 파악한 이유는 시인의 병적 감각이라는 특유의 예술적 정서가 존재하기 때문으로, 시적 상상력이 현실의 영상으로 다가오지 못한다는 점에서 환상(illusion)에 가깝다.

〈사상〉

언어예술인 문학은 언어를 특정 의미를 지닌 기호로 간주하고, 의미의 집합체인 '사상(thout)'은 작품 속에 제시돼 나타나는 작가의 의도적 관념을 형성한다. 사상은 작품 속에 내재된 작가의 사물에 대한 지각이나 인식, 견해, 신념, 철학을 총괄하며, 인생관과 세계관의 조직적 사고체계를 드러낸다.

사상은 정서나 감정처럼 개인의 생각 혹은 감각에 좌우되지 않고, 작품을 매개로 외부로부터 내부로 유입된, 인간 모두가 공유할 수 있는 통일된 정신 영역을 가리킨다. 실례로 톨스토이의 『부활』(1899)에는 인간의 끝없는 연민과 사랑인 휴머니즘이 강하게 내재돼 있고, 셰익스피어(W.Shakespeare 1564~1616)의 비극에는 인간의 추악한 욕망과 그것이 초래한 불행이 잘 드러나 있다.

사상이 가장 분명하게 나타나는 문학 형태로 마르크스주의 문학의 일환인 프롤레타리아 문학을 들 수 있으며, 장르의 특성상 시보다는 산문 쪽에 두드러진다. 물론 시에서도 프롤레타리아 시처럼 정치적 사상과 목적의식을 지닌 것도 있으나, 순수 서정시에서는 사상보다 작가의 성서나 감정이 우선시된다.

한편 문학작품에 나타난 사상의 특징은 시와 산문의 구별 없이 일정한 논리를 지닌 가치관이나 세계 인식으로서 시대성과 집단성을 지니고 당시의 사회 풍조를 반영한다는 점이다. 이를테면 고려시대의 불교사상, 조선시대의 유교사상, 조선 후기의 실학사상은 당시의 문학작품에 적지 않은 영향을 미쳤다.

▌ 한국문학사의 주요 사상과 문학사상의 의의

제1차 세계대전(1914~1918)과 러시아혁명(1917)에서 비롯된 사회주의 사상이 1920년대에 유입되면서 노동자들의 계급적 자각을 내세운 프롤레타리아 문학과 이에 맞선 민족주의 문학이 1930년대의 주요 문학 형태로 대두되었다. 민족주의 문학은 문학의 정치적 수단화에 저항해 예술의 독립성과 자율성을 주장하였다. 대표적 성과가 순수 우리말의 사용으로 한글의 우수성을 강조한 '한글문학운동'과 농촌계몽을 소재로 한 '농촌문학운동', '시조(時調)부흥운동'이다. 나아가 1960년대 사회 현실의 리얼리즘적 자각을 앞세운 '참여문학'과 1970년대 '민중문학', 1980년대 이후 본격적으로 제기된 '포스트모더니즘 문학' 등도 한국문학사에 나타난 주요 문학사상으로 볼 수 있다.

문학작품에 나타난 사상으로는 집단성과 시대성을 반영한 것 외에도 인간의 영원성 및 존재성을 추구하는 것도 있다. 휴머니즘 사상

은 시대나 역사를 초월해 인간으로서의 존재 가치 및 미래를 긍정적
으로 인식하는 대표적 예로, 문학은 물론 과학 등의 모든 학문 분야
에서 인간적인 의미와 가치를 중시한다.

그러나 중요한 것은 문학작품에서 사상을 어떻게 주장할 것인가
가 아니라, 독자에게 어떤 감동으로 다가오는가라는 점이다. 문학작
품은 단순한 정서의 표현에 그치지 않고 삶의 다양한 의미를 발굴해
실생활에 도움을 주려는 인생 비평적 요소를 지향하기 때문으로, 이
는 문학의 공리성과 관계가 있다. 즉 바람직한 문학사상은 작가가 추
구하는 정서의 미적 부분과 인생 비평적 요소를 내포한 공리적 사상
이 조화돼 독자에게 깊은 감동을 줄 수 있어야 한다. 전술한 톨스토
이의 인도주의 사상은 『부활』이라는 작품으로 인간의 사랑과 신뢰
라는 정서적 요소를 환기하고, 인생의 의미와 인간의 미래를 긍정하
는 사상적 메시지를 독자들에게 감동적으로 선사하고 있다.

(형식)

'형식(form)'은 작품의 형태를 비롯한 작성법, 문체, 운율의 수사기
교(rethoric)를 포함해, 예술작품의 모든 개별적 요소들을 전체로 조직
하거나 특질을 부여하는 제반 원리를 말한다. 문학의 형식을 이해하
기 위해서는 철학적 사고에서 말하는 관념(idea)의 존재가 중요하며,
철학에서 관념은 일정 사물의 존재를 성립시키는 가장 핵심적 인식
이다. 이를테면 연필은 쓰다 보면 부러지고 닳아 없어질 수 있으나,
연필이라는 구체적인 현상을 지탱하는 관념 즉 형식은 소멸되지 않
는다. 연필 발명가들의 연필의 구조에 대한 이해(관념)가 다량의 연필
을 생산해 낼 수 있는 근원이 되기 때문이다.

문학작품에서 관념은 각각의 형식이 구체화한 것을 가리키고, 겉모습이 아닌 속 모습 즉 내용의 형성에 주체적으로 관여하는 골격의 원리이자 특질을 부여하는 역할을 담당한다. 기존의 학교 수업을 통한 문학교육에서는 작품을 정서, 사상 등의 내용분석에만 집중했다면, 현대문학에서는 전술한 객관적 존재론(절대주의적 관점)처럼 작품의 골격인 형식을 독립시켜 규명하려는 노력이 필요하다. 작품을 내용과 형식의 유기적 결합으로 파악하는 자세가 요구된다.

예를 들어 김소월의 〈진달래꽃〉의 형식상의 특징은 3 · 4 · 5조의 3음보(音步 foot)로 이루어진 전통적 민요율의 외재율(外在律)을 바탕으로, 역설법(paradox)의 수사 기교, 한자 사용을 최대한 억제한 평이한 어휘 구사 및 문체 정도로 정리해 볼 수 있다.

제2부

문학과 언어

언어학적으로 본 문학의 구조

언어는 화자와 청자 간의 의사소통을 가능하게 만드는 음성적 기호 체계로서, 갖가지 수사 기교로 작품 속 등장인물의 감정과 심리를 표현하며, 크게 비(非)문학적 일상 언어와 문학적 언어로 나눌 수 있다.

우선 일상 언어는 언어의 일상성과 실용성을 중시한다. 전달 내용을 단순하고 명백히 드러내기 위해 지시적이고 개념적인 언어를 사용하므로, 화자가 전달하려는 내용과 청자가 수용하는 내용 간에는 정확한 등가성(等價性)이 요구된다. 필연적으로 사물의 외연적 의미를 중시할 수밖에 없다. 외연(外延 denotation)은 사항이나 사물에 대한 일정 개념이 적용되는 대상의 집합으로, 예를 들어 금속의 외연은 금, 은, 철, 구리 등이 된다. 반대는 내포(內包 connotation)로, 사항 또는 사물에 부여된 개념을 충족시키는 모든 성질을 말한다. 이를테면 인간의 내포는 "사고하는 동물", "(한번은)죽는 존재" 등을 떠올리게 된다.

다음으로 문학적 언어는 감각, 이미지와 같은 미적 가치를 중시하므로 언어의 외연보다는 내포에 집중된다. 시 〈진달래꽃〉의 진달래꽃의 외연이 "철쭉과에 속하는 관목", "4월에 엷은 홍색으로 핌"이라면, 내포는 "한 맺힌 이별의 슬픔을 상징하는 꽃" 정도로 정리 가능하다. 다른 예로 한용운(1879~1944)의 시 〈님의 침묵〉(1926) 속의 "님"은 사랑하는 연인이나 상대를 높이는 일반적 용어로서 조국이나 초월자의 의미를 내포한다.

결국 문학에서는 이러한 언어에 내포된 함축의미를 작품 내용에 가장 부합되는 형태로 추출해 내는 것이 중요하다. 따라서 언어의 외연보다는 내포를 중시하는 문학적 언어의 특성은 기본적으로 언어학적 구조에 대한 이해의 필요성을 느끼게 한다. 일상 언어와 문학 언어의 차이점을 파악하기 위해서는 소쉬르의 구조주의 언어이론의 기본적 성격을 점검해 볼 필요가 있다.

구조주의 언어이론과 문학

구조주의(structuralism) 언어학은 스위스의 언어학자인 소쉬르(F·Saussure 1857~1913)의 『일반언어학 강의(Cours de linguistique générale)』(1916)를 통해 성립되었다. 언어(랑그)에 내재된 구조를 추출해 각 요소의 기능적 연관성을 규명하고, 이를 바탕으로 사회·문화 현상의 의미체계를 언어구조와 동일한 것으로 유추한다. 구조주의 문화이론, 포스트구조주의 등 다양한 비평이론으로 발전하였으며, 가장 핵심 개념은 '기표(시니피앙)', '기의(시니피에)'의 기호학(semiotics) 개념에 입각한 '랑그'와 '빠롤'이다.

▌기표와 기의, 코드

소쉬르는 언어를 인간의 생각을 표현하는 기호로 간주한다. 기호 (sign)는 단어(word)와는 대조적으로 청각(소리) 혹은 시각(문자) 이미지 와 개념이 자의적으로 결합한 것이다. 이를테면 우리말의 "돼지"는 "돼ー지ー"라는 소리 내지는 소리를 기록한 문자(철자)의 이미지를 의미하며, 개념은 화자 공동체가 청각 이미지에 임으로 결합한 관념 혹은 물질적 대상으로서, 네발 달린 짐승인 돼지를 떠올린다. 이러 한 일련의 과정을 소쉬르는 '기표'와 '기의'라는 기호를 구성하는 두 가지 기본 요소로 설명하고 있다. 돼지는 소리(청각)에 입각한 기표인 "돼ー지ー"와 "네발 달린 짐승"이라는 개념의 기의가 표리일체의 불 가분의 관계를 이루면서 일상적으로 사용하는 기호로서의 돼지를 성립시킨다.

여기서 기표(記表)는 '시니피앙(signifiant)'이라고도 하며, 소리 · 문자 · 그림 · 영상의 물질적(물리적) 형태를 지닌 의미 전달의 운반체에 해 당한다. 이에 대해 기의(記意)는 '시니피에(signifié)'로 불리며, 기표가 가리키는 기호의 정신적인 또는 개념적인 차원으로서 의미 운반체 에 담긴 내용을 말한다. 다른 예를 들면 "황소"라는 말이나 글자는 일반적으로 떠올리는 개념인 "머리에 뿔이 나고 네발 달린 짐승"에 대한 기표이고, "예로부터 우리 농사일에 유용하게 쓰여 왔다"의 정 신적 의미 부여는 황소라는 기표에 대한 기의가 된다.

여기서 유의할 점은 기표와 기의가 단지 분석의 편의상 분리될 뿐 실제로는 독립적으로 분리될 수 없다는 것이다. 황소라는 기호의 의 미는 기호 사용자에 의해 기표와 기의 간의 관계가 구축되는 순간,

그것을 사용하는 사회 구성원들의 합의된 관습적 체계인 '코드(code)'를 성립시킨다. 참고로 소쉬르는 이를 언어의 자의성(恣意性)으로 부르고 있다.

소쉬르에 의하면 언어기호는 지시하는 대상과의 필연적인 관계가 아닌, 특정 집단의 구성원들이 상호작용으로 나타내는 자의적 관계를 맺고 있으며, 이를테면 같은 대상을 두고 우리말로는 "개"라고 하고 영어로는 "dog"이라고 부르는 것을 들 수 있다. 다시 말해 "개"와 "dog"이라는 언어기호 즉 시니피앙은 각각의 공동체인 한국과 미국에서 서로 다른 의미나 개념을 지닌 표현으로 얼마든지 사용될 수 있으며 완전히 다른 언어로 지칭할 수도 있다. 즉 "개"와 "dog"의 말의 소리로서의 언어기호(시니피앙)와 그것이 가리키는 대상의 의미(시니피에) 사이의 관계는 어디까지나 자의적 약속에 불과하고 이러한 사회적(관습적) 약속이 코드가 된다.

이상 살펴본 것처럼 하나의 기호를 에워싼 특정 기표와 기의의 관계는 기호를 사용하는 사회의 구성원들 사이에서 약속된 코드로 작동한다. 즉 기표와 기의의 관계는 해당 언어를 사용하는 공동체의 사회적 관습에 따라 자의적 혹은 인위적 성격을 지닌다. 우리말에서 황소를 뿔이 있는 네발 달린 동물이자 농사일에 유용한 존재였다고 인식하는 것은 단지 우리의 오랜 관습적 합의에 의한 것으로, 다른 국가에서는 농사일에 유용한 동물이 개일 수도 있다. 황소가 농사일에 유용한 동물이라는 것은 우리나라에서 통용되는 인위적 코드에 의한 것이다. 이처럼 기표와 기의로 성립되는 기호의 의미는 다른 기호와의 문화 혹은 사회적 코드의 차이를 통해 규정된다.

한편 소쉬르는 기표와 기의, 기호, 코드를 골자로 한 구조주의적 언어학을 확립시키게 되는데, 핵심은 동일 언어를 사용하는 언어 공동체 구성원들의 발화와 행동을 지배하는 기본 규약인 '랑그'와 '빠롤'에서 찾을 수 있다.

▌ 랑그와 빠롤

'랑그(langue)'는 화자의 의사전달 과정에서 복종해야 하는 언어규칙의 총체이자 언어를 조직하는 법칙이나 관습의 사회적 언어체계를 말한다. 이를테면 단어의 사전적 의미나 문법 체계와 같은 언어의 이론적 구조로서, 특정 언어를 사용하는 사회 구성원 사이의 약속된 기호 즉 코드 체계에 해당한다. 결국 랑그는 구성원 간의 합의된 약속이므로 기본적 속성은 고정적이다.

이에 비해 '빠롤(parole)'은 랑그를 개별적으로 받아들이고 해석하는 국면을 가리키며, 약속된 기호인 랑그가 실제로 화자와 청자 사이의 의사소통 과정에서 실현되는 행위나 상황 전체를 말한다. 결국 랑그라는 뼈대를 기반으로 구축되는 개별적 말이나 글과 같은 주장이 빠롤이다. 화자의 의도에 따라 다양한 의미를 내포하므로, 간혹 청자는 화자의 의도와는 다르게 받아들이는 비대칭 관계에 놓이게 된다. 이처럼 빠롤은 발화 상황과 의도에 따라 의미가 고정되지 않는 유동적이고 가변적인 성격을 지닌다. 이러한 빠롤의 다양한 의미성을 드러내는 것이 후술할 담론(談論)이다.

이해를 돕기 위해 문학작품을 예로 들면 작품 속의 언어표현이나 줄거리의 전개는 랑그에 해당하고, 작품에 담긴 의미나 작자의 사상은 빠롤로 간주돼 다양한 담론을 생성한다. 음악의 경우 악보는 랑그, 연주는 다양한 악기 배합이 가능하므로 빠롤이다.

▌ 문학 언어와 일상 언어

언어학적 관점에서 본 시니피앙과 시니피에, 랑그와 빠롤의 대립적 이원구도는 문학적 언어와 일상적 언어와의 관계를 논할 때 중요한 요소이다. 우선 일상 언어의 운용 맥락에서는 의사소통을 위한 의미 전달의 확실성이 주된 목적이므로 시니피앙과 시니피에의 견고한 결합을 중시한다. 간혹 예쁜 아이를 보고 밉게 생겼다고 말하는 등 관습적인 언어운용에서 약간의 예외는 있지만, 보편적으로 시니피앙과 시니피에 나아가 랑그와 빠롤의 관계에서 나타날 수 있는 모호성은 일상 언어에서 대부분 제거된다.

이에 비해 문학 언어는 표현의 모호함이나 복잡성을 충분히 음미하면서 언어운용의 묘미를 살리는데 의의가 있다. 즉 문학 언어는 일상적인 시니피앙과 시니피에의 결합 조건에서 의도적으로 이탈해, 고정관념으로 굳어버린 현실에 대해 자유로운 해석과 의미를 부여한다. 일례로 "고독은 현대 인간이 현실 속에서 추구할 수 있는 진정한 쾌락이다"에서 고독과 쾌락은 관념적으로는 상반되는 이미지를 지니고 있지만, 현실이라는 상황맥락 속에서 고독을 긍정하는 빠롤적 메시지를 생성한다. 문학작품에서는 내부에 함축 혹은 내포된 작자의 메시지를 어떻게 읽어내는가에 따라 각각의 언어표현은 가변적 의미를 만들어 내게 되며, 이러한 빠롤의 특징을 압축적으로 드러내는 것이 담론이다.

담론과 문학

담론은 '언술(言述)', '언설(言說)'이라고도 하며 영어로는 'discourse'이다. 언어, 문학, 문화, 사회를 논할 때의 전문 용어로, 글쓰기와 말하기 등 언어로 표현된 내용의 총체를 의미한다. 1960년대 후반에서 70년대 전반에 걸쳐 구조주의 비평의 핵심 개념으로 제시되었다.

▌언어학적 관점에서의 담론

문장보다 긴 언어의 복합적 단위인 담론을 분석하는 것은 언어표현 속에 들어있는 주장이나 담긴 의미의 연구가 되며, 이때 언어는 일정한 사회상황에서 구사되는 만큼 담론은 결코 중립적이거나 순수할 수 없다. 담론 속에는 화자가 전하려는 특정 메시지가 함축돼 있고, 이는 랑그와 빠롤의 유기적 결합으로 시도된다.

담론을 랑그와 빠롤의 결합으로 파악하려는 것이 구조주의적 기본 태도이다. 구조주의적이란 담론을 이루는 언어체계가 랑그를 형성하는 시니피앙과 시니피에의 유기적 결합을 통해 함축적 주장인 빠롤적 의미를 생산해 낸다는 뜻이다. 따라서 담론을 구성하는 문장들은 직설적 어법보다는 비유적·반어적 표현을 구사해 시니피에의 효과를 극대화하게 된다. 특히 구조주의자들에 따르면 담론은 특정한 지식을 복합적 언어체계로 전달함으로써 사회 현실을 설명하는데 주력한다. 이러한 구조주의의 관점에서 담론의 개념을 확립시킨 인물이 프랑스의 철학자이자 사상가인 미셸 푸코(Michel Foucault 1926~1984)이다.

▌미셀 푸코의 담론 이론

> "(담론은)특정한 대상이나 개념에 관한 '지식'을 생성시킴으로써,
> 또한 그러한 존재들에 관해 무엇을 말할 수 있고 무엇을 인식할 수 있
> 는가를 정하는 규칙들을 형성함으로써, 현실에 관한 설명을 산출하는
> '언표(言表 ststement)'들의 응집성 있고 자기지시적인 '규칙'의 집합체
> 이다"(푸코『지식의 고고학(The Archaeology of Knowledge)』 1972)

'언표'는 말로 나타내는 모든 것 즉 시니피앙과 시니피에의 유기적
결합을 유도하는 핵심적 어휘들을 가리키고, '규칙'은 언표들의 결합
으로 생성되는 담론의 핵심적 주장으로서 인용문에서 언급한 '지식'을
생성시킨다. 이러한 푸코의 주장을 예를 들어 설명하면 다음과 같다.

> "오늘날의 지구는 심각한 호흡기 질환을 앓고 있는 폐병 환자이다.
> 불편함을 감수하는 전(前)근대적 삶의 모습으로의 회귀는 더 이상 선
> 택이 아닌 필연이 되었다. 문명이 곧 재앙으로 다가오고 있다"(임)

주요 언표로는 "지구", "폐병", "전근대적", "문명" 등을 들 수 있
다. 지구를 폐병이라는 언표로 표현함으로써 현재 지구가 질환 상태
에 처해 있다는 규칙을 생성해 낸다. 시니피앙으로서 폐병의 사전적
의미는 호흡기 질환을 떠올리며, 온 세계가 대기오염과 같은 심각한
환경오염으로 엄청난 위기에 처해 있다는 시니피에를 지닌 언표로
발전한다. 나아가 이러한 지구의 환경오염을 극복하기 위해서는 자
동차나 공장과 같은 "문명"의 이로움을 포기하고, 불편하기 짝이 없

는 "전근대적"인 삶의 방식을 감수해야 한다는 빠롤적 의미의 지식으로 확대된다. 아울러 그 배후에는 공업기술의 발달이 인류에게 돌이킬 수 없는 재앙을 초래했다는, 현대 자본주의 산업사회에 대한 비판적 이데올로기로서의 또 다른 지식을 함축하고 있다.

한편 근대이후 문명의 이로움은 환경오염이 심각한 사회문제로 대두되기 이전에는 전혀 비판적으로 여겨지지 않던 것이므로, 문명의 핵심인 공업기술과 산업의 첨단화가 오늘날의 역사적 현실에서는 이익보다는 해를 초래하는 골칫거리로 전락했다는 메시지를 암묵적으로 드러내고 있다. 이처럼 담론은 그것이 제기된 사회의 역사인식이나 가치관, 물질적 패러다임이 변화함에 따라 유동적이고 가변적인 성격을 지닌다. 환언하자면 근대이전의 사회에서는 문명이 원시적인 인간의 삶을 긍정적 방향으로 인도하는 이로운 것이었다는 인식이 자리하고 있다.

또 다른 예로 논란이 되고 있는 사형제도에 대한 법률 담론이나 안락사와 같은 의학 담론은 최근 생명의 존엄성과 인식체계를 에워싸고 다양한 주장이 제기되고 있다. 처음에는 긍정적 혹은 부정적으로 여겨지던 것이 오늘날에는 반대의 위치로 바뀌는 매우 역동적인 공간이 담론의 장이다. 그밖에 동성애 문제나 성형의 미적 가치를 에워싼 담론도 마찬가지로, 이처럼 담론은 해당 공동체의 사회상황을 반영하면서 자연스럽게 형성된 인식(지식)을 드러냄으로써 여론을 성립시키고 주도해 나간다.

> "(담론은)사고하는, 인식하는 주체(suject)의 표현이 아니라, 오히려
> '~라고 말해진다'의 층위에 속한다"(푸코 1972)

담론은 특정 개인들과의 주체적인 의사교환에 의해 의도적으로 규정되지 않으며, 여론적이고 익명성(匿名性)의 층위(層位)에 존재한다는 주장이다. 익명성과 여론성은 담론이 사회나 역사의 현실 흐름을 민감히 반영한 결과물로서 자체적인 이데올로기를 지닌다는 의미로 해석 가능하다. 발화자의 주장을 단순히 말하거나 설명하는 행위가 아니라, 은연중에 힘의 논리를 지향해 강한 어조로 당위성을 강조한다는 뜻이다.

실제로 푸코의 주장에 따르면 담론은 여론에 내포된 이데올로기와 호환되는 개념으로 다분히 권력적 속성을 지닌다. 그 이유는 담론에는 반드시 화자와 청자의 존재가 가정돼 있기 때문으로, 화자가 주장의 당위성을 청자에게 설파하는 과정에서 자연적으로 잠재적 형태의 역학관계가 형성될 수밖에 없다는 논리이다. 이처럼 푸코는 담론을 권력이나 지배의 일정 효과를 성취하도록 의도되는 매우 정치적 행위로 간주하고 있다.

일례로 2010년 인터넷에 등장한 신조어인 "헬조선"은 한국의 옛 명칭인 '조선'에 '헬(hell)'을 붙인 지옥 같은 한국사회라는 의미의 합성어로, 신분제 사회였던 조선처럼 자산이나 소득수준에 따라 신분이 고착되는 우리 사회의 부조리를 직시한 정치적 이데올로기의 담론이다.

> "성형은 인간의 신체를 미적으로 완성하려는 창조적 행위로서, 인공미의 재현을 통해 인간의 미의 현대적 정의에 끊임없는 변화와 재조명을 촉구한다. 인공미는 더 이상 자연미의 노예가 아니다."(임)

최근의 사회현상인 성형 열풍을 직시한 담론이다. 여기에 담긴 빠롤적 메시지 즉 푸코가 말한 이데올로기는 인간의 내재된 아름다움보다 외적으로 창조된 인위적 미의 강조라는 규칙을 드러낸다. 과거의 미의 절대적 가치이던 자연미로부터 인공미로의 전환의 사회적 가치관의 변화의 배후에는 지식으로서 정신에 대한 신체의 우위를 바탕으로, 신체가 생물체로서의 인간의 인격 및 성향, 행동 패턴에 지대한 영향을 미친다는 새로운 지적 패러다임을 제시하는 한편, 신체를 정신보다 하위에 위치시켜 온 인식의 변화를 또 다른 지식으로 암시하고 있다. 이처럼 지식은 복수로 추출 가능하며, 규칙이 담론에 담긴 주장이라면 지식은 규칙을 포괄하거나 그로 인해 환기되는 포괄적 인식을 가리킨다.

▍ 문학작품과 담론

문학에서 담론은 일반적으로 스토리와 짝을 이루는 서술(narration)이나 작품 속 언어 등 표현과 관련된 영역 전체를 가리킨다. 결국 문학에서는 작품 자체가 담론의 형태를 이루고 있다. 중요한 것은 그것이 전하려는 작가의 메시지 즉 구조주의 언어학에서 말하는 빠롤을 읽어내는 것이다.

현대 문학작품의 담론 활용의 가장 두드러진 특징은 일상 담론을 차용해 독자와의 친숙한 소통 효과를 추구한다는 점이다. 구체적으로 작품 속 간접적 대화체의 형식은 독자 즉 담론 수용자를 대화 상대자의 위치로 쉽게 전이시켜 공감대를 형성하게 만든다. 이에 관한 대표적인 담론 차용방식으로 신문기사, 광고, 포스터와 같은 미디어 매체를 통한 인용이 있는데, 기법 면에서 신선함을 제공하나 인용으로서의 한계를 벗어나지 못한다는 단점이 있다.

다음으로 편지나 일기, 전화, 담화문의 양식을 차용하는 경우도 있다. 특히 소설에서 편지나 고백체의 문장이 초기 근대소설 양식을 발전시키는데 기여하였고, 전화 통화나 심문으로 작자가 제시하려는 메시지를 독자들에게 효과적으로 전달하는 경우도 있다.

김종수 80년 5월 이후 가출
소식 두절 11월 3일 입대 영장 나왔음
귀가 요 아는 분 연락 바람 누나
829-1551

이광필 광필아 모든 것을 묻지 않겠다
돌아와서 이야기 하자
어머니가 위독하시다

조순혜 21세 아버지가
기다리니 집으로 속히 돌아오라
내가 잘못했다

나는 쭈그리고 앉아
똥을 눈다

— 황지우(1952~) 〈심인〉(1983)

신문광고를 적극적으로 활용한 작품으로, 언어표현으로서의 광고 자체가 문학에서는 담론에 해당한다. 참고로 오늘날의 광고는 인터넷 매체나 스마트폰 기능으로 대체 가능하다.

인용한 시에서는 사람을 찾는 신문광고가 시 속에 들어와 미묘한 분위기를 연출하고 있다. 중요한 것은 일상 언어에 의한 광고가 이 시에서 매우 유기적 연관성을 나타내고 있다는 점이다. 이 시의 담론적 메시지는 사람을 찾는 광고의 절박함이 특정 가족의 사적 이야기에 머물지 않고, 우리 사회 전체가 직면하고 있는 보편적 문제인 가출로 확장되고 있음에 있다. 일상성 혹은 통속적인 삶의 부분을 시적 상황으로 끌고 들어와 영역을 확대하고 있는 점에 감동을 느낀다. '규칙'으로서 단순한 담론적 메시지인 가출이라는 사회문제에 머물지 않고, 보다 근본적인 삶의 문제로서의 떠난 자와 남은 자로 극명하게 대비된 부재 상황이 모든 삶의 근원적인 문제라는 '지식'으로 확대돼 나타난다. 나아가 가출한 사람을 되찾으려는 용서와 화해의 움직임은 다른 인간관계에 비해 견고한 것으로 보이는 현대사회의 가족관계가 실제로는 가장 무기력하다는 또 다른 지식을 추가하고 있다.

한편 이 시의 성공은 마지막 연에 있다. 가출인 가족들의 절박한 하소연은 화장실에 쭈그리고 앉아 신문을 읽고 있는 시적 화자에게는 아무런 의미도 없다는 심리적 거리감과 괴리감이 함축돼 있다. 시 속 세 사람의 가출이 이미 용서와 화해로서는 회복될 수 없는 절망적인 것이라는 담론적 메시지가 느껴진다. 찾는 자의 간절함과는 대조적으로 이들은 이미 되돌아올 수 없는 자들이며, 그 심리적 거리는 화장실에 앉아 이 광고를 읽고 있는 시적 화자와의 거리로 다가온다는 점에서 시사하는 바가 크다. 시 속의 신문광고가 문학적 문맥 안으로 들어와 기능을 할 수 있게 된 것은 일상 언어로 이루어진 광고 표현이 자체적으로 일종의 리듬감을 느끼게 하는 한편, 이에 내재된 담론적 메시지가 일상 언어표현을 초월해 문학적 표현으로 승화되었기 때문이다.

전화 바꿨습니다. 어쩐 일이세요? 형님이 전화를 다 주시구, 거는 건 언제나 제 쪽에서였잖아요. 말도 저만 하고 형님은 듣기만 하셨죠. 여북해야 혼자서 마냥 지껄이다가 문득 형님은 시방 수화기를 살짝 문갑 위에 올려놓고 딴 일을 보고 계실 거다 싶은 생각이 들 적이 다 있었겠어요. 그러면 저도 입 다물고 전화기를 귀에다 바싹 대고 기다렸죠, 숨도 크게 안 쉬시는 고상한 우리 형님이시니 무슨 소리가 들릴 리 없죠. 형님은 나빠요. 어쩜 그렇게 인기척이라고는 없이 남의 말을 들을 수 있어요. 연결된 전화통에서 아무 소리도 안 들리는 느낌이 어떤 건지 아마 형님은 모르실거예요. 절벽 같아요. 내가 뛰어 내리지 않으면 누가 떠다밀기라도 할 것 같은 절벽 말예요. 그래요. 형님은 제 수다가 정 듣기 싫으면 이제 그만 두게, 말로 하시지 그러실 분이 아니라는 건 저도 알아요. 마음이 꼬이면 별 생각을 다 하나 봐요. 그렇지만 절벽 같은 적막 끝에 들려오는 소리도 뭐 그렇게 정 붙은 소리는 아니더라구요.
— 박완서(1931~2011) 『나의 가장 나종 지니인 것』(1993)

제25회 동인문학상을 수상한 단편소설이다. 전화 통화는 대부분 사소하고 사적이며 일상적이므로 독자에게 친숙함을 제공한다. 전화 통화 속 화자의 수다가 자연스러움을 느끼게 하는 이유로, 그러한 수다가 화자의 억압된 심적 상처를 읽어낼 수 있는 장치로 활용되고 있다. 참고로 인용문에는 등장하지 않으나, 소설에서 화자는 아들의 갑작스러운 죽음을 겪은 후 심적 고통을 느끼고 있는 상황에서 수다가 일상의 상처를 견디어 내는 방식의 하나가 되고 있다.

인용문의 특징은 화자가 "형님"으로 지칭한 청자를 향해 일방적으로 수다를 떨고 있는 점이며, 상대방과 마주 앉은 상황의 대화와는 달리 청자의 심리상태를 직접 파악할 수 없다. 따라서 "형님"의 침묵 앞에 화자는 절벽 같은 막막함을 느낀다. 이 소설에서 드러난 전화 통화를 활용한 일상적 담론의 차용방식은 어려운 삶의 상황을 잊기 위한 수다스러움이 삶의 무거움과 무겁지 않음을 동시에 떠올리며 유기적으로 연결되고 있는 점으로, 여기에 작자가 전하려는 메시지가 있다.

결국 문학작품에서의 일상 언어를 활용한 담론의 차용은 언어표현으로 독자들이 공감하도록 유도하는 것에 있다. 일상 언어를 적절하게 변형해 독자들의 정서적 감응을 유발하는 전략을 구사한다. 정서적 감응은 작자가 독자를 공감의 영역으로 끌어들여 작자의 주관이나 등장인물의 태도를 이해시키려는, 화자(작자 및 등장인물)와 수용자(독자) 사이의 직접성을 부각시키는 행위를 말한다. 문학작품 속 담론은 일종의 수사학적 장치로서, 시니피앙과 시니피에의 유기적 결합구조를 활용한 유용한 표현 수단으로 볼 수 있다.

▌ 일상 언어의 낯선 사용

지금까지 설명한 문학작품과 담론과의 관계에서는 일상 언어의 관습화된 결합구조를 기본에 두고 있다. 그런데 문학작품에서는 관습적 사용에서 의도적으로 이탈해 언어와 사물에 대한 새로운 지각을 확보하려는 시도가 두드러진다. 작가를 포함한 예술가들은 표현 대상을 일상적이고 습관적인 문맥에서 의도적으로 분리하고 다른 개념들 사이에 위치시켜, 상투적 언어표현과 독자의 기계적 반응에 충격을 가한다. 낯익은 사물을 마치 처음 보는 것처럼 묘사하거나 고상한 용어 대신 비속어를 채택함으로써, 고정된 문맥에서 벗어난 의미론적 전환을 추구하는 가운데 미적 가치를 창출하게 된다.

문학작품에서의 일상 언어의 낯설음은 크게 언어표현 자체에 의한 것과 대상에 의한 것 두 가지로 나누어 생각해 볼 수 있다.

13인의아해가도로로질주하오.
(길은막다른골목이적당하오.)

제1의아해가무섭다고그리오.
제2의아해가무섭다고그리오.
제3의아해가무섭다고그리오.
제4의아해가무섭다고그리오.
제5의아해가무섭다고그리오.
제6의아해가무섭다고그리오.
제7의아해가무섭다고그리오.
제8의아해가무섭다고그리오.
제9의아해가무섭다고그리오.
제10의아해가무섭다고그리오.

제11의아해가무섭다고그리오.

제12의아해가무섭다고그리오.

제13의아해가무섭다고그리오.

13인의아해는무서운아해와무서워하는아해와그렇게뿐이모였소.(다
른사정은없는것이차라리나았소.)

그중에1인의아해가무서운아해라도좋소.

그중에2인의아해가무서운아해라도좋소.

그중에2인의아해가무서워하는아해라도좋소.

그중에1인의아해가무서워하는아해라도좋소.

(길은뚫린골목이라도적당하오.)

13인의아해가도로로질주하지아니하여도좋소.

— 이상(1910~1937) 〈오감도(烏瞰圖)〉(1934) 중 「詩第1号」

일상 언어표현을 통한 낯설음에 해당하는 작품이다. 형식 면에서
띄어쓰기를 무시하고 무의미한 인상의 서술이 반복되며 앞의 서술
내용을 번복하는 등의 전략적 구성이 두드러진다. 기존 시의 관습으
로부터 과감하게 이탈하고 있다.

제목의 "烏瞰"은 '조감'과 '오감' 두 개의 발음이 가능하며, 이 과정
에서 의미론적 전환이 발생해 독자에게 야릇한 불안과 긴장을 자아
낸다. 통상적으로 높은 곳에서 낮은 곳을 바라본다는 뜻의 조감으로

읽히나, 이 시는 오감으로 발음하는 경우가 일반적이다. 오감을 한자 의미로 풀이하면 '까마귀(오)가 바라본다'가 되므로, 까마귀가 지닌 시니피에로서의 혐오스러움이 불안과 긴장감 같은 빠롤적 의미로 이어지고 있다.

내용을 살펴보면 "제1아해"부터 "제13아해"가 무작정 "도로를 질주"함은 전후맥락에서 연결성이 없으므로 일견 무의미한 반복처럼 보인다. 또 "막다른 골목"과 "뚫린 골목", "무서운 아해"와 "무서워하는 아해", '질주함'과 '질주하지 않음'의 이분법적 대립 구도도 통상의 인습적 의미에서 벗어나 있다. 이러한 대립 구도가 현대인의 불안 심리를 상징적으로 나타내고 있다고 지적되나, 중요한 것은 파격적인 언어표현이 의미하는 담론적 메시지이다. 시인은 기존의 일반적 통념이나 인식을 전복시키는 언어구조와 그러한 언어구조가 생성하는 문맥의 합리적 인과관계의 상실을 암시함으로써, 문학의 언어표현이 소통 가능한 일상 언어로 구성돼 왔다는 전통적인 인식을 부정한다.

이 시를 흔히 초현실적인 작품으로 보는 이유도 기존의 언어 간의 의미의 인과관계를 무시한 기계적인 언어의 나열을 의도적으로 채택하고 있기 때문이다. 일상 언어가 의사소통에 중점을 두고 있다면 문학 언어는 이를 의도적으로 부정하고 전복시키는 예술적 특권이 인정되기에 가능한 기법이라고 할 수 있다. 따라서 이 시는 내용분석보다는 제목을 포함해 느껴지는 긴장과 불안감을 독자가 감각적으로 음미하는데 의의가 있다.

나는 고양이로다. 이름은 아직 없다. 어디서 태어났는지 전혀 짐작이 가질 않는다. 뭔가 침침하고 습한 곳에서 야옹 야옹 울고 있던 것만은 기억하고 있다. 난 이곳에서 인간이란 것을 처음으로 보았다. 더구나 나중에 들은 건데 이 인간은 서생(書生)이라는, 인간 중에서도 가장 영악한 종족이라고 한다. 이 서생이란 자가 때때로 우리들을 잡아 삶아 먹는다는 것이다. 그러나 그땐 딱히 아무런 생각도 없었으므로 무섭다고 느끼지는 못했다. 단지 그의 손바닥에 태워져 쑤욱 위로 치켜올려졌을 때는 왠지 휑한 느낌이 들었을 뿐이다. 손바닥에 올려 진 채로 정신을 가다듬고 그 서생의 얼굴을 본 것이 이른바 인간을 처음 본 순간이었다. 이때 이건 좀 묘하군이라고 느낀 것이 지금도 남아 있다. 우선 털로 장식되어 있어야 할 얼굴이 맨질맨질해서 마치 양은 주전자 같았다, 그 후에 많은 고양이 동지들을 만났지만 이런 불구자는 한 번도 마주친 적이 없다. 게다가 그 얼굴 한가운데가 너무나 돌출돼 있다. 그리고 그 구멍을 통해 때때로 뿡뿡 연기를 뿜어댄다. 너무나 매워 아주 혼났다. 이것이 인간들이 피우는 담배라는 것을 겨우 알게 되었다.

– 나쓰메 소세키 『나는 고양이로다(吾輩は猫である)』(1905~6)

해학과 기지 넘치는 문장이 돋보이는 소세키의 처녀작이다. 동 소설의 특징은 인간이 아닌 고양이의 시선으로 즉 고양이의 눈높이에 맞추어 인간 사회를 묘사하고 있는 점이다. 우리가 일상적으로 쉽게 개념화해 버리는 낯익은 대상이 낯선 대상에게 어떻게 보일까라는, 인간의 지각을 상기시키는 점에서 인상적이다. 실제로 소설에서 일인칭 관찰자인 "고양이"는 "서생"을 비롯한 다양한 인간군상의 일거수일투족을 관찰하고 있으나, 관찰된 상황만을 설명할 뿐 의미는 알지 못한다. 사항이나 사물의 고정관념을 배제하려는 의도로서, 알지 못하는 상태에서 대상인 인간을 바라보는 새로운 시각을 획득하게 되다는 작자의 담론적 메시지를 읽어 낼 수 있다. 독자가 인간이므로 당연하게 여겨 왔던 일상의 제반 문제를 전혀 새로운 관점과 각도에서 생생하게 음미해 볼 수 있다.

담론과 이데올로기

▌일상 담론 속의 이데올로기

모든 문학작품은 언어를 사용하고 있다는 점에서 담론이 될 수 있으며 특히 줄거리를 갖는 소설은 더욱 그렇다. 문학작품을 담론으로 규정할 수 있는 이유는 첫째로 작품 속의 언어가 반드시 '상황맥락(context)'을 가지고 있는 점, 둘째는 화자의 이데올로기가 유감없이 발휘되기 때문이다.

상황맥락은 담론을 결정하는 중요 요소인 언어표현의 의미를 말한다. 이를테면 "엄마 사랑해요", "그래 나도 너를 사랑한단다"와 같은 부모와 자식 간의 대화 속 '사랑'에는 상대에 대한 존경과 헌신, 애정이 담겨 있다. 그러나 사랑하는 연인들의 사이에서 침실 같은 공간에서 사용되는 "당신을 사랑해"의 사랑은 상대를 육체적으로 소유하고 싶다는 욕망의 이미지를 나타낸다. 이처럼 상황맥락에 따라 언어로 표현된 담론의 의미들이 결정된다.

다음으로 이데올로기는 인간의 관념이나 사상 또는 지식을 총칭하는 용어이다. 일반적으로 특정 계층의 이익을 대변하는 정치적 이념으로 해석되나, 실제로는 법률이나 철학, 윤리, 문화, 예술의 모든 사회의 제반 요소와 결합해, 인간이 삶을 바라다보는 체계 속에서 생성되는 메시지를 가리킨다. 복습이 되지만 담론은 단편적으로 흩어져 존재하는 일상 대화가 아니라, 일정한 주제 안에서 처음과 끝을 구성하는 집합적인 메시지를 의미한다. 따라서 담론 안에는 반드시 화자가 주장하는 일관된 이념인 이데올로기가 존재한다. 참고로 문학에서 담론에 담긴 메시지와 이데올로기는 거의 동의어로 간주해도 무방하다.

일상적 이데올로기는 모든 언어 사용자가 일상생활에서 드러내는 감정이나 감정을 구사하는 발화 상황 속에 항상 포함되는 것은 아니다. 일례로 처음 만난 사람과의 서먹서먹함을 덜기 위한 우스갯소리나 안부를 묻는 형식적인 인사말로는 언어 사용자의 이데올로기를 찾아내기가 어렵다. 파편적으로 존재하는 단순한 생각이 아니라, 체계적으로 구성되고 확립된 사고와 관념 체제이기 때문이다. 또 다른 예로 초미니 차림의 지나가는 여성의 복장을 보고 만약 비난하거나 부정적인 말을 내뱉었다면 배후에는 화자의 여성에 대한 약간의 편견적인 경멸의식과 옷차림을 에워싼 보수적인 사고, 나아가 옷이라는 외관적 요소만으로 한 사람을 평가하는 담론적 요소로서의 이데올로기가 종합적으로 내포돼 있다. 물론 공적인 자리에서 행하는 발언이나 논문 같은 일관된 주제 하에 묶여진 담론에도 반드시 이데올로기가 존재한다.

▌문학작품 속의 이데올로기

　일상 언어표현 이상으로 문학작품에도 이데올로기가 등장한다. 어떤 형태로든 문학작품이 인간의 생활 및 사회의 본질을 조명하고 탐구함으로써 현실의 지표를 제시해 주기 때문이다. 유의할 점은 문학작품 속의 이데올로기가 매우 개별적이라는 것이다. 다시 말해 작자가 작품의 메시지를 전하는 과정에서 성립되는 담론적 메시지인 이데올로기는 반드시 사회의 진실이나 보편적 관념을 담고 있다고 할 수 없고, 일반적 통념에서 벗어난 사고체계를 얼마든지 무의식적으로 표현할 수 있기 때문이다. 즉 작가의 개인적 이념 또는 관념을 드러내는 과정에서 자칫 현실에 대한 왜곡을 담을 수 있다. 이를테면 자살자의 심리 등 죽음을 다룬 작품에서 작자는 죽음의 친밀감을 바탕으로 이를 긍정하는 등 얼마든지 현실을 왜곡할 수 있다. 이러한 관점은 문학에 국한된 것은 아니며, 최근에는 이데올로기를 현실과 어긋나는 사상 내지는 지식으로 간주하기도 한다. 따라서 작자의 개별적 사고를 성립시킨 상황맥락에 주의하면서 어떻게 예술적으로 승화되고 있는가를 파악하는 것이 중요하다.

　　　초가을 비 맞으며 산에 오르는
　　　사람은 그 까닭을 안다
　　　몸이 젖어서 안으로 불붙는 외로움을 만드는
　　　사람은 그 까닭을 안다
　　　후두두둑 나무기둥 스쳐 빗물 쏟아지거나
　　　고인 물웅덩이에 안개 깔린 하늘 비치거나

풀이파리들 더 꼿꼿하게 자라나거나

달아나기를 잊은 다람쥐 한 마리

나를 빼꼼이 쳐다보거나

하는 일들이 모두

그 좋은 사람 때문이라는 것을 안다

이런 외로움이야말로 자유라는 것을

그 좋은 사람 때문이라는 것을 안다

감기에 걸릴 뻔한 자유가

그 좋은 사람으로부터 온다는 것을

비 맞으며 산에 오르는 사람은 안다

— 이성부(1942~) 〈좋은 사람 때문에〉(2001)

8년간 백두대간을 종주한 체험을 바탕으로 쓴 시로 핵심 키워드는 "외로움"이다. 인간은 누구나 근본적으로 외로우며, 살아가면서 외로움을 겪게 된다는 일반적 이데올로기가 제시되고 있다. 인간이면 겪게 마련인 외로움을 독자들은 각자의 다양한 이미지로 연상할 수 있다. 이 시의 감상 포인트는 다양한 이미지를 떠올리는 외로움을 접하면서 어떤 어휘를 제시하고 담론을 형성하고 있는가이다.

이 시의 외로움을 에워싼 담론적 메시지의 근본에는 '사랑'이 존재한다. 비 오는 날 산에 오르면서 느끼게 되는 "몸이 젖어서 안으로 불붙는 외로움"은 "그 좋은 사람"을 향한 사랑이 있기에 가능하다. 외로움이 시인으로 하여금 산을 찾게 하고, 산속에서 접하게 되는 갖가지 초가을의 아름다운 영상들이 번잡한 일상을 떠나 산을 찾는 이들만이 느끼는 "자유"를 만끽하게 만든다.

초가을의 아름다운 영상들은 "나무기둥"을 "스쳐"가는 "빗물", "고인 물웅덩이"에 "비치"는 "안개 깔린 하늘", "풀이파리", "다람쥐" 등이다. 이를 통해 독자들은 사랑이 불러일으킨 시인의 외로움이 각박한 일상 속에서는 느낄 수 없었던 "자유"에 새로운 의미성을 고취하고 있다는 담론을 도출해내게 된다. 결코 다할 수 없는 사랑의 갈증이 불러일으킨 지독한 외로움이 고통이나 절망 대신에 자유와 자그마한 아름다움으로 직결돼 나타나고 있는 것이다. 일상적 상황 맥락에서는 보편적으로 고통스럽고 힘든 존재로 여겨지는 외로움의 일상적 이데올로기를 자유나 사랑 등 일반적 관념에서 벗어난 문학적 이데올로기로 승화시키고 있다는 점에서 참신함을 느끼게 된다.

한편 시는 언어를 압축적으로 사용하므로 이데올로기의 추출이 쉽지 않으나, 소설은 사회에 대한 명확한 이념을 표출하고 삶의 방식 전체를 문제 삼고 있으므로 상대적으로 용이하다. 일례로 1990년대 들어 주목받은 작가의 한 사람인 김소진(1963~1997)의 소설『개흘레꾼』(1994)을 살펴보기로 한다. "흘레"는 동물의 교미를 뜻한다.

다시 말하자면 나의 아비는 숙명의 종도, 그리고 권력 투쟁에서 패배한 남로당(1946년 12월에 서울에서 결성된 공산주의 정당. 남조선 노동당의 준말: 인용자 주)이었다고 외칠 만한 위치에 있지도 못했기 때문에 나는 또 다른 가슴앓이를 해야 했던 것이다. 그렇다고 다시 "아비는 군바리였다"거나 "아비는 악덕 자본가였다"라고 외칠 처지는 더욱 아닌데 나의 절망은 깃들여 있었다.

그런 의미에서 아버지는 테제도 그렇다고 안티테제도 아니었다. 그저 하릴없이 암내 난 개목에 낡아빠진 개 줄을 걸고 다니며 상대 수캐

를 고르고 한적한 돌산 같은 데로 올라가 흘레를 붙여주는 일을 보람
차게 수행하는 사람일 뿐이었다. 그러니 내가 나가야 할 출구를 아버
지가 미리 다 막아놓은 셈이다.

　　장명숙의 아버지는 해방공간에서 사회주의 활동을 한 이력이 있는
사람인 모양이었다. 고향에서 여운형의 건준(1945년 8월 해방 후 결성된
건국준비위원회의 준말: 인용자 주)에도 주도적으로 참여했다는 말을 얼
핏 들은 적이 있을 정도로 비중 있는 활동을 했다고 한다. 그 바람에
집안이 피질 못하고 우그러들었다는 소리를 술 취한 명숙의 입을 통해
몇 번 들을 때마다 그녀의 아버지는 그녀에게 하나의 테제였다. 그리
고 졸업 뒤 결국은 명숙과 결혼까지 한 서클 선배 석주 형의 경우는 어
떤가. 난 처음에 석주 형네 집에 갔을 때 그렇게 잘 사는 집구석에서
왜 운동을 하는지 의아스러워질 정도였다. 그러나 석주 형은 아버지가
마련해준 기득권의 토양을 거부하고 나섰다. 형이 머릿속에 그리는 좀
더 나은 사회를 위해서 자본가적 잉여가치를 취하는 한 아버지는 극복
대상일 수밖에 없다는 형의 논리 앞에 나는 얼마나 기가 죽었던가.
그때 석주 형에게 아버지란 존재는 안티테제일 수밖에 없었다. 그러나
내게 아버지란 존재는 이도저도 아닌 개흘레꾼에 불과했다. 그러니 내
가 절망하지 않고 어찌 배길 수 있었을까.

　소설 속 "아버지"는 다른 동료의 아버지처럼 해방공간에서 "사회
주의 활동을 한 이력"도 없으며 기존의 사회체제에서 권력을 획득한
"자본가"도 아니라고 말한다. 즉 지향의 대상(테제)도 극복의 대상(안
티테제)도 아무것도 아닌 아버지는 "그저 하릴없이 암내 난 개목에 낡
아빠진 개 줄을 걸고 다니며 상대 수캐를 고르고 한적한 돌산 같은

데로 올라가 흘레를 붙여주는 일을 보람차게 수행하는 사람일 뿐"이다. 그런 아버지를 동네 사람들 역시 빈정거리며 백안시한다. 그러나 소설이 진행되는 동안 개흘레꾼인 보잘것없는 아버지의 삶이 "나" 뿐만 아니라 마을 사람들이 생각하듯 그저 비루하지만은 않다는 것이 조금씩 드러나게 된다. 특히 아버지가 결코 아무렇게나 흘레를 붙이지 않는다는 것은 아버지 나름대로의 판단으로 서로 궁합이 맞는 흘레만을 성사시킴으로써, 존재하는 것들의 자연스러운 질서를 지키고 있다는 기술이 이어진다.

> 아버지는 결코 아무렇게나 흘레를 붙이지는 않았다. 이를테면 아버지의 머릿속에는 가근방(일정한 지점을 중심으로 한 그 부근 일대: 인용자 주) 개들의 족보가 그려져 있는 모양이었다. 우선 애미와 새끼 간은 물론이고 같은 항렬끼리는 상관시키지 않았다. 사람들은 개판, 개판이라고들 하지만 개들 사이에서도 궁합이 있다는 게 아버지의 믿음이었다. 궁합이 맞지 않으면 좋은 수태가 될 수 없고 좋은 수태가 이뤄지지 않으면 난산(難産)이 된다는 거였다. 가령 경상도집 꾀순이가 발정을 한다면 그 상대로는 아버지 머릿속에 당연히 요구르트 집 누렁이가 점 찍혀 있었다. 쫑의 상대는 이발소 집 꼬맹이였다.

소설에 따르면 그런 아버지가 어느 날 동네에서 가장 크고 험상궂은 셰퍼드인 "히틀러"를 흘레붙이러 가던 중 잃어버리고 만다. 아버지는 잃어버린 셰퍼드로 인해 자연스럽게 30년 전에 거제도 포로수용소에서 겪었던 일화를 떠올린다. 아버지가 군견 셰퍼드에게 성기를 물리는 굴욕과 고통에도 불구하고 자신의 죽음을 각오한 채 동료들의 피땀인 쌈짓돈을 지켜낸 적이 있음을 아버지에게 듣게 된다. 그리고 아버지의 삶이 결코 거창하지는 않지만 폭력과 광기의 시대를 살아가는 삶의 한 방식일 수도 있음을 깨닫는 것으로 소설은 끝을 맺고 있다.

이 소설에는 1990년대 중반 시점에서 바라다본 한국사회라는 특정 상황이 개입돼 있다. 당시는 과거의 기득권층이 주도한 이념적 사상과 우리 사회의 고질적 병폐인 자본 만능이 여전히 권위로 여겨졌으며, 그런 사회적 권위 앞에서 단지 무기력할 수밖에 없는 아버지를 등장시켜 이를 극복하려는 몸부림을 표현하고 있다. 구체적으로 "남로당"이나 "자본가"로 표상된 "테제"도 "안티테제"도 아닌 제3안의 대안을 치열하게 모색하려는 작가의 이데올로기를 표출하고 있다.

대안은 희고 강한 이빨의 셰퍼드로 표상된 폭력적인 삶에 맞서는, 겉으로는 비루하고 옹색하기 짝이 없지만 삶의 진정성에 뿌리를 내리고 있는 아버지의 삶으로 나타난다. 그의 삶은 자연의 질서가 허락하는 범위 내에서 삶을 영위하고 종족을 번식시키며, 어떤 조소와 조롱이 있어도 모든 것을 내건 채 사람과 사람의 관계가 소중하다고 굳게 믿고 살아가려는 소박한 삶의 모습이라는 이데올로기로 묘사되고 있다. 작자는 이러한 아버지의 삶이 어떤 번지레한 삶보다 소중함을 강변하고 있는 것이다.

주목할 점은 작자가 제시하는 이데올로기가 오늘날의 우리 아버지들의 모습으로 투영돼 나타난다는 것이다. 누구에게나 아버지는 존재하기 마련이며, 혹은 과거에 존재했던 대상으로서 구체적인 기억이나 이미지를 공유한다. 그런 아버지의 이미지나 기억은 특별한 것이 아닌 우리들의 보편적인 삶 속에 위치하는 평범한 아버지의 모습이다. 어쩌다 술을 마시면 밤늦게 우리들의 단잠을 깨우고, 우리들의 사고방식을 이해하기에 앞서 가장으로서의 권위만을 강조하는 옹고집이거나, 어머니 앞에서는 한없이 작아지는 아버지를 떠올리게 된다. 중요한 것은 각박한 일상 속에서 초라하게 느껴지는 소시민적인 삶의 아버지는 지극히 선량하다는 점이다. 자신의 이익을 위해 타인을 혹독하게 몰아붙이지도 않으며 피눈물을 쏟게 한 적도 없는, 현실 앞에 한없이 작아지는 안쓰러운 존재일 뿐이다. 결론적으로 소설은 작금의 각박한 현실 속에서 맞닥트리게 되는 진솔한 삶의 모습을, 세상이 지향하는 권력이나 자본과 같은 테제 혹은 안티테제가 아닌 제3의 국면에서 찾으려는 이데올로기적 메시지를 바탕에 두면서 일상 아버지의 이미지에 관한 담론을 도출해 내고 있다.

이렇게 보면 동 소설은 장르 면에서 전형적인 리얼리즘적 성격의 작품으로, 문학작품의 이데올로기는 리얼리즘 문학에서 가장 극명하게 드러난다. 리얼리즘 문학이 인간의 현실 삶의 모습을 적나라하게 반영하고 있기 때문이다. 작자가 추구하는 이데올로기가 고통 또는 희망 속에서 제시되는 가운데, 고통이나 희망을 미적으로 표현하고 있다는 점에 리얼리즘 문학의 특징이 있다.

언어의 수사적 기교와 문학

언어의 주요 특징의 하나는 일상 언어와 문학 언어의 구별 없이 화자가 언어로 일정한 의미를 청자에게 전하려 할 때 다양한 기법을 사용한다는 것이다. 이를 '수사(修辭 rhetoric)'라고 하며, 언어의 기교를 이해하기 위해서는 언어의 기능을 성립시키는 기본 요소인 이미지 (image)를 이해해야 한다.

이미지의 일반적 정의는 신체적 자각으로 나타난 감각을 마음속으로 다시 재생시켜 놓은 것을 말한다. 이를테면 사람의 눈이 어떤 색채를 지각할 경우 마음속에 기록되듯 이미지는 눈으로 본 것을 2차적으로 옮겨 놓은 것이므로 기본적으로 재생(reproduction)의 속성을 지닌다. 예를 들어 저승사자의 검정 복장으로 검정은 죽음의 이미지로 자각되고 이후 지속적으로 재생된다.

문학에서 언어의 이미지는 '정신적 이미지(mental image)', '비유적 이미지(figurative image)', '상징적 이미지(symbolic image)'의 세 가지로 분류되는데, 이미지의 구사를 통한 주된 수사법을 구체적으로 살펴보기로 한다.

▮ 정신적 이미지

언어표현으로 마음속에 떠올리는 감각적 이미지 전체를 가리킨다. 인간의 오감(五感)에 입각한 시각적 이미지, 청각적 이미지, 후각적 이미지, 미각적 이미지, 촉각적 이미지로 나뉜다.

   a) 바다는 뿔뿔이
      달아 날려고 했다.

      푸른 도마뱀떼 같이

재재 발렀다.

꼬리가 이루

잡히지 않았다.

흰 발톱에 찢긴

산호(珊瑚)보다 붉고 슬픈 생채기!

– 정지용(1902~1950) 〈바다2〉(1926)

b) 나지익 한 하늘은 백금빛으로 빛나고

물결은 유리판처럼 부서지며 끓어오른다.

동글동글 굴러오는 짠바람에 뺨마다 고흔 피가 고이고

배는 화려한 짐승처럼 짓으며 달려나간다,

– 정지용 〈갑판 우〉(1926)

a)에서 쏜살같이 밀여왔다가 밀려나가는 파도의 움직임이 '달어나다', "푸른 도마뱀떼", "재재 발렀다", "흰 발톱"의 시각적 표현으로 형상화 즉 이미지화되고 있다. 이에 비해 b)에서는 같은 파도의 영상이라도 뱃머리에 부딪쳐 날카롭게 갈라지는 물살을 "유리판처럼 부서지며 끓어오른다"거나, 기적을 울리며 파도를 가르고 달려나가는 배의 움직임을 "화려한 짐승처럼 짓으며 달려나간다"는 청각적 이미지로 형상화하고 있다. 물론 '–처럼'의 직유법의 비유적 이미지도 등장하지만, 이미지는 하나의 감각에 머물지 않고 다양한 감각이 동원돼 나타난다는 점에 묘미가 있다. 이처럼 하나의 대상

에 접해 촉발된 감각이 다른 감각으로 전이되는 것을 공감각(共感覺 synaesthesia)이라고 한다.

▌ 비유적 이미지

일상생활에서는 두 대상의 비교로 자신의 관념과 의미를 전달하게 되는데, 이때 비교하는 대상의 이미지를 비유적 이미지라고 한다. 세부적으로 비유되는 이미지를 '원관념'이라 하고, 비유하는 이미지를 '보조관념'이라 부른다. 중요한 것은 두 관념이 문학작품에서는 의사소통보다 감각적 참신함을 중시한다는 점이다. 일상 언어감각의 연결 관계로부터 의도적으로 이탈해 양자 간의 낙차를 생성하고 독자에게 깊은 여운을 남기게 된다. 예를 들면 "분수처럼 흩어지는 푸른 종소리"에서 원관념은 '종소리', 보조관념은 '분수'이고, "꽃처럼 붉은 울음"에서 원관념은 '울음', 보조관념은 '꽃'이다. 이하 비유적 이미지의 구체적인 종류로 직유, 은유, 알레고리, 중의법을 살펴본다.

'직유(simile)'는 표현하려는 대상인 A(원관념)에 다른 대상인 B(보조관념)를 끌어다 직접 연결하여 견주는 방법으로 A와 B는 등가적 관계에 놓인다. 비교격 조사인 '-같은(이)', '-보다', '-처럼', '-인양' 외에 부사 표현인 '마냥', '마치', '흡사' 등이 쓰인다.

> a) 거룩한 분노는
>
>   종교보다도 깊고

불붙는 정열은

사랑보다도 강하다

아, 강낭콩 꽃보다도 더 푸른

그 물결 우에

양귀비 꽃보다도 더 붉은

그 마음 흘러라.

– 변영로(1897~1961) 〈논개〉(1922)

b) 돌담에 소색이는 햇발같이

　　풀 아래 웃음 짓는 샘물같이

　　내 마음 고요히 고흔 봄길 우에

　　오늘 하로 하날을 우러르고 싶다.

– 김영랑(1903~1950) 〈돌담에 소색이는 햇발〉(1930)

　　같은 직유라도 a)에서는 "분노"와 "종교", "정열"과 "사랑", "꽃"과 "물결"이 단어와 단어 간의 상호비교로서 이를 '단일직유(simple simile)'라고 한다. 다음으로 b)에서는 "돌담에 소색이는 햇발", "풀 아래 웃음 짓는 샘물"은 구절(句節) 사이의 비교로서 '확충직유(enlarged simile)'로 부른다.

　　둘째로 '은유(metaphor)'는 비교격 조사 없이 원관념과 보조관념을 결합한 비유이다. 양자 중 하나를 순간적으로 동일시해 묘사하거나 양자가 합쳐져 독특한 뉘앙스의 다른 이미지를 생성한다. 암암리에 떠올리는 비유라 해서 '암유(暗喩)'라고도 한다. 은유의 어원은 '초월하다'와 '전하다'가 합성된 것이며, 본래 사물의 의미를 초월해 새로운 의미를 가져온다는 뜻을 내포하고 있다.

> 내 마음은 호수(湖水)요.
> 그대 저어 오오.
> 나는 그대의 흰 그림자를 안고,
> 옥같이 그대의 뱃전에 부서지리다.
>
> 내 마음은 촛(燭)불이오.
> 그대 저 문(門)을 닫어주오.
> 나는 그대의 비단 옷자락에 떨며,
> 최후의 한 방울도 남김없이 타오리다.
>
> – 김동명(1900~1968) 〈내 마음〉(1937)

원관념은 "내 마음", 보조관념은 "호수", "촛불"이다. 단순히 내 마음은 잔잔하다는 표현보다 훨씬 효과적이다. 왜냐하면 보조관념인 "호수"나 "촛불"이 다의성(多義性)을 지닌 단어이기 때문이다. 이를테면 호수는 평화롭다거나, 촛불 또한 생명의 불 등의 관념적 의미를 가질 수 있다. "내 마음"에 대한 시적 서술이 풍부한 연상 속에 놓이게 된다.

문학적 은유의 핵심은 전술한 대로 원관념과 보조관념 사이의 유사성과 동일성이 적을수록 효과가 배가되는데 비해, "쟁반같이 둥근 달"이나 "인생은 일장춘몽" 등의 유사성이 크고 관습적인 어휘 구사는 시적 긴장감이 약하다. 이처럼 우리 일상에서 관습적으로 쓰이는 은유를 '사은유(死隱喩 dead metaphor)'라고 한다. 처음에는 참신했지만 오랜 세월 동안 많은 사람들이 반복적으로 사용하는 가운데 참신함을 상실한 것이다.

따라서 시인이나 소설가들은 어휘 구사에 있어 본능적으로 새롭고 참신한 은유를 찾아내는데 문학적 생명을 걸게 된다. 은유는 언어의 표면에 드러난 외연적 의미로부터 연상되는 내포된 의미를 효과적으로 표현하기 위한 매우 중요한 문학 언어의 수사 기교이다.

> 이것은 소리 없는 아우성, 저 푸른 해원을 향하여 흔드는 노스탤지어의 손수건!
>
> — 유치환(1908~1967) 〈깃발〉(1936)

원관념인 "깃발"과 보조관념인 "아우성", "노스탤지어의 손수건" 사이에는 내용상 특별한 상관관계가 인정되지 않으므로 참신한 인상을 주게 된다.

다음으로 언급하는 것은 풍자성의 비유인 '알레고리(allegory)' 즉 '풍유(諷諭)'이다. 은유의 일종으로 작품 내용에 포함된 이데올로기를 강조한 형태의 비유이다. 특정 소재를 유사한 다른 소재의 모습을 빌려 서술하므로 '우의법(寓意法)' 또는 '우유법(寓喻法)'이라고도 한다. 표면적인 의미 밑에 또 하나의 의미를 첨가해 제시하는 형태이다. 알레고리의 가장 큰 특징은 하나의 의미를 나타내는 과정에서 많은 요소들로 구성되기도 하며, 추상적인 사항을 구체적인 내용으로 표현하는 다의성, 다중성을 지닌다는 점이다.

한편 문학작품의 알레고리에는 '이념들(ideas)에 의한 알레고리'와 '역사적·정치적 알레고리'의 두 종류가 있다. 먼저 '이념들에 의한 알레고리'는 특정한 주의(主義)나 교리(敎理)를 전달하는데 적합해, 『신곡(神曲)』과 같은 도덕극(劇)이나 종교문학에서 빈번히 쓰인다. 『신곡』은 저승세계로부터 천국에 이르는 여행을 주제로 한 13세기 이탈리아의 작가 단테(A.Dante 1265~1321)가 1308년부터 사망한 1321년 사이에 저술한 대표 서사시로, 세상의 모든 것은 확고부동의 무한하고 오묘한 질서를 가지고 있으며, 그 놀라운 힘 자체가 신의 작품이라는 담론적 메시지를 담고 있다.

다음으로 '역사적 · 정치적 알레고리'는 작가가 정치나 역사문제에 관해 교훈을 주려는 의도로 사용한다. 다음에 소개하는 김수영 (1921~1968)의 〈폭포〉(1959)가 이에 속한다.

폭포는 곧은 절벽을 무서운 기색도 없이 떨어진다

규정할 수 없는 물결이
무엇을 향하여 떨어진다는 의미도 없이
계절과 주야를 가리지 않고
고매한 정신처럼 쉴사이없이 떨어진다
금잔화도 인가도 보이지 않는 밤이 되면
폭포는 곧은 소리를 내며 떨어진다

곧은 소리는 소리이다
곧은 소리는 곧은
소리를 부른다

번개와 같이 떨어지는 물방울은

취할 순간조차 마음에 주지 않고

나타와 안정을 뒤집어 놓은 듯이

높이도 폭도 없이

떨어진다

시가 발표된 1959년은 자유당 독재정권하의 불행했던 시대로, "금잔화도 인가도 보이지 않는 밤"은 불의와 암흑으로 점철된 시대상을 투영하고 있다. 시인이 지향하는 세계는 불의의 권력과 억압이 사라진 민주적인 세계이며, 키워드인 "폭포"는 작자의 정치적 이상을 드러낸다.

세부적으로 제1·2연에서는 폭포의 힘찬 외형적 모습과 물리적 속성에 주관적인 의미 부여를 시도한다. 이은 제3연은 불의에 타협하지 않는 저항의식("곧은 소리")을 폭포의 모습에 빗대어 표현하고 있다. 마지막 제4연에서는 재차 매섭고 단호한 폭포의 낙하를 상기시켜, "나타와 안정"을 거부하는 폭포의 위대한 정신성 즉 "곧은 소리"를 암시적으로 예찬하고 있다. 결국 이 시에서 "폭포"는 암울한 정치 현실에서 굴하지 않고 살아가는 강직한 정신의 알레고리가 된다. 나아가 "폭포"의 역동적 이미지(원관념)는 상황문맥에 따라 모든 것을 단숨에 쓸어버리는 폭력적이고 무차별적인 것의 의미로 사용될 개연성이 있다. 전술한 알레고리의 특징인 다의성을 떠올린다.

마지막으로 설명할 것은 '중의법(重義法)'이다. 한 단어나 문장으로 복수의 의미를 나타내는 방법이다. 복수의 의미란 사전적으로 지니고 있는 파생적 의미나 유사성이 아니라, 전혀 다른 개념과 뜻을 재치 있게 동시에 이중적으로 내포하고 있는 것을 말한다.

> 청산리 벽계수야 수이 감을 자랑마라
> 일도창해하면 다시 오기 어려우니
> 명월이 만공산하니 쉬어간들 어떠리

조선 중종 때의 명기인 황진이(생몰년 미상)의 시조(時調)이다. 황진이
가 개성(송도)에 살고 있을 무렵 벽계수라는 종친이 있었는데 그는 품
행이 방정하고 여색을 멀리하기로 이름이 높았다. 이를 아는 황진이
가 벽계수가 개성에 왔을 때 부른 것으로, 벽계수는 이 노래를 듣고
황진이와 정을 나누었다고 한다.

한편 이 시조의 의미는 두 가지로 풀이해 볼 수 있다. 낱말 그대로
풀이하면

> 푸른 산속을 흐르는 맑은 시냇물아 빨리 간다고 자랑하지 마라.
> 한번 바다로 들어가면 다시는 이곳으로 돌아오기 어려우니
> 밝은 달이 산에 가득 비추고 있는데 쉬어간들 어떻겠느냐?

정도가 될 것이고, 비유적 의미로 풀이하면

> 깨끗하다고 자처하는 벽계수님 도도하다고 자랑하지 마십시오.
> 사람이 한 번 늙으며 다시는 청춘으로 돌아올 수 없습니다.
> 내가(황진이가) 좋은 경치 속에서 당신을 기다리고 있으니, 저와 함
> 께 잠시 즐기시면 어떻겠습니까?

의 숨은 뜻을 지닌다.

▍상징적 이미지

'상징(symbol)'은 '짜 맞추다'는 뜻의 희랍어에서 유래돼 기호(sign)의
뜻도 내포하고 있어, 어원적으로는 기호로 다른 것을 대체하는 기능
을 지닌다. 상징은 일반적으로 특정 사항을 나타내거나 지시하는 일
정 범위의 물체나 사건을 떠올리는 단어 혹은 구로 이루어진다. '인
습적 상징'과 '개인(개별)적 상징'으로 나누어지며 문학작품에서는 모
두 사용된다.

'인습적 상징(conventional symbol)'은 십자가가 기독교를, 비둘기가 평
화를 상징하듯 일상생활에서도 폭넓게 통념적으로 사용되므로 문
학작품에서는 신선함이 결여되기 쉽다. '개인적 상징(private symbol)'은
문학작품에 두드러지며, 작자 의도에 따라 특정의 의미를 부여하므
로 일상 의미에서 이탈하는 경우가 보통이다.

> 해야 솟아라. 해야 솟아라. 말갛게 씻은 얼굴 고운 해야 솟아라. 산
> 넘어 산 넘어서 어둠을 살라 먹고, 산 넘어서 밤새도록 어둠을 살라 먹
> 고, 이글이글 앳된 얼굴 고운 해야 솟아라.

> 달밤이 싫여, 달밤이 싫여, 눈물 같은 골짜기에 달밤이 싫여, 아무도
> 없는 뜰에 달밤이 나는 싫여……

> — 박두진(1916~1998) 〈해〉(1949)

이 시에서 "해"는 밝음, 광명을, "어둠"과 "달밤"은 우리의 일상을 지배하는 온갖 부정적 요소를 상징하고 있다. 인습적 상징에 해당한다.

바다가 있던 자리에

군함이 한 턱 닻을 내리고 있었다.

여름에 본 물새는

죽어 있었다.

물새는 죽은 다음에도 울고 있었다.

한결 어른이 된 소리로 울고 있었다.

눈보다도 먼저

겨울에 비가 오고 있었다.

바다는 가라앉고

바다가 없는 해안선을

한 사나이가 이리로 오고 있었다.

한쪽 손에 죽은 바다를 들고 있었다.

— 김춘수(1922~2004) 〈처용단장(處容斷章)〉(1969~70)

1969년부터 1년 반 동안 발표된 연작시(連作詩)이다. 처용은 고대 설화에 등장하는 동해 용왕의 아들로, 우연히 신라의 헌강왕을 돕게 되었고 고맙게 여긴 왕은 그에게 관직과 아름다운 여인을 주어 아내로 삼게 하였다. 그런데 처용의 아내가 너무나 아름다워 이를 흠모한 나쁜 역신(疫神)이 처용이 없는 사이 집에 몰래 들어와 처용의 아내와 동침을 하게 된다. 마침 집에 돌아온 처용은 두 사람의 모습을 목격

하나 오히려 춤을 춘다. 이러한 처용의 관대함에 감동한 역신은 처용에게 앞으로 처용의 모습을 그린 것만 보아도 문안으로는 들어가지 않겠다고 맹세하고 사라졌다고 한다. 이후 사람들은 처용을 그린 부적을 문에 붙여 귀신을 물리치고 경사스러운 일을 맞이했다는 것이다.

"바다"는 김춘수 시에서 빈번히 등장하는 소재로 시인은 이에 대해 다음과 같이 적고 있다.

> "바다는 병이고 죽음이기도 하지만, 바다는 또한 회복이고 부활이기도 하다. 바다는 내 유년이고, 바다는 또한 내 마음이다."

시인에게 바다는 '병', '죽음', '회복', '부활', '유년', '무덤', '내 마음'이라는 다양한 시니피에를 지닌다는 것이다. 시 〈처용단장〉에서는 자연인 바다(원관념)와 언급한 다양한 보조관념 사이에서 특별한 연결고리가 느껴지지 않는다. 즉 바다는 일상적 관념에서 이탈해 시인이 개별적으로 자의적인 특수한 의미를 부여한 개인적 상징으로 볼 수 있다.

▌은유와 상징의 차이

가장 두드러진 점은 은유에서는 원관념이 드러나지만 상징에서는 드러나지 않는다는 것이다. 따라서 상징은 원관념을 제거하고 보조관념만 남아 있는 형태로서, 원관념을 느끼기가 쉽지 않다. 만약 원관념이 나타나고 있지 않아도 표현만으로써 원관념을 짐작할 수 있다면 은유에 해당한다. 즉 은유는 보조관념의 특질이 원관념으로 전화(轉化) 즉 이전되어 나타나는 상황을 가리킨다.

예를 들어 "당신은 나의 태양이다"에서 빛이나 희망을 암시하는 '태양'의 특질이 '당신'에게 전화되고 있으므로 은유에 해당한다. 이때 중요한 것은 태양 외에 당신의 특질을 나타낼 수 있는 보조관념으로 이를테면 장미꽃, 마돈나 등으로 대체 가능하다는 점이다. 이에 비해 태극기가 한국을, 비둘기가 평화를 상징할 때 전화는 성립되지 않는다. 비둘기가 전쟁을, 태극기가 미국을 상징할 수 없는 이치이다. 그러나 상징과 비유의 차이는 문학작품에서 종종 혼동되는데, 일상 언어에서는 인습적 상징이, 문학 언어에서는 개인적 상징이 주를 이루기 때문이다. 아래 소개하는 시들은 모두 개인적 상징의 작품이다.

> 눈은 살아있다
> 떨어진 눈은 살아있다
> 마당 위에 떨어진 눈은 살아있다
> 기침을 하자
>
> 젊은 시인이여 기침을 하자
> 눈 위에 대고 기침을 하자
> 눈더러 보라고 마음 놓고 마음 놓고
> 기침을 하자
>
> 눈은 살아있다

죽음을 잊어버린 영혼과 육체를 위하여
눈은 새벽이 지나도록 살아있다
기침을 하자

젊은 시인이여 기침을 하자
눈을 바라보며
밤새도록 고인 가슴의
가래라도 마음껏 뱉자.

– 김수영 〈눈〉(1947)

　핵심 표현은 반복적으로 등장하는 "눈은 살아있다"와 "기침을 하자"이다. 자연현상인 "눈"과 생리현상인 "기침" 또는 "가래" 사이에는 표면적 연결고리를 느낄 수 없으나, "눈은 살아있다"를 반복함으로써 생명(감)을 떠올린다. 생명감은 생리현상인 기침이나 가래가 불순물을 제거하려는 시인의 노력의 일환으로서 상징적으로 파악되고 있어, 눈의 깨끗함이라는 관념적 이미지와 밀착하게 된다. 이렇게 해서 "눈"과 "기침", "가래"는 시인의 내면에 내포된 순결함의 상징으로 의미를 확장한다. 자연현상인 "눈"과 생리현상인 "기침", "가래"라는 원관념이 표면적으로는 연결되지 않은 개인적 상징에 속한다.

만물은 흔들리면서 흔들리는 만큼
튼튼한 줄기를 얻고
잎은 흔들려서 스스로
살아있는 잎인 것을 증명한다

바람은 오늘도 분다

수만의 잎은 제각기

잎을 엮는 하루를 가누고

들판의 슬픔, 들판의 고독, 들판의 고통

그리고 들판의 말똥도

다른 곳에서

각각 자기와 만나고 있다

피하지 마라

빈들에 가서 비로소 깨닫는 그것

우리도 늘 흔들리고 있음을

– 오규원(1941~2007) 〈만물은 흔들리면서〉(1975)

"만물의 흔들림"은 구로 이루어진 상징적 표현이다. "잎은 흔들려서", "바람은 오늘도 분다", "우리도 늘 흔들리고 있음" 등의 '흔들림'의 동적 이미지가 반복되면서 작품을 지배하고 있다. 흔들림의 대상이 "바람", "잎"의 자연을 거쳐 "우리"라는 인간에까지 미치고 있다. 흔들림은 자연과 인간을 포함한 모든 생물체의 생명감을 상징하고 있는 것이다.

제3부

문학과 예술

문학은 미술과 음악, 영화 등의 다른 예술 장르와도 밀접한 관련이 있다. 문학을 비롯한 기타 예술 장르의 성립은 원시사회의 종교적 주술(呪術)의식에서 비롯되었으며, 제정일치의 원시사회에서는 자연의 질서를 주관하는 초월적 존재인 신을 향한 종교행사가 가장 큰 비중을 차지하였다. 신을 영접하는 제사의식 과정에서 주문(呪文)과 함께 춤과 노래의 예능이 지속적으로 행해지게 되었고, 이러한 퍼포먼스가 시간이 흐르면서 점차 예술적 세련미를 획득함으로써 문학(주문), 음악(노래와 춤), 미술(동굴벽화)의 주요 예술 장르로 발전하였다. 문학을 비롯한 제반 예술의 성립과 상호관계를 논하기 위해서는 문학작품을 비롯해 미술·음악·영화의 모든 창작물을 독립된 텍스트로 간주하는 관점이 필요하다.

텍스트의 개념과 성격

'텍스트(text)'는 문학성의 여부와 무관하게 특정 활자로 기록되거나 인쇄된 문서의 총체를 가리킨다. 그 후 본래 의미인 문학적 글이나 작품에 국한되지 않고, 일정한 질서를 기반으로 한 기호학적 체계로서 의사소통을 시도하는 모든 대중문화 산물까지 의미를 확대하게 되었다. 한편의 영화, 드라마, 그림, TV 광고, 일일연속극, 팝 뮤직, 만화는 대표적 문화 텍스트이며, 이를 생산하고 소비·감상하는 모든 활동을 문화적 실천행위라고 한다. 문학작품의 창작과 감상은 물론 드라마를 만들거나 시청하는 것, 맥도날드 햄버거를 만들고 소비하는 것도 모두 문화적 실천행위에 해당한다. 특히 문학에서 텍스트는 1930년대 후반부터 1950년대까지 미국을 중심으로 유행한 '신비평(new criticism)'의 핵심적 개념으로, 텍스트의 철저한 분석으로 문학의 독자성과 자율성을 옹호하게 된다.

한편 작품(work)과 텍스트는 동의어처럼 사용되기도 하나 엄밀히 말하면 차별되는 개념으로, 핵심은 작가(writer)와의 관계에 의해 결정된다. 우선 작품에서는 작가(작자)의 의도와 경험이 절대적 영향력을 발휘하며, 작가와 작품은 서로 분리될 수 없는 불가분의 관계에 있다는 작가 중심의 접근방식을 취한다. 이에 비해 텍스트는 작가의 영향력을 배제한 채 작품에 대한 평가와 분석을 가하며, 고유의 언어표현에 입각한 독립적 존재로 파악한다.

롤랑 바르트의 텍스트론

롤랑 바르트(Roland Barthes 1915~1980)는 『작품에서 텍스트로(From Work to Text)』(1971), 『텍스트의 즐거움(The Pleasure of the Text)』(1973) 등의 저술

속에서 텍스트의 개념을 구체적으로 제시하고 있다. 작가는 텍스트의 주요 생산자가 아닌, 텍스트와 동일시될 수 없는 별개의 독립적 존재이며, 텍스트의 주체는 언어 그 자체이지 작가가 아니라고 주장한다. 즉 텍스트는 의미를 형성하는 내부의 언어구조와 텍스트가 처해 있는 외부골격 즉 사회적 상황맥락과의 유기적 결합방식에 의해 성립된다는 것이다.

> "(텍스트와의 관계에 있어)작가는 말하자면 명목상의 작가로, 그의 인생은 더 이상 그가 쓴 허구의 기원이 아니며, 그의 작품(work)에 기여하는 하나의 허구일 뿐이다. 여기서 텍스트를 쓰는 나 역시 명목상의 나에 불과하다"(바르트『작품에서 텍스트로』1971)

작가의 의도와는 무관하게 텍스트는 작가의 경험에 구애되지 않고 언어 자체의 독립된 의미를 지속적으로 산출하는 가운데, 작가가 텍스트의 언어를 생산하고 통제해 왔다는 전통적인 통념을 부정한다. 작가 즉 저자는 텍스트가 생산하는 생산물이거나 부수되는 효과로, 텍스트를 구성하는 일개 요소에 불과하다. 따라서 텍스트를 주체로 인식할 때 작가는 이에 종속되는 타자의 위치로 전환된다. 이러한 관점은 작품의 경우 주체가 작가라는 점에서 차별적이다.

한편 텍스트의 성격을 논할 때 가장 중요한 존재가 독자(reader)이다. 독자의 해석과 반응에 따라 텍스트의 의미가 결정되기 때문으로, 작품과 달리 텍스트는 고정적인 의미를 지니지 않는다. 이처럼 텍스트는 단일의 고정된 의미로 환원될 수 없으므로 수용자(독자)의 반복적인 해석과 재해석에 개방되어 있다. 이것을 텍스트의 복수성(復水性)

이라 한다. 복수성은 수증기가 다시 물이 되기 위해서는 수많은 수증기들이 응축되어야 하므로, 단일구조로는 물로 환원될 수 없다는 의미이다. 즉 텍스트의 구조적 복합성을 가리키는 말이다.

> "(텍스트 속에서는)글(wrighting)의 완전한 존재가 드러난다. 하나의 텍스트는 여러 문화로부터 도출돼 대화와 패러디와 논쟁의 상호관계 속으로 엮여 들어간 다양한 글들로 구성되어 있지만, 이러한 다양성 (multiplicity)이 초점을 두는 곳은 독자 한 곳이지 이제까지 언급한 바와 같이 작가가 아니다."(바르트 1971)

주장에 따르면 텍스트의 수용과 해석은 통일적 일치 또는 합의를 이루기 위한 과정이 아니라 오히려 논쟁적이고 상대적인 장소(공간)이며, 텍스트는 저자의 의도와는 무관하게 다양하고 개성적인 의미를 창출한다. 따라서 텍스트를 읽는 행위인 독서는 텍스트에 내재된 의미와 그것을 성립시키는 사회적 규범, 역사적 가치체계의 상황맥락에 대한 해석을 중요시한다. 상황맥락의 흐름 속에서 텍스트가 수용·소비되고 다른 의미를 생산해 내기 때문이다.

▌수용자 지향 텍스트와 발신자 지향 텍스트

바르트가 저술 『S/Z』(1970)에서 주장한 텍스트의 종류이다. 우선 '수용자(독자) 지향(readerly) 텍스트'는 독자를 부정적이고 복고적 가치를 소유한 수동적 소비자로 남겨두는 텍스트로서, 읽을 수는 있지만 (lisible), 독자가 주도적으로 서술할 수 없는, 기존의 작품 개념에 가까운 '닫힌 텍스트'를 말한다. 텍스트 성립 당시의 전통적 사회관습이 중요한 의미를 지니므로 독자가 쉽고 편하게 해석할 수 있다. 바르트는 이러한 특성을 텍스트의 '자연화(naturalization)'로 부르고 있다. 이를테면 전술한 단테의 『신곡』이나 괴테(Goethe 1749~1832)의 『파우스트』(1587)와 같은 고전적 텍스트를 들 수 있다. 참고로 이들은 고정적이고 규범적인 해석을 요구하므로 독자를 수동적 위치의 나태한 상태로 만든다고 지적한다.

이에 대해 '발신자(작가) 지향(writerly) 텍스트'는 독자를 텍스트의 생산자로 만드는 텍스트이다. 서술할 수는 있지만(scriptable), 고정적으로 읽을 수 없는(illisible) 텍스트로서, 사회에서 통용되는 관례 또는 관습을 회피하거나 비판한다. 특징으로는 독자의 일반적 예상을 뛰어넘는 혁신적 성격을 지닌다. 독자를 활성화해 사실상의 텍스트의 저자로 만들고, 단일한 미로의 환원을 거부하는 복수성을 지닌 '열린 텍스트'를 가리킨다. 이러한 발신자 지향 텍스트의 개념에 입각해 성립된 이론이 텍스트성 이론이다.

▍텍스트성 이론

'텍스트성(textuality)'의 기본 관점은 텍스트에서 저자(발신자)와 독자(수신자)의 관계가 독립적이라는 것이다. 텍스트의 관습적이고 고정된 의미 인정을 거부함으로써 텍스트를 해방시키는 독자성과 자율성에 대한 전략이다. 텍스트를 의미의 내부구조인 언어와 텍스트가 처한 외부골격인 사회적 · 역사적 상황맥락과의 유기적 결합에 기초한 일종의 네트워크로 간주한다. 이때 텍스트는 독자를 향한 메시지를 구성하는 기호의 통일체 및 결합체가 된다. 참고로 기호에는 문자 언어 외에 그림의 시각 언어나 음악의 소리와 같은 청각 언어가 포함된다. 텍스트성 이론에서 가장 중요한 것은 다양한 기호의 결합체인 텍스트가 발신자와 수신자 사이의 합치된 관계보다 논쟁적 관계를 생성한다는 점이다. 저자나 독자는 모두 결과를 예상할 수 없는 방식으로 상호작용하는 다양한 요소들의 불완전한 집합을 이룬다.

일례로 『춘향전』을 텍스트로 분석해 보면, 조선시대는 물론 지금도 지속적으로 재해석되고 있는 텍스트이므로 의미의 한계를 한정하는 것은 불가능하다. 『춘향전』이 읽히거나 공연되는 과정에서 이에 대한 주장(담론)을 만들어내는 사회적 맥락은 가변적이기 때문이다. 도덕과 윤리 의식을 중시하던 근대이전에는 권선징악의 사회적 맥락 속에서 성춘향의 정조와 이몽룡의 신뢰가 유교적 전통의 담론을 생성해 왔다면, 근대이후는 두 사람의 역경에도 굴하지 않는 정열적이고 관능적 사랑인 에로스의 영역에 중점을 두고 있다. 『춘향전』을 읽는 독자들의 시선이 정신적 사랑으로부터 육체적 사랑으로의 변화라는 사회적 맥락이 반영된 결과이며, 특히 에로스의 강조는 동 텍스트의 구조인 언어표현이 당시로서는 파격적인 감성과 감각을 지니고 있기 때문이다. 이를테면 춘향과 몽룡이 월매의 집에서 하룻밤을 같이 지내는 장면의 구체적 사랑 묘사에 대한 독자들의 예술적 해석이 개입되면서, 유교적 전통의 여성의 정조를 중시하는 남성중심주의적 담론보다는 현대사회의 여성의 입장에서 사랑이라는 주체적 삶의 모습을 획득한 새로운 여성상으로서의 서술구조를 강조하게 되었다.

패러디와 상호텍스트성

▌패러디

'패러디(parody)'는 잘 알려진 원작을 활용해 풍자적으로 새로운 메시지를 만들어내는 표현 형식으로, 선행 작품의 특징적인 부분을 모방해서 자신의 작품에 집어넣는 기법이다. 문학 외에 미술, 음악, 영화, 광고의 다양한 장르에서 폭넓게 시도된다. 대상이 된 작품인 원(原)텍스트와 패러디를 한 작품 모두 작가의 상상력으로 기존 작품을 계승하고 비판적으로 인식하는 창작적 모방이라는 점에서 단순한 표절과 구별된다.

패러디의 목적은 원텍스트가 안고 있는 문제점을 폭로하고, 분석과 관련된 언어·기호·사상·문체·주제·형식의 제반 영역에서 창조적 영감을 얻음으로써 문학의 예술적 독창성을 확장하는 것에 있다. 텍스트를 고정적으로 바라보지 않고 독자들과의 대화로 끊임없이 재해석과 재평가를 시도해 새로운 의미를 부여하는 것도 중요한 지향점이다. 패러디의 종류에는 원텍스트에 대한 호감을 바탕으로 이를 계승하려는 '모방적 패러디', 원텍스트를 비판적으로 재해석하는 '비판적 패러디', 원텍스트를 과감하게 발췌(인용)하고 조합(재구성)하는 '혼성모방적 패러디' 등이 있다.

▌ 상호텍스트성

  '상호텍스트성(intertextuality)'은 1960년대 후반 프랑스의 기호론자인 줄리아 크리스테바(J.Kristeva 1941~)에 의해 처음 소개되었다. 문학작품을 비롯한 모든 문헌은 단일 작가의 생산물이 아니라 외부에 존재하는 기타 문헌들과 미디어 자료 및 언어구조와의 상호작용으로 생산된 것으로 인식한다. 모든 예술 텍스트들은 이전 혹은 동시대의 다른 텍스트나 장르와 내부적으로 서로 밀접하게 연결돼 있다는 것이다. 전술한 패러디는 상호텍스트성의 대표적 전략의 하나로서, 주어진 텍스트 안에서 다른 텍스트가 인용 또는 언급의 형태로 명확히 드러나게 된다.

  따라서 좁은 의미의 상호텍스트성은 영향 관계나 기원을 연구하는 전통적 문학이론의 범주에서 벗어나지 않는데 비해, 넓은 의미의 상호텍스트성은 텍스트와 텍스트, 주체(작가)와 주체 사이에 일어나는 모든 지식의 총체를 의미한다. 이때 텍스트는 단순히 문학적 텍스트에 국한되지 않고 다른 기호체계나 음악 · 미술 · 사회의 문화 전반까지 포함된다. 문학작품의 경우 시 속에 소설적 요소를 집어넣거나, 음악을 끌어들이고, 미술 효과를 강조하는 것 모두가 해당한다. 이처럼 문학과 미술 · 음악 등이 영역의 구분 없이 유기적인 상호작용을 거쳐 완전히 새로운 창조적 텍스트를 성립시킨다.

  상호텍스트성 이론은 기존의 하나의 장르에 국한돼 온 텍스트의 속성을 파괴하고 모든 장르와 매체 사이의 경계 소멸과 혼합을 초래한다는 점에서 파격적이다. 물론 텍스트 사이의 상호교류가 독자를 의식한, 전술한 '작가 지향 텍스트'로서의 속성을 지님을 잊어서는 안 된다. 텍스트 사이의 상호교류로 독자에게 기존의 텍스트에서는 맛볼 수 없었던 새로운 감각과 효과를 추구하는 것이 핵심이다. 최근 상호텍스트성은 문학, 음악, 미술은 물론 영화나 드라마, 광고에 이르기까지 문화 분야 전반에 널리 활용되고 있다.

▌곽재구 〈사평역에서〉와 임철우 『사평역』

막차는 좀처럼 오지 않았다
대합실 밖에는 밤새 송이 눈이 쌓이고
흰 보라 수수꽃 눈 시린 유리창마다
톱밥 난로가 지펴지고 있었다
그믐처럼 몇은 졸고
몇은 감기에 쿨럭이고
그리웠던 순간들을 생각하며 나는
한 줌의 톱밥을 불빛 속에 던져주었다
내면 깊숙이 할 말들은 가득해도
청색의 손바닥을 불빛 속에 적셔두고
모두들 아무 말도 하지 않았다
산다는 것이 때론 술에 취한 듯
한 두름의 굴비 한 광주리의 사과를
만지작거리며 귀향하는 기분으로
침묵해야 한다는 것을
모두들 알고 있었다
오래 앓은 기침 소리와

쓴 약 같은 입술 담배 연기 속에서
싸륵싸륵 눈꽃은 쌓이고
그래 지금은 모두들
눈꽃의 화음에 귀를 적신다
자정 넘으면
낯설음도 뼈아픔도 다 설원인데
단풍잎 같은 몇 잎의 차창을 달고
밤 열차는 또 어디로 흘러가는지
그리웠던 순간들을 호명하며 나는
한 줌의 눈물을 불빛 속에 던져주었다

- 곽재구(1954~) 〈사평역에서〉(1981)

조금 있으려니, 문이 열리며 역장이 바께쓰를 들고 나타난다. 바께
쓰 속엔 톱밥이 가득 들어 있다.

"추위에 고생하십니다요."

농부가 얼른 인사를 차린다. 그에겐 제복을 입은 사람은 무조건 존
경의 대상이 된다.

"뭘요. 그나저나 이거 죄송합니다. 기차가 자꾸 늦어지는군요."

눈이 오니까 그렇겠지라우, 하고 너그러운 소리를 농부가 또 덧붙
인다.

역장은 난로 뚜껑을 열고 안을 살펴본다. 생각보다 톱밥이 꽤 남았
다. 바께쓰를 기울여 톱밥을 반쯤 쏟아 넣은 다름 바께쓰는 다시 바닥
에 내려놓는다. 역장은 돌아가지 않고 함께 이야기를 주고받기 시작한
다. 그도 역시 무료했으리라.

눈 얘기, 지난 농사와 물가에 관한 얘기, 얼마 전 새로 갈린 면장과 멀잖아 읍내에 생기게 된다는 종합 병원 이야기에 이르기까지 화제는 이어진다. 처음엔 역장과 농부가 주연이었지만 차츰 여자들도 끼어들게 된다. 그들 중 음울한 표정의 젊은 사내만이 끝내 입을 열지 않은 채로이다.

역장이 나타나는 바람에 자리가 더욱 좁아졌으므로, 중년 사내는 난로 가까이 놓아둔 자신의 작은 보퉁이를 한켠으로 치워 놓는다. 그 보퉁이엔 한 두름의 굴비, 그리고 낡고 때 묻은 내복 따위 같은 사내의 옷가지가 들어 있을 뿐이다. 그것은 사내가 벽돌담 저쪽의 세상에서 가지고 나온 유일한 재산이다.

"선생은 향촌리에 사시우?"

늙은 역장이 곁의 중년 사내에게 묻는다.

"아, 아닙니다."

"그래요. 근데 무슨 일로......"

"누굴 찾아왔다가 그만 못 만나고 가는 길입지요."(중략)

사내는 기차를 타기 전, 서울역 앞에서 그 굴비 한 두름을 샀었다. 언젠가 감방에서 허 씨가 흰 쌀밥에 잘 구운 굴비를 먹고 싶다고 말한 적이 있었기 때문인지도 모른다. 비록 허 씨 자신은 먹을 수 없겠지만, 홀로 산다는 허 씨의 칠순 노모에게 빈손으로 찾아갈 수는 없을 것이라는 생각에 역 광장의 행상꾼에게 한 두름을 샀다. 그리고 밤 내내 완행열차를 타고 이날 새벽 사평역에서 내려 허 씨가 일러준 대로 그 조그마한 산골 마을을 찾아들었던 것이다.

하지만 허 씨의 노모는 이미 만날 수가 없었다. 죽어 묻힌 지가 오년도 넘었다고 했다. 노모가 죽은 이듬해, 허 씨의 형도 식솔들을 데리고 훌훌 마을을 떴고, 그 후 그들의 소식은 영영 끊어졌다는 거였다.

그 말을 전해 듣는 순간 사내는 사지의 힘이 일시에 빠져나가는 듯한 허탈감을 맛보았다. 어느덧 초로에 접어든 허 씨의 쓸쓸한 모습이 눈앞에 선히 떠올랐다. 노모의 죽음조차 모르고 비좁은 벽돌담 안에 갇힌 채 다만 다른 사람들의 것일 따름인 그 숱한 계절들을 맞고 보내다가, 어느 날인가는 푸른 옷에 싸여 죽음을 맞아야 할 한 늙고 병든 무기수의 얼굴이 사내의 발길을 차마 돌릴 수 없도록 만드는 거였다. 등 뒤에 두고 돌아서려니, 사내는 그 마을이 바로 자기의 고향인 듯한 느낌이 들었다. 그의 고향은 본디 이북이었지만 피난 통에 가족들과 헤어져 집도 부모도 없이 떠돌아다니며 커 왔던 것이었다.(중략)

짧은 순간, 사람들은 모두 바깥의 어둠에 귀를 모은다. 분명히 기적 소리다.

야아, 오는구나.

저마다 눈빛을 빛내며 그들은 서둘러 짐 꾸러미를 찾아 들고 플랫폼을 향해 종종걸음을 친다. 그러나 맨 앞장선 서울 여자가 유리문에 미처 다다르기도 전에 문이 드르륵 열리며 역장이 나타났다.

"그대로들 계십시오. 저건 특급 열찹니다."

그렇게 말하고 역장은 문을 다시 닫더니 플랫폼으로 바삐 사라진다.

참, 그러고 보니 저건 하행선이구나. 대합실 안의 사람들은 일시에 맥이 빠진다. 이번에도 특급이야? 뚱뚱이는 짜증스레 내뱉었고 아낙네들은 욕지거리를 섞어 가며 툴툴대었으며, 노인은 더 심하게 기침을 콜록거렸고, 농부는 이번엔 늙은이의 가슴을 쓸어 줄 생각을 하지 못했다. 중년 사내와 청년도 말없이 난롯가로 되돌아갔고 맨 뒤로 몇 발짝 따라 나왔던 미친 여자는 쭈뼛쭈뼛 눈치를 살피며 도로 의자 위로

엉덩이를 주저앉힌다.

그사이, 열차는 쿵쾅거리며 플랫폼을 통과하고 있다. 차 내부의 불빛과 승객들의 미라 같은 형상들이 꿈속에서 보듯 현란한 흔적으로 반짝이다가 이내 사라져 버리고 말았다. 사위는 아까처럼 다시금 고요해졌고, 창밖으로 칠흑의 어둠이 잽싸게 제자리를 찾아 들어온다. 열차가 사라진 어둠 저편에서 늙은 역장의 손전등 불빛이 휘적휘적 걸어오고 있는 게 보인다. 그 모든 것이 아까와 똑같이 반복되고 있는 것이다.

대학생은 방금 눈앞에 나타났다가 사라진 열차의 불빛이 아직 자신의 망막에 남아 있는 듯한 느낌이다. 그것은 어느 찰나에 피어올랐다가 소리 없이 스러져 버린 눈물겨운 아름다움 같은 거였다고 청년은 생각한다. 어디일까. 단풍잎 같은 차창들을 달고 밤 열차는 또 어디로 흘러가고 있는 것일까. 그것이 마지막 가 닿는 곳은 어디쯤일까. 그런 뜻 없는 질문을 홀로 던지며 청년은 깊숙이 가라앉은 시선을 창밖 어둠을 향해 던지고 있다.

사람들은 누구도 입을 열지 않는다. 대합실 벽에 붙은 시계가 도착시간을 한 시간 반이나 넘긴 채 꾸준히 째깍거리고 있었지만 누구 하나 눈여겨보는 사람은 없다. 창밖엔 싸륵싸륵 송이눈이 쌓여 가고 유리창마다 흰 보랏빛 성에가 톱밥 난로의 불빛을 은은하게 되비추어 내고 있을 뿐.

사람들은 약속이나 한 듯 말을 잊었다. 어쩌면 그들은 열차를 기다리고 있다는 사실조차 망각하고 있는 것인지도 모른다. 중년 사내는 담배를 입에 문 채 성냥불을 댕기려다 말고 멍하니 난로의 불빛을 들여다보고 있다. 노인을 안고 있는 농부도, 대학생도, 쭈그려 앉은 아낙네들도, 서울 여자도, 머플러를 쓴 춘심이도 저마다 손바닥들을 불빛 속에 적셔두고 망연한 시선을 난로 위에 모은 채 모두 들 아무 말도 하지 않았다. 저만치 홀로 떨어져 앉아 있는 미친 여자도 지금은 석고상으로 고요히 정지해 있다. 이따금 노인의 기침 소리가 났고, 난로 속에서 톱밥이 톡톡 튀어 올랐다.

"흐유. 산다는 게 대체 뭣이간디...."

불현듯 누군가 나직이 내뱉었다.

－ 임철우(1954〜)『사평역』(1984) 중에서

'사평역'이라는 보편성과 현실감을 자아내는 허구의 시골 역을 소재로 한 산문시와 단편소설로, 양 작품은 상호텍스트적 관계에 있다. 눈 내리는 역사(驛舍) 내부와 외부의 풍경 및 "대합실"의 모습 등 구조적 유사성과 작품 성립시기로 볼 때,『사평역』이 〈사평역에서〉를 패러디하고 있다. 실제로『사평역』은 〈사평역에서〉의 서두인 "막차는 좀처럼 오지 않았다"로 시작되며, 공통어휘인 "막차", "대합실" "(송이)눈", "유리창", "톱밥(난로)", "기침 소리", "굴비" 등은 두 작품이 내부적으로 밀접하게 관련돼 있다는 증거이다.

〈사평역에서〉가 산문시 특유의 이야기 서술방식을 채택해 1980년대의 암울하고 억압된 시대 상황을 대합실 속 승객들의 인상으로 표현하고 있다면,『사평역』은 승객들의 일상사의 모습을 파노라마처럼 수필 형태의 서술구조로 전개함으로써, 암담한 현실에서 파편화된 삶을 지향하던 1980년대의 자화상을 그리고 있다.

공통요소도 적지 않다. 겨울과 추위, 눈은 억압된 현실 상황을 의미하고, 승객들의 침묵과 기침 소리, 눈물은 시대의 고뇌와 아픔, 가난을 암시한다. 막차의 출발은 이러한 암울한 시대 상황으로부터의 탈출을 은유적으로 표현하고 있다. 공통어휘인 "사평역"은 그리움과 아쉬움, 현실적 고통, 희망이 공존하는 공간으로써, 전술한 패러디적 요소의 상호텍스트성을 통해 미래를 향한 삶의 희망, 새로운 기회를 의미하고 있다.

문학과 미술

문학과 미술의 관계는 흔히 작품 속에 등장하는 삽화나 이미지화를 예로 설명할 수 있다. 삽화와 이미지화는 해당 작품의 특정 장면에서 연상되는 광경을 시각적으로 표현함으로써, 독자가 작품의 분위기를 이해하는데 적지 않은 영향을 주기 때문이다.

주의할 점은 한 편의 시 혹은 소설 속에서 서술되는 상황을 그대로 재현하는 것은 별다른 감동을 주지 못한다는 것이다. 동일 상황의 재현은 문학이나 미술이 추구하는 예술의 본질인 상상력과 창조성 즉 독창성이 결여된 단순한 모방이나 복제에 불과하다. 한 편의 시나 소설에서 연상되는 이미지와 영상을 얼마나 미적으로 참신하게 창조적 혹은 개성적으로 표현할 수 있는가에 성패가 달려있다. 전술한 텍스트성 이론에서 텍스트의 독서(수용)와 해석은 통일적 일치 또는 합의를 이루기 위한 과정이 아니라, 오히려 논쟁적이고 상대적인 공간이라는 지적을 떠올리게 된다. 한편의 문학작품이 떠올리는 영감(inspiration)을 미술로 표현하거나, 반대로 한편의 미술작품이 환기하는 심상을 언어로 구성하는 것도 마찬가지이다. 이러한 문학작품과 그림과의 관계를 구체적 작품을 예로 살펴보기로 하자.

▌ 이상화 〈빼앗긴 들에도 봄은 오는가〉

지금은 남의 땅, 빼앗긴 들에도 봄은 오는가

나는 온몸에 햇살을 받고
푸른 하늘 푸른 들이 맞붙은 곳으로
가르마 같은 논길을 따라 꿈속을 가듯 걸어만 간다.

입술을 다문 하늘아 들아
내 맘에는 내 혼자 온 것 같지를 않구나!
네가 끌었느냐 누가 부르더냐 답답워라 말을 해 다오.

바람은 내 귀에 속삭이며
한 자국도 섰지 마라 옷자락을 흔들고
종달이는 울타리 너머 아가씨같이 구름 뒤에서 반갑게 웃네.

고맙게 잘 자란 보리밭아
간밤 자정이 넘어 내리던 고운 비로
너는 삼단 같은 머리를 감았구나, 내 머리조차 가뿐하다.

혼자라도 가쁘게 나가자

마른 논을 안고 도는 착한 도랑이

젖먹이 달래는 노래를 하고, 제 혼자 어깨 춤만 추고 가네.

나비 제비야 깝치지 마라.

맨드라미 들마꽃에도 인사를 해야지.

아주까리 기름을 바른 이가 지심 매던 그 들이라도 보고싶다.

내 손에 호미를 쥐어다오.

살진 젖가슴과 같은 부드러운 이 흙을

발목이 시도록 밟아도 보고, 좋은 땀조차 흘리고 싶다.

강가에 나온 아이와 같이

셈도 모르고 끝도 없이 닫는 내 혼(魂)아

무엇을 찾느냐 어디로 가느냐 우서웁다 답을 하려무나.

나는 온몸에 풋내를 띠고

푸른 웃음 푸른 설움이 어우러진 사이로

다리를 절며 하루를 걷는다. 아마도 봄 신명이 잡혔나 보다.

그러나 지금은 들을 빼앗겨 봄조차 빼앗기겠네

　　　　　– 이상화(1901~1943) 〈빼앗긴 들에도 봄은 오는가〉(1926)

　식민지 지배하의 현실을 직시한 한국 근대시 중에서 작자의 예리
한 현실감각과 뜨거운 시적 열정이 절묘하게 결합한 작품이다. 내용
의 핵심은 제목이 말하듯 "빼앗긴 들"에 과연 "봄"으로 표상된 참다

운 생명과 희망의 삶이 있을 수 있는가라는 진지한 의문이다. 한 행으로 이루어진 제1연에서 이러한 물음을 던지고 마지막 제10연에서 이에 답하는 형식을 취하고 있다. 제2연부터 제9연까지는 물음의 대답에 도달하기까지의 각성 과정을 묘사하고 있다. 제2-3연, 제4-6연, 제7-8연, 제9-10연의 네 부분으로 나누어 내용을 분석해 보기로 한다.

제2연과 제3연에서는 시적 화자("나")가 몽상(夢想)의 상태에서 자신도 모르게 봄 들판으로 나서는 부분이다. 그는 곧 몽상에서 깨어나 자신이 들판에 서 있는 까닭을 자문한다. 물론 자신의 발로 걸어 나온 것이지만, 왜 이 자리에까지 나오게 되었는지, 왠지 혼자 온 것 같지 않다고 느낀다.

제4연부터 제6연까지는 시적 화자의 눈앞에 아름다운 봄 들판이 전개된다. 싱싱한 바람이 귓전을 스치며 불고, 종달새는 정답게 하늘에서 지저귀며, 풍성하게 잘 자란 보리밭이 고운 비에 씻기어 아름답게 출렁이는 모습이 제시되고 있다. 메말랐던 논에는 도랑물이 젖먹이를 달래듯 흥겨운 소리를 내며 감싸 흐르고, 한겨울 동안 얼었던 들에 봄은 어김없이 찾아와 모든 사물들이 저마다 활기찬 모습으로 되살아나고 있는 풍경이다.

제7연과 제8연에서는 아름다운 들판의 자연의 품에서 모든 것들을 다 찾아보고 싶다는 시적 화자의 절실한 욕망을 엿볼 수 있다. 들판은 "아주까리 기름을 바른 이"가 애써 김매고 가꾸던 곳이기에 어느 것 하나 사랑스럽지 않은 것이 없다. 그는 "들마꽃"같은 조그만 풀꽃들에게 정다운 인사를 나누고 싶어 하며, 무엇보다 들판에서 일하고 싶은 욕구가 솟구친다. 그 소망은 "살진 젖가슴과 같은 부드러운 이 흙"에서 생생하게 나타난다. "젖가슴"으로부터 어머니의 풍성한 생산과 따뜻한 사랑의 품을 연상하게 된다. 전체적으로 시의 분위기가 정서적 고조를 이루면서 일정한 흐름을 느끼게 한다. 몽상의 상태인 제2연과 제3연의 아름다움을 거쳐 제4연에서 제6연까지의 싱싱함의 발견으로 나타나며, 이윽고 제7연과 제8연에 이르러 다시 대지의 품 안에서 일하고 싶다는 충동으로 이어지고 있다. 그러나 시적 화자의 절실한 충동은 현실적으로 이루어질 수 없다. 이제 남의 것 즉 다른 민족에게 빼앗긴 것이기 때문이다.

마지막 제9연과 제10연은 식민지 현실을 직시하는 냉정한 자성과 절망감이 이제까지의 시적 화자가 지녀 온 모든 환상을 깨뜨리며 재차 나타나는 부분이다. 시적 화자는 이제까지의 자신을 "셈도 모르고 끝도 없이 닫는 내 혼아"라고 외치면서, "무엇을 찾느냐", "어디로 가느냐"고 싸늘한 질문을 던진다. 결국 빼앗긴 땅 위에서 그가 찾을 수 있는 것, 갈 수 있는 곳이란 사실상 없음을 한탄하듯 재인식하는 부분이다. 시적 화자는 절망감 속에서 그저 온몸에 봄의 풋내를 풍기면서 피곤함으로 인해 다리를 절며 온종일 들판을 걷는다. 그것은 제정신이 아니라 마치 "봄 신명"에게 사로잡힌 것처럼 착잡한 심정이다. "푸른 웃음", "푸른 설움"의 감각적 어휘 구사가 이를 뒷받침하고 있다. "푸른 웃음"은 자연의 봄으로 느끼는 아름다움과 생명의 충동에 따른 반응이며, "푸른 설움"은 그것을 자신의 것으로 누릴 수 없는 안타까운 현실에 대한 깨달음으로 볼 수 있다.

이렇게 해서 그는 어김없이 다시 찾아온 자연의 봄을 느끼면서도, 생명의 기쁨을 누릴 수 없이 모든 것을 박탈당한 식민지 상황에 절망감을 거듭 확인한다. 그 깨달음이 마지막 "그러나 지금은 들을 빼앗겨 봄조차 빼앗기겠네"이다. 자연의 봄이 돌아온다 해도 그것을 만끽하고 누릴 수 있는 사회적 조건이 박탈당한 지금 봄의 생명도 무의미할 따름이라는 암묵적 메시지이다.

이어 소개하는 서양화가 신학철의 〈빼앗긴 들에도 봄은 오는가〉는 이상화의 시를 그림으로 표현한 것이다.

▌ 신학철 〈빼앗긴 들에도 봄은 오는가〉

『그림으로 읽는 한국의 명시』(1996 실천문학사)에 수록된 크기 50×90cm의 유화(油畫)로, 이상화의 시 내용과는 다른 해석을 요구하고 있어 주목을 끈다. 그림의 상황은 다음과 같다. 우선 중앙에 흰 두루마기 차림에 중절모를 쓴 남자가 고개를 숙인 채 좌우로 넓게 펼쳐진 밭 사이로 뻗은 길을 걸어오고 있다. 길 위에는 조그만 노란 들꽃들이 여기저기 피어 있고, 남자 오른 쪽으로 길과 밭 사이에는 맑은 도랑물이 흐르고 있다. 남자가 걸어오는 길은 황토 빛 땅에 풀이 파릇하다. 계절적으로 봄을 떠올린다. 논과 밭은 푸른색이고 남자 뒤편 저 멀리 아득한 지평선 위로 마을 집들 같은 것이 자그맣게 보인다. 파란 하늘의 반은 노랗게 채색돼 있어, 해가 구름 뒤에 숨어 있음을 알 수 있다. 실제로 남자의 좌측으로 보이는 그림자를 통해 햇살이 하늘 우측 위에서 비추고 있음을 짐작하게 한다. 가장 인상적인 것은 그림의 왼쪽 멀리 밭 위에 쑥색 제복 차림의 사람 네 명이 보이는 점이다. 이상의 내용을 바탕으로 그림을 해석해 보기로 하자.

시 속 "나"는 "머리조차 가뿐하"고(제5연), "혼자라도 가쁘게 나가"려 하며(제6연), "좋은 땀조차 흘리고 싶어"(제8연)한다. 이에 비해 그림

속의 인물(시 속 '나')은 푸른 하늘의 "햇살" 속에서 고개를 숙인 채 터벅터벅 걸어오고 있다. "햇살"은 어둠을 밝히고 사물에 빛을 주는 존재이지만, 독자들은 밝은 햇살에도 불구하고 남자가 기운 없는 태도를 보이고 있는 특별한 이유가 있을 것이라는 추측을 하게 된다. 그림이 전하려는 일종의 은유적 메시지 내지는 그림에 내포된 이데올로기를 생각해 볼 수 있다.

그림 속 상황에서 가장 특징적인 것은 전술한 대로 남자 오른쪽 뒤편으로 작게 보이는 쑥색 계통의 제복을 입은 네 명의 사람들이다. 시의 내용과 가장 명확히 차별되는 점으로, 이들이 누구인가가 동 그림의 핵심적 감상 포인트이다. 쑥색 계통의 제복은 두루마기 차림의 남자가 입은 흰옷과 대비된다. 만약 네 명의 사람들이 밭 한 가운데 모여 있지 않았다면, 그리고 그들이 작게 보일 만큼 들녘이 크지 않았다면, 우리는 화가가 이상화의 시를 참조했다고 단정할 수 없으며, 양자 간에는 아무런 상관관계가 없는 것으로 여길 가능성이 크다.

네 명의 사람들이 암시하는 이미지(시니피에)는 그들이 착용한 제복으로 인해 식민지지배와 관련된 순사나 관리 혹은 토지측량기사 등을 떠올리며 토지수탈의 식민지지배 상황으로 연결된다. 다시 말해 네 명은 신학철이 표현하려 한 사상적 메시지를 구성하는 중요한 기호이다. 언어학적 분석을 가하자면 시에서는 "나"가 걷고 발이 닿는 "푸른 하늘 푸른 들"은 "푸른"이라는 시니피앙의 동일 작용으로 인해, 하늘과 들로 확연하게 분리되지 않는 하나의 결합된 공간으로 존재한다. 이것은 푸른 바다, 푸른 하늘, 푸른 신호등이 푸른색으로 기호화되는 것과 흡사하다. 시 전반부의 "푸른 하늘 푸른 들"로부터 마지막 연의 "푸른 웃음 푸른 설움"에 이르기까지, 시니피앙으로서의

"푸른"은 각각 "하늘"을 "웃음"으로 "들"을 "설움"으로 대체하는 가운데, 우리의 "빼앗긴 들" 즉 '국토'에 대한 정서적 인상을 복합적으로 함축한 시니피에로 이어진다. 식민지지배 하의 조국(국토)이라는 시의 전반적 상황을 암시하고 있는 것이다. 이에 비해 그림에서는 "푸른 하늘 푸른 들"의 "푸른"이 분명하게 구별되는 색채로 묘사되고 있다. 다시 말해 시 속의 "푸른"이 즐거움과 서러움의 혼용이라는 은유를 그림에서는 느낄 수 없으나, 네 명의 제복 차림의 남자들과 고개 숙인 두루마기 남자의 모습이 이를 암묵적으로 대체하고 있다.

결론적으로 문학과 미술을 감상하는 것은 텍스트에 담긴 의미성을 읽어내는 작업이라는 점에서 동일하다. 미술이 색과 선, 원근의 주요 요소로 문맥을 제시한다면, 문학은 유일 도구인 언어로 다양한 의미성을 드러내는 것에 주력한다. 이상화의 〈빼앗긴 들에도 봄은 오는가〉와 신학철의 〈빼앗긴 들에도 봄은 오는가〉는 식민지지배 체험의 한국 근대사의 비극을 동일한 이데올로기로 묘사하고 있으나, 그것을 표현하는 방법과 구조에서 각각의 장르가 지닌 분명한 차이점을 드러낸다.

문학과 음악

문학은 언어기호의 적절한 선택과 결합으로 정서를 환기하고 미적 쾌감을 주는 예술 형태로서, 문학적 언어의 선택과 결합은 의사소통 기능을 유지하면서 관습화된 일상 언어에서 얼마나 이탈하는가에 좌우된다. 일례로 '푸른 하늘', '푸른 산'은 일상 언어의 관습에 충실한 표현이지만, '검은 하늘', '검은 산'은 관습에서 벗어나 언어적 울림을 고려한 문학적 표현이다. 일상 언어가 정확성과 효율성을 중시한다면 문학의 언어는 풍부함과 심미성을 최우선 목표로 삼는다.

이에 비해 음악은 갖가지 소리(音)의 적절한 배열과 조합으로 미적 쾌감을 추구하는 예술 형태이다. 구체적으로 강약(intensity), 장단(duration), 고저(pitch), 음색(timbre)의 적절한 배합과 조화가 개성이 다른 소리(음)들을 유도하고 유기적으로 작용함으로써 리듬과 멜로디를 창출한다.

▌ 문학과 음악과의 관계

언어에도 음악과 동일하게 강약, 고저, 장단, 음색이 존재하며 독특한 리듬을 형성한다. 언어와 소리의 차이점은 문학의 매개체인 언어가 물질적 속성과 심리적 속성을 동시에 지닌다는 것이다. 이를테면 "학교"는 자음과 모음으로 이루어진 시니피앙으로서의 물질적 속성과 "배우는 곳"이라는 시니피에 즉 심리적 속성을 동시에 지닌다. 이에 비해 음악은 매개체인 소리가 물질적인 속성에 치우치게 된다. 문학이 언어를 매개체로 청각, 시각 등의 감각기관으로 받아들인 종합적 자극을 의미로 전환시키는데 비해, 음악은 청각 이미지 자체로부터 의미를 이끌어내기 때문이다. 이처럼 음악은 문학처럼 물질적 속성과 심리적 속성을 분리하기가 쉽지 않으며, 다음과 같은 실험으로 쉽게 확인할 수 있다.

실험은 간단하다. 실험자에게 헤드폰을 쓰게 하고 별도의 소리를 들려줄 경우 전혀 이해하지 못하거나 한쪽은 포기하고 들을 수밖에 없다. 여러 사람이 동시에 말을 할 때 어느 한쪽도 제대로 알아들을 수 없는 것과 같은 논리이다. 이에 비해 각각 다르지만 일정한 박자나 톤을 지닌 음악을 실험자의 귀에 들려주면 비록 다른 음악이라도 두 소리는 조화를 이루며 제3의 소리인 스테레오 사운드를 만들어 낸다. 음악은 소리를 포개어 쌓아올릴 수 있다는 점에서 문학과 차별되므로, 양자의 차이점을 서로 조화시키는 형태로 상호보완적 관계성을 모색해 볼 수 있다.

우선 작품을 주도적 위치에 두고 음악을 부수되는 형태로 조화시키는 경우이다. 시낭송회나 드라마, 영화에 등장하는 배경음악이나 주제가가 해당된다. 가장 기본적인 형태는 바다에 관한 시를 낭독하면서 배경음악으로 파도소리를 배치하는 경우이다. 물론 드라마나 영화에서는 영상으로 바다가 등장하면서 동시녹음 형태로 파도소리를 집어넣을 수 있지만, 라디오소설과 같은 비디오 효과를 직접적으로 표현할 수 없는 경우를 말한다. 문학에서는 배경음악이 작품 내용과 밀접한 연관을 가지고 분위기나 효과를 극대화시키는데 큰 역할을 한다.

다음으로 음악을 주도적 위치에, 문학작품을 부수적 위치에 둘 수도 있다. 음악을 들으면서 연상되는 정서나 미의식을 문학작품에 접목하는 경우이다. 이를테면 베토벤의 운명교향곡의 멜로디나 리듬에 부합되는 시를 배치해 전혀 다른 분위기를 창출할 수 있다.

결국 문학과 음악의 주종관계는 한편의 음악을 감상할 때 가사와 멜로디의 조화로 확인 가능하다. 한편의 노래가 감동을 주는 것은 가사의 내용(언어표현)과 멜로디(음)가 절묘한 조화를 이룰 때이다. 물론 가사를 무시한 채 멜로디의 울림이나 감동만으로 한 편의 노래에 끌리기도 하고, 음의 조화보다 가사가 주는 공감으로 한 편의 노래를 기억하기도 하지만, 언어와 소리(음)가 완벽한 조화와 호흡을 보일 때가 가장 바람직하다. 가사와 멜로디 한쪽의 인상에만 집중하지 않고 양자 간의 긴밀한 조화를 음미하는 것이 중요하다.

▌음악의 텍스트성과 상호텍스트성

한 편의 가사에 다양한 멜로디의 곡이 존재할 수 있으나 느낌은 각각 다르다. 언어표현인 가사는 고정적이지만, 가사에 붙여진 멜로디는 작곡가나 편곡방식에 따라 다양한 분위기와 인상을 자아내게 된다. 음악을 텍스트로 볼 수 있는 이유이다. 문학적 완성도를 지닌 가사는 하나의 텍스트로 간주할 수 있다. 그런데 가사의 복제는 가능하지만 변용은 불가능하다. 반면에 음악은 복제는 불가능하지만 변용은 가능하며, 배후에는 텍스트로서 음악이 처한 사회적 상황맥락이 존재한다.

예를 들어 김소월의 시집 『진달래꽃』의 경우 초판인 1925년판과 그 이후에 나온 개정판은 표기법과 시집의 장정(裝幀)에서 차이가 있어도 시 내용 자체에는 차이가 있을 수 없으므로 당연히 원론적 의미의 변용은 불가능하다. 만약 이를 임의로 바꾼다면 저자인 김소월의 의도를 무시한 개작(改作)에 해당한다. 보통 문학작품을 주로 다루는 출판사에서는 원작과 다른 부분이 있는지 정밀하게 조사하는 전문가가 존재할 정도이다. 참고로 시 〈진달래꽃〉에 담긴 정서나 언어표현을 멋대로 차용하면서 재창작한다면 '표절(plagiarism)'에 해당한다. 표절은 다른 사람의 저작의 전부나 일부 혹은 아이디어를 도용해 자기 창작인 것처럼 꾸미는 행위로서, 문학을 포함한 글쓰기와 음악의 넓은 분야에서 적용되는 개념이다.

이에 비해 문학작품을 다른 언어로 바꾸는 '번역(translation)'과, 소설에서 대략적인 줄거리는 원전의 것을 유지하면서 등장인물의 이름이나 배경, 장소 등을 다르게 표현하는 '번안(adaptation)'은 제2의 창작으로서 가치를 지닌다. 참고로 '모방(imitation)'은 번안보다 더욱 자유로운 형태로, 원작을 모델로 아이디어를 착용하지만 내용은 창작적이라는 조건이 붙는다.

이에 비해 음악은 복제는 불가능하지만 변용은 무방하다. 원곡을 연주하는 연주자나 지휘자, 악기에 따라 얼마든지 다른 방식으로 변화를 줄 수 있다. 음악의 변용은 고유의 매력으로 넓은 의미로는 문학에서 말하는 번역에 해당한다. 즉 번역은 단순히 언어를 다른 언어로 바꾸는 좁은 의미의 것이 아니라, 대상이 되는 원작을 제2의 창작으로 어떻게 변모시켰는가가 중요하다.

한편 문학작품과 음악과의 상호텍스트적 관계는 매우 긴밀하며 특히 시에서 두드러진다. 흔히 시에서는 본문에 멜로디를 붙여 한편의 음악으로 감상하는 경우가 적지 않고, 실제로 서정시의 경우는 가곡의 형태로 애송되거나, 소설도 특별히 인상적인 부분이나 장면을 요약해 한편의 노래로 만들 수 있다. 다음으로 음악의 상호텍스트성을 전형적으로 드러내는 예로 영화나 드라마에 삽입되는 노래인 'OST(original sound track)'를 들 수 있다. 영화나 드라마의 내용과 등장인물의 감정 상태와 맞물려 효과적인 감상에 기여한다. 단순히 영화, 드라마의 내용이나 등장인물의 감정을 전달하는 매체가 아닌, 그 자체가 독립적인 음악적 가치를 갖고 있다고 평가된다. OST를 영화 혹은 드라마라는 텍스트에서 분리해 독자적이고 주체적인 존재로 볼 수 있는 이유이다.

'리메이크 송(remake song)'이나 '리믹스 송(remix song)'에서도 상호텍스트적 요소가 두드러진다. 양자 모두 원래는 음반용어로, '리메이크'는 이미 발표된 곡을 동일한 가수나 다른 가수가 다시 부르는 것이고, '리믹스'는 기존 곡의 가사의 일부 및 연주 악기, 리듬 등에 변화를 가해 새로운 분위기의 노래로 만들어내는 작업이다. 얼핏 리믹스가 리메이크보다 창조성을 발휘한 것으로 볼 수 있으나, 중요한 것은 양자 모두 기존의 음악에 새로운 것을 가미해 색다른 분위기나 정조를 자아낸다는 점이다. 여기서 리메이크나 리믹스의 대상이 되는 원래의 노래나 음악을 원텍스트로 본다면 이에 대한 재구성으로서의 리메이크 송이나 리믹스 송은 넓은 의미의 번역에 해당하고, 원텍스트의 재해석을 중시하므로 전술한 열린 텍스트에 해당한다. 참고로 연주방식이나 악기, 멜로디, 빠르기 등의 변화는 곡이 발표된 당시의 음악의 흐름인 상황맥락으로서의 컨텍스트가 개입된 결과이다.

▌ 리메이크 · 리믹스 송 감상

> 바람 소리처럼 멀리 사라져간 인생길
> 우린 무슨 사랑 어떤 사랑했나
> 텅 빈 가슴속에 가득 채울 것을 찾아서
> 우린 정처 없이 떠나가고 있네

여기 길 떠나는 저기 방황하는 사람아

우린 모두 같이 떠나가고 있구나

끝없이 시작된 방랑 속에서

어제도 오늘도 나는 울었네

어제 우리가 찾은 것은 무엇인가

잃은 것은 무엇인가 버린 것은 무엇인가

오늘 우리가 찾은 것은 무엇인가

잃은 것은 무엇인가 남은 것은 무엇인가

어떤 날은 웃고 어떤 날은 울고 우는데

어떤 꽃은 피고 어떤 꽃은 지고 있네

오늘 찾지 못한 나의 알 수 없는 미련에

헤어날 수 없는 슬픔으로 있네

여기 길 떠나는 저기 방황하는 사람아

우린 모두 같이 떠나가고 있구나

**끝없이 시작된 방랑 속에서

어제도 오늘도 나는 울었네

어제 우리가 찾은 것은 무엇인가

잃은 것은 무엇인가 버린 것은 무엇인가

오늘 우리가 찾은 것은 무엇인가

잃은 것은 무엇인가 남은 것은 무엇인가**

– 조용필 〈어제 오늘 그리고〉(1985)

인생의 방황, 방랑과 이에 따른 상실감을 "어제(과거)"와 "오늘(현재)"의 시간 인식 속에서 관념적으로 표현한 곡이다. 상실감을 초래한 가장 큰 요인은 사랑으로, "텅 빈 가슴", "남은 것은 무엇인가"의 공허함과 "미련", "슬픔"을 수반하고 있다. 사람들은 그것을 알면서도 평생 사랑을 찾기 위해 "정처 없이 떠나가고", "방황"하고 "방랑"하면서 인생을 살아간다. 인생의 방황이나 방랑은 피할 수 없는 필연적인 과정으로, 마치 "어떤 꽃은 피고, 어떤 꽃은 지고"에 드러나듯 자연의 순환구도를 갖는다. 매우 사변적(思辨的)이고 사색적 의미를 지닌 가사 내용으로서 문학적 가치도 충분하다.

이 노래는 동일한 제목으로 2000년 11월 가수 유승준에 의해 리메이크되었다. 유승준의 〈어제 오늘 그리고〉에서는 조용필의 원곡에는 없는 랩(rap)이 추가돼 원곡과는 사뭇 다른 분위기를 자아낸다. 1절과 2절에 삽입된 랩은 다음과 같다.

> 지난 날 다시 찾아갈 순 없다
>
> 깨친다 그 까닭 그 대답
>
> 흘러간 건 지금에 대해다
>
> 아무런 대답 얻을 순 없다
>
> 어제 내가 얻은 건 대체 무엇인가
>
> 인생을 가책 속에 담으려 했었던가
>
> 내 육체 속에 간직한 채
>
> 가려는가 잊은 채
>
> 그냥 뒤돌아서려는가

yo one three 불타는 내 행위

내 주위를 감싸는 공간의 지위 저 끝 하위

내 죽은 과거의 무리 묻어두리

한낱 헛된 꿈 지금가야 할 길은

또 그 닫는 곳은 어제 내일만큼

가깝지만은 오~ 더 멀어질 뿐

더 멀게만 느껴질 뿐

랩의 내용을 보면 전체적으로 가사 내용과는 부합되지 않는다는 인상이 농후하다. 특히 후반부의 랩에서는 의미가 불분명한 부분이 많으며, 이를테면 "yo one three", "공간의 지위 저 끝 하위"가 그것이다. 이 곡에서 랩이 초래한 효과는 인생의 상실감에 대한 회의 심리 혹은 자조감 정도로 해석해 볼 수 있다. 조용필의 원곡이 지닌 사변적 사고보다는 감성을 중시하는 젊은 세대의 성향이 반영된 결과이다.

참고로 랩의 기원은 고대 아프리카 부족사회에서 인간의 입에서 입을 통해 사람들에게 소식을 전하던 것에서 유래되었다고 한다. 사람들은 외부의 소식을 전하는 사람(messenger)이 마을에 오면 한곳에 모여 북을 두드리고, 메신저는 북의 비트(beat)에 맞추어 소식을 전했다고 한다. 그 후 현대에 이르러 미국의 흑인 빈곤층 청소년들이 자신들의 가난과 소외, 현실에 대한 분노를 표현하는 수단으로 발전하였고, 이후 상업망을 통해 전 세계로 전파되면서 청소년들의 대표적 대중문화로 정착되었다.

랩의 음악적 특성은 멜로디와 하모니(화성) 중심의 전통적 음악 관습에서 이탈해 이를 최소화한 리듬 위주의 편제라는 점에 찾을 수 있다. 가사와 강렬한 리듬, 기존 음악에서 무시돼 온 다양한 음향, 이를테면 도시의 기계음을 그대로 표현하는 창조적 발상은 젊은 세대의 기성사회와 현실에 대한 불만과 공격성을 상징적으로 드러낸다. 언어적으로는 음악과 말(글)의 혼합이라는 상호텍스트적 요소를 지닌다. 전술한 대로 가사의 내용과는 무관하게 부수적인 의미만을 지니며, 속사포처럼 내뱉는 속도감은 일상적인 언어감각을 부정한다. 랩에서 중요한 것은 가사의 내용이 아니라, 일상적 화법을 파괴하는 지껄임 자체와 빠른 리듬 그리고 비트에 실리는 율동에 있다.

한편 다음에 소개하는 가수 마야의 〈진달래꽃〉(2003)은 기존에 발표된 김소월 시의 본문을 차용하는 형태로 새로운 내용의 가사를 첨가한 경우로, 문학작품을 음악 속에 패러디적으로 삽입하고 있다는 점에서 상호텍스트성을 나타낸다.

나 보기가 역겨워 가실 때에는
말없이 고이 보내 드리오리다
나 보기가 역겨워 가실 때에는
죽어도 아니 눈물 흘리오리다

(날 떠나 행복한지
이젠 그대 아닌지
그댈 바라보며 살아온 내가
그녀 뒤에 가렸는지
사랑 그 아픔이 너무 커
숨을 쉴 수가 없어

그대 행복하게 빌어줄께요

내 영혼으로 빌어줄께요)

**나 보기가 역겨워 가실 때에는

말없이 고이 보내 드리오리다

영변에 약산 진달래꽃

아름 따다 가실 길에 뿌리오리다

가시는 걸음 놓인 그 꽃을

사뿐히 즈려밟고 가시옵소서

나 보기가 역겨워 가실 때에는

죽어도 아니 눈물 흘리오리다**

(내가 떠나 바람 되어 그대를 맴돌아도

그댄 그녈 사랑하겠지)

괄호로 표시한 부분이 김소월의 시에는 없는 추가된 가사이다. 전
체 가사 내용의 가장 큰 특징은 김소월의 시에는 없는 "그녀"와 "그
대"가 등장하는 점으로, 특히 주목을 끄는 것은 가사 속 "그녀"의 존
재이다. 문맥적으로 파악하면 노래 속 "나"는 여성이 되고, 떠나는
"그대"는 남성이며, 그 남성의 배후에 또 다른 사랑의 상대인 "그녀"
가 있다. 이러한 "그녀"의 존재는 김소월 시의 화자인 "나"와, 인칭
명사로서는 등장하지 않으나 시적 화자가 한결같은 사랑의 감정을
표시하는 대상으로 이루어진 양자 구도와는 확연히 다른 3자 구도를
형성한다. 종합해 보면 마야의 노래에서는 "나"를 버리고 떠나간

"그대"에 대한 변함없는 사랑을 표현하고 있는 점에서 시 속 상황과 동일하나, "그녀"를 등장시킴으로써 "나"가 버림받은 이유가 "그녀"라는 제3자의 개입에 의한 것임을 암시한다.

이러한 상황맥락의 변화는 김소월의 시가 이별의 슬픔을 에워싼 한국인의 체념의 미학인 한의 정서로까지 확대되는데 비해, 노래 속 상황은 상투적인 삼각관계에 속에서 개별적 이별의 아픔을 표현하는 것에 머물게 된다. 마야의 〈진달래꽃〉은 비록 유행가의 가장 일반적 상황을 노래하고 있지만, 첨가된 가사 중 자신의 "영혼"으로 상대의 행복을 빈다거나, 마지막 부분의 "내가 떠나 바람 되어 그대를 맴돌아도 그댄 그녈 사랑하겠지"의 감성적 묘사가 나름대로 문학적 완성도를 느끼게 한다.

음악적 면에서 보면 전술한 대로 김소월의 〈진달래꽃〉은 이별의 아픔과 슬픔을 격정적으로 노래하고 있으며, 마야의 〈진달래꽃〉도 이러한 특징을 잘 살리고 있다. 실제로 노래에서는 서두에 인용된 김소월 시의 원문 부분인 "나 보기가 역겨워 가실 때에는/말없이 고이 보내 드리오리다/나 보기가 역겨워 가실 때에는/죽어도 아니 눈물 흘리오리다"는 '역겹다'와 "죽어도 아니 눈물"에서 드러나듯 시인의 격정을 표현한 가장 핵심적인 부분으로, 마야의 노래에서는 이 부분을 고음과 빠른 템포로 처리하고 있다. 이어진 삽입부인 "날 떠나 행복한지/이젠 그대 아닌지/그댈 바라보며 살아온 내가/그녀 뒤에 가렸는지/사랑 그 아픔이 너무 커/숨을 쉴 수가 없어/그대 행복하게 빌어줄께요/내 영혼으로 빌어줄께요"는 처음에는 차분한 음조와 톤으로 전개되다가 점점 고음으로 변화하여 분위기를 고조시킨다.

이상 살펴 본 바와 같이 문학과 미술·음악은 같은 예술 장르이지만 표현 수단에서 명확한 차이를 보이면서도 상호텍스트적으로 밀접한 연관성을 지니고 있다. 창조성을 바탕으로 각각의 장르가 지닌 매력을 조화시키고 결합함으로써, 독자들에게 무한한 감동을 주면서 지금도 우리 일상에서 효용적 가치를 극대화하고 있는 것이다.

제4부

문학과 문화비평

주지하듯 문학은 넓은 의미에서 문화(culture)의 일종이다. 문화는 인류의 정신적(지적) · 미적 발전 과정을 나타내는 추상명사로서, 지성의 도야를 목적으로 행해지는 예술 활동 전반을 말한다. 아울러 문화인류학에서 언급되는 특정 민족이나 집단의 생활 및 관습을 역사적으로 형성하는 제반 요소를 포함하는 개념이기도 하다. 결국 문학은 문화 활동의 일환으로서, 전술한 텍스트의 개념에 입각해 문화비평 전반과의 관계와 성격을 논해 볼 수 있다. 양자의 관계는 컬추럴스터디스와 문화인류학과 같은 문화이론을 바탕으로 문학작품을 재독할 수 있는 기회를 제공해주기 때문이다

컬추럴스터디스와 문화비평

'컬추럴스터디스(cultural studies)'는 제1차 세계대전 후 등장한 헐리웃 영화나 라디오 광고 산업 등 상업적 대중문화의 세계적 확산을 부정적으로 인식한 문화비평 이론으로, 리비스(F.R.Leavis 1895~1978)와 엘리어트(T.S.Eliot 1888~1965) 등 보수적 입장의 영국 문학연구자들을 중심으로 1960년대에 접어들어 성립되었다. 당시의 대중문화를 소

비지향의 자본주의 사회의 산물로 간주하고, 이것의 유행이 일반 대중들의 자율성과 주체성을 마비시키기에 이르렀다는 비판적 시각을 지니고 있다. 가장 선구적 존재인 리비스가 주도한 영국의 스쿠르티니학파(學派)의 잡지 『스쿠르티니(Scrutiny)』(1932 창간)가 대중문화비판에 앞장서면서, 컬추럴스터디스로 대표되는 새로운 문학연구 방법론을 모색하게 되었다.

▌스쿠르티니학파의 대중문화비판

동 학파의 기본자세는 문화를 미학적으로 음미할 수 있는 소수의 엘리트 계층만이 문화비평의 핵심인 민족의식을 규명할 수 있다는 시각으로 압축된다. 일반 대중에게는 문화의 정수를 제대로 감상하고 판단할 수 있는 능력이 결여돼 있다는 인식이다. 참고로 대중은 당시 런던 등의 대도시에 거주하는 일반 노동자 서민 계층을 가리킨다. 문화의 본령을 정신의 도야나 미적 가치를 중시하는 전통적인 엘리트주의 가치관으로 파악함으로써, 동시대의 대중문화를 저속하고 불손한 물질주의의 산물로 간주하였다. 당시 유행하던 대중잡지, 타블로이드신문, 헐리웃 영화, 댄스홀의 대중문화가 독서를 자기 도야의 수단으로 삼아온 영국의 금욕적인 청교도 전통을 붕괴시키고, 인간을 안이한 자극과 수동적 쾌락에 빠져들게 만들었다고 비판하였다. 문화의 개념을 정신의 가치를 중시하는 귀족적이고 고전적 성격의 '고급문화(high-culture)'와 소비적 · 상업적 성격의 '하위문화(sub-culture)'로 이원화하는 방식은 컬추럴스터디스의 출발점으로 이어지게 된다.

또한 문화비평의 방법을 기존 방식이 중시해 온 문학작품의 범주에서 벗어나, 광고, 대중잡지, 대중음악, 영화의 다양한 문화 텍스트 및 이에 대한 실천행위로 확대하였다. 작품론과 작가론의 문학 분야에 치우친 문화연구로부터 벗어나, 미디어 등의 문화적 텍스트와 언어, 역사를 포괄적으로 분석하는 방법론의 변화가 두드러진다. 특히 문학을 비롯한 문화비평을 학교교육과 연결시키는 한편, 미디어 연구에 관심을 기울임으로써 문학을 포함한 문화와 미디어 매체와의 밀접한 관계를 강조하고 있다.

▮ 컬추럴스터디스의 성립과 '버밍엄대학 현대문화연구센터'

컬추럴스터디스는 영국에서 1960년대 이후 70년대에 걸쳐 대중문화연구를 주도하면서, 정치경제학·사회학이론·문학이론·미디어론·영화이론·문화인류학·철학·예술사·예술이론을 전방위적으로 접목시키는 형태로 문화의 제반 사항 분석에 주력하였다. 중심인물로는 리처드 호가트(R.Hoggart 1918~2014), 스튜어트 홀(S.Hall 1932~2014)을 들 수 있다. 문학비평, 미학, 예술학의 비평분야에서 사용해 왔던 전통적인 분석 방식을 부정한다. 전통적인 문학작품의 분석에서는 작품을 탄생시킨 사회 혹은 시간의 축적으로서의 역사적 맥락을 무시하고, 작품의 구성이나 줄거리, 주제, 작가의 특징만을 고집해 왔다는 것이다.

이에 비해 컬추럴스터디스에서는 문학을 비롯한 문화 텍스트 분석에서 인종, 계급(계층), 젠더(gender), 이데올로기와 같은 정치적 구조와 사회적 위계질서와 관련된 제반 사항을 연구의 주된 대상으로 삼으면서, 이러한 요소들이 텍스트 속에서 어떻게 관련돼 나타나고 있는가에 초점을 맞춘다. 한마디로 컬추럴스터디스의 연구대상은 일상생활 속 문화 실천행위의 의미를 파악하는데 있다. 문학작품을 예로 들면 작품 속 등장인물이 어떤 행동을 취하고 있으며, 그것이 당시의 사회구조나 생활습관과 어떤 관련이 있는가를 파악한다. 이를 위해 일반 대중들의 생활모습과 관습에 주의를 기울이며, 그것을 초래한 배후의 다양한 사회적 가치체계와 역사적 맥락을 중요시한다. 이와 같은 컬추럴스터디스의 전개에 핵심적 역할을 수행한 중심 기관이 호가트가 1964년에 설립한 '버밍엄대학 현대문화연구센터(CCCS: Centre for Contemporary Cultural Studies)'이다.

동 연구소는 원래 기존의 고전적 문학연구 방법론에 대한 비판적 입장을 현대 대중문화로 확대시킬 목적으로 설립되었으나, 점차 문학연구를 비롯해 사회학, 매스커뮤니케이션론(論), 마르크스주의 정치경제학 등이 어우러진 새로운 대중문화연구의 전략적 거점으로 발전하였다. 문학을 문화연구의 중요 주제로 인식하면서도, 문학사상이나 내용 등 기존 문학연구의 중심 주제로부터 탈피하고 있다. 특히 문학을 포함한 문화 텍스트가 어떠한 상업적 매커니즘, 기술적 형식, 독자층에 좌우되는가에 커다란 관심을 기울이는 가운데, 기본적으로는 대중문화를 비판적으로 인식한다. 다시 말해 대중문화를 노동자와 같은 사회 내부의 주변적 집단들이 기존의 고급문화(엘리트문화)에 저항하거나 협상하는 상징적 장소로 여기며, 이 과정에서 대중문화 분석의 핵심적 존재로 미디어의 역할을 강조한다. 패션, 언어 표현, 신세대의 행동방식 등 대중문화의 유행을 주도하는 것이 미디어 매체이기 때문으로, 컬추럴스터디스가 오늘날의 문화연구에 여전히 유용한 이유이기도 하다.

▌ 문화주의

'문화주의(culturalism)'는 컬추럴스터디스의 핵심적 입장으로, 문화인류학의 방법론을 응용해 발전시킨 것이다. 문화인류학은 문화진화론의 관점에서 인간(인류)의 생활양식 전체의 구체적 양상을 파악하는 학문 분야이다. 각 민족의 문화와 사회구조를 비교해 해당 민족나아가 인류가 걸어온 역사와 각종 소산물을 면밀히 관찰·분석하고 종합함으로써 문화의 규칙성과 변이의 양상을 과학적으로 탐구한다. 기본적 출발점인 문화인류학은 지구상의 인간의 출현으로부터 현대까지 발전해 온 시대별 문화와 사회의 제반 분야를 연구대상으로 삼는다. 이를테면 특정 민족이나 집단을 연구할 때 사회적 특징과 역사, 지리, 자연환경을 비롯한 구성원들의 체질적 특성과 가족, 혼인, 친족제도, 경제제도, 물질문화, 정치조직, 법률체계, 종교, 언어, 예술, 인간 심성의 모든 측면을 상호 관련지어 연구한다. 컬추럴스터디스는 이와 같은 문화인류학의 관점을 응용해, 문화를 각 지역혹은 국가의 특성과 성향이 반영된 종합적 산물로서 파악하는 지역주의 입장을 취한다. 이를테면 아시아연구, 이슬람연구, 미국연구, 아프리카연구가 좋은 예이다.

한편 컬추럴스터디스에서는 문화를 해당 사회를 살아가는 사람들의 무의식적인 집단행위의 소산으로 파악한다는 점이 중요하다. 문화는 지배계급의 의도에 따라 규범적으로 제시되거나 강요될 수 없으며, 일반 대중들에 의해 자연스럽게 경험되고 실천되는 과정에서 대중들의 집단적 가치나 계급적 자각, 사회적 관습이 문화로 표출된다는 것이다. 무엇보다 일반 대중인 노동자계급의 공동체 생활 속에서 문화가 차지하는 비중을 중시하며, 일반 대중들에게 주어진 삶의 조건이나 환경들이 문화적으로 어떻게 체험되는가에 주목함으로써 역사적 의미와 사회적 특성을 규명하는데 주력한다.

문화주의의 관점에서 컬추럴스터디스를 발전시킨 대표적 인물이 홀이다. 그는 귀족적 고급문화와 대중문화의 단순한 이항대립을 부정하고, 상업적 성격의 서브컬처로서의 대중문화의 구체적 스타일과 형식에 주목하고 있다. 실례로 홀은 1960년대에 유행하던 트위스트 댄스에 대해, 트위스트 댄스를 보급시키려는 상업적 생산자인 문화산업 측의 전략과 이를 소비하는 당시 젊은이들의 성향이 절묘한 조화를 이룬 사례로 간주하였다. 유행은 문화를 상업적으로 보급하려는 생산자 측의 일방적 조작이 아니라, 이를 통해 발산되는 젊은이들의 욕망이 생산자 측의 전략과 맞물려 조화된 결과물이라는 것이다. 홀은 기존의 컬추럴스터디스가 견지해 온 상업적 대중문화에 대한 부정적 시각에서 벗어나, 동시대의 젊은이들의 가치관에 긍정적으로 접근하려는 유연한 태도를 취하면서, 1970년대 이후의 서브컬처를 젊은이들의 문화의 관점에서 파악하는 선구적 시각을 제시하였다.

▌ 컬추럴스터디스의 특징과 문학작품 분석

컬추럴스터디스는 단순한 문화 텍스트 자체의 분석에 머물지 않고 텍스트를 성립시키는 사회적 맥락을 집중 조명한다. 기존의 문학

외에도 영화, 신문, 대중음악, TV의 미디어 텍스트를 정밀히 읽고, 한편으로는 이들 문화 텍스트를 생산 · 유통시키고 소비하는 경제와 사회구조를 심도 있게 분석한다. 그 결과 1960년대 말부터 전술한 대로 기존의 문학연구 외에 사회학이나 매스커뮤니케이션론, 정치 경제학의 제반 분야를 문화연구 영역 속으로 끌어들이는 성과를 거두게 된다. 주된 관심은 매스미디어와 젊은이들의 서브컬처, 문화 텍스트의 생산과 소비, 노동자 계급의 대중문화, 인종이나 젠더, 교육의 사회학 분야 전반에 걸쳐 있다. 특히 글로벌적으로 확산하는 현대 사회의 대중소비문화 속에서 노동자 계급의 생활세계가 어떻게 변용되고 어떠한 새로운 문화가치를 창조해 내고 있는가를 문제 삼는다. 보통 사람들인 대중이 일상생활 속에서 무의식적으로 영위하고 있는 문화적 제반 실천행위에 대한 일종의 정치학적 접근인 것이다.

내 고장 칠월(七月)은
청포도가 익어가는 시절

이 마을 전설이 주저리주저리 열리고
먼데 하늘이 꿈꾸며 알알이 들어와 박혀

하늘밑 푸른 바다가 가슴을 열고
흰 돛단배가 곱게 밀려서 오면

내가 바라는 손님은 고달픈 몸으로
청포를 입고 찾아온다고 했으니

내 그를 맞아 이 포도를 따 먹으면
두 손은 함뿍 적셔도 좋으련

아이야 우리 식탁엔 은쟁반에
하이얀 모시 수건을 마련해 두렴

— 이육사 〈청포도〉

1939년 8월의 『문장』지에 발표된 작품이다. 전통적인 문학작품 분석방법에서 보면 전술한 표현론 혹은 반영론적 관점에서 저항시인인 이육사와 이에 연계된 정치적 현실로서의 조국광복의 염원을 담은 작품으로 파악하는 것이 일반적이다. 그러나 컬추럴스터디스의 관점에서 분석하면 작품 성립 당시의 한국사회의 일상생활과 시적 화자의 행동을 에워싼 관습, 가치관, 민족적 정서의 상황맥락으로 읽어내게 된다.

가장 핵심적 표현은 제4연의 "내가 바라는 손님은 고달픈 몸으로/청포를 입고 찾아온다고 했으니"의 "손님"의 의미와 후반부의 "손님"을 맞아 청포도를 듬뿍 따서 대접하는 시적 화자의 행동이다. 멀리서 "고달픈 몸"으로 찾아온 "손님"을 지극정성의 마음으로 대접하려는 행동은 한국인의 보편적 정서 혹은 생활습관이자 계층을 초월한 일반적 감정으로 파악 가능하다. 이때 "청포도"는 지역의 특산물이자 대중적(서민적) 음식이라는 상징적 의미를 지닌다. 한편 "손님"을 대접하는 주체를 여성으로 본다면 "멀리서 찾아 온 손님"은 남성으로서, 한국사회에서 일반적으로 손님 접대는 여성의 역할이라는 젠더적 요소가 개입되고 있다. 결론적으로 컬추럴스터디스에서 강조하는 작품(텍스트)을 에워싼 사회 혹은 역사적 맥락은 지배체제로서의 사회나 정치적 사건의 집합체로서의 역사가 아닌, 한 민족이 전통적으로 축적해 온 시간적 결과물로서의 역사를 의미한다.

한편 컬추럴스터디스와 같은 문화와 문학을 접목한 새로운 문예비평 형태가 등장하면서 1960년대의 문화이론 중에서도 전술한 시니피앙과 시니피에, 빠롤과 랑그의 구조주의 언어학을 문학작품 내지는 문화 텍스트 분석에 응용하는 방법론이 대두되는데, 대표적인 것으로 신화의 개념을 활용한 텍스트의 서술구조 분석을 들 수 있다.

신화와 서술구조

전술한 구조주의 언어학 및 문화이론을 활용해 소설, 영화, 드라마의 서술구조를 분석할 수 있다. 구조주의 특유의 기호학적 특성과 신화의 개념을 접목한 새로운 문화비평의 방법론으로 평가된다. 구조주의는 1950년대에서 60년대에 걸쳐 프랑스에서 대두된 복합적인 사상운동이다. 스위스의 세계적인 언어학자인 소쉬르의 언어학 이론에 입각해 문학을 포함한 드라마, 영화, TV광고, 의상, 사진, 그림(미술)의 문화 텍스트의 구조를 기호학적으로 분석한다. 언어가 그것을 구성하는 기호(모음·자음)들의 집합으로서 선택되고 결합되는 과정에서 일정한 규칙인 문법과 시스템이 존재하듯, 문화 텍스트의 서술구조 또한 기호학적 접근이 가능하다는 발상에서 비롯되었다. 이러한 소설 및 영화, 드라마의 문화 텍스트 분석의 핵심은 신화(myth)적 요소에 입각한 서술구조 분석으로, 롤랑 바르트와 레비스트로스의 이론이 대표적이다.

▋롤랑 바르트의 신화론

바르트의 신화에 관한 주장은 『신화론(Mythologies)』(1957), 『기호학 원론(Éléments de sémiology)』(1964) 등의 저술에서 살펴볼 수 있다. 그가 주장한 신화는 그리스·로마 신화와 같은 신비적이고 초자연적인 것이 아니라, 현대사회의 다양한 현상이나 사건에 내재된 숨은 의미를 포괄적으로 지칭한다. 현대 물질문명의 온갖 현상들이 마치 고대 그리스·로마 신화처럼 익숙해져 의심할 수 없는 것으로 착각하게 만드는 것에서 형성된 개념으로, 흔히 신화의 자연화 과정으로 표현된다. 바르트는 신화를 현대사회의 위장된 관념 또는 인식으로 규정하고 허구성을 규명하는데 주력하고 있다.

구체적 예로서 먼저 1960·70년대 박정희 군사독재정권 시절의 '한국식 민주주의'를 들 수 있다. 당시의 위정자들은 획일화된 군사문화를 자연스럽고 정당한 것으로 만들기 위해, 국민의 의사표현과 정치활동의 자유 및 인권을 최대한 보장하는 서구의 민주주의는 오히려 한국사회에 혼란을 가중시키고 경제발전을 저해한다는 신화를 의도적으로 생성시켰다. 주된 전파 수단으로는 신문, 잡지와 같은 대중 언론매체와 학교교육을 들 수 있으며, 이렇게 해서 조작되고 형성된 신화가 국민들 즉 신화 독자에게 주입되었다. 특히 허위의 신화 형성에서 대중매체의 역할은 절대적이었다.

가부장제 사회의 여성의 역할도 신화를 이해하는 좋은 예이다. 전통적인 가부장제에서 여성은 본질적으로 양육과 가사에 남성보다 적합하다는 신화가 생성되었고, 이는 신문, 잡지, TV의 미디어 매체를 통해 대중매체의 수용자들에게 무수히 주입되었다. 이를테면 드라마에서 여성은 주부로서 아침식사를 준비하고, 남편은 소파에 앉아 신문을 읽는 장면이 자연스럽게 목격된다. 또 아기분유 광고에서 주연은 늘 주부인 여성으로 고정돼 있고, 드물게 남편으로서 남성이 함께 광고에 출연하는 경우에도 남편은 조연으로 화목한 가정이라는 이미지를 부각시킬 뿐이다. 이런 장면을 보면서 사람들은 그것을 당연하고 자연스럽게 받아들이는 신화의 자연화 과정을 거치게 된다. 즉 남성은 한 가정의 생계를 유지하는 역할을 당연시하며, 여성의 자연적인 역할은 가정에서 자녀를 키우고 보살피는 것으로 굳어지는 남녀의 사회적 역할을 에워싼 신화가 형성되었다.

결국 바르트에 따르면 신화는 역사적 발생 동기를 수반하고, 이를 의도적으로 은폐하고 전달하려는 의미를 극히 자연스럽고 당연한 사실로 제시함으로써 일반적인 상식으로 통용시킨다. 이상의 논리를 문학작품에 적용하면 하나의 작품 속에는 신화 생산자인 저자가 신화 소비자인 독자에게 전하려는 메시지가 존재하고, 이를 해당 사회에 통용되는 진실로서 받아들이게 만드는데 주력하게 된다. 다시 말해 문학작품 속에는 역사적 그리고 인위적으로 조작된 특정 주장(이데올로기)을 내포한 신화가 존재하며, 이것이 저자의 의도에 의해 지극히 일반적인 여론으로 통용되는 '탈(脫)신화화' 과정을 거치게 된다는 것이다.

█ 기호학적 체계로 본 신화

신화를 기호로 간주하는 것은 구조주의적 접근법으로, 기호는 전술한 시니피앙(기표)과 시니피에(기의)의 유기적 결합으로 이루어진다. 복습이 되지만 시니피앙과 시니피에는 구조주의 언어학의 핵심 개념으로서, 시니피앙은 표현된 기호를, 시니피에는 기호가 의미하는 내용을 가리킨다. 양자는 분리되지 않은 채 발화되는 순간 하나의 기호로 작동하며, 전술한 대로 시니피앙과 시니피에의 결합이 랑그, 랑그에 담긴 함축의미가 빠롤이다.

이를테면 "황소"를 발화하는 순간 시니피앙과 네발 달린 짐승이라는 시니피에가 동시에 결합하면서 랑그로서의 황소가 성립되며, 우리 농사 작업에 유용한 가축이라는 한국사회에 깊숙이 의도적으로 통용되어 온 빠롤로서의 신화가 생성된다. 전술한 한국식 민주주의(시니피앙)는 한국 실정에 특화된 민주주의라는 시니피에를 거쳐, 서구의 민주주의는 오히려 우리 사회에 혼란을 가중시키고 경제발전을 저해한다는 빠롤로서의 신화가 성립되는 것이다.

이렇게 보면 특정 사회 혹은 문화적 현상이자 사항인 랑그는 시니피앙과 시니피에를 지니고, 시니피에 담긴 함축된 의미(빠롤)인 신화를 형성한다. 이때 시니피에는 해당 사회에서 조작되거나 의도된 것이며, 그것을 파헤쳐 다른 시니피에를 찾아내려는 전략 속에서 빠롤로서의 신화가 생성된다. 바르트에 따르면 시니피앙은 우리가 눈으로 볼 수 있는 이미지 자체이고, 시니피앙 안에 담긴 의미 및 내용이 시니피에이며, 신화는 시니피앙과 시니피에의 유기적 결합의 결과물인 랑그를 바탕으로 어떤 사물에 스토리를 형성시켜 확대돼 가는

상황으로서, 모든 문화 텍스트의 분석
에 유용하다고 주장한다.

　이상의 주장을 이해하는 자료로 바르
트는 한 장의 사진을 예로 들어 신화의
생성방식을 설명하고 있다. 제2차 세계
대전 후인 1949년 3월에 창간된 프랑스
의 대표적인 그래프 잡지인『파리 마치
(Paris Match)』(1955)에 실린 사진으로, 프랑
스 군복을 입은 흑인 청년이 프랑스 삼색 국기에 군대식으로 경례를
하고 있는 모습이다. 이 사진에 대해 바르트는 다음과 같이 언급하고
있다,

> 　"신화는 명령적이면서 사람을 끄는 성격을 가지고 있다… 이는 이
> 용어의 물리적 의미 그리고 법적인 의미 양쪽 모두를 포함한다. 프랑
> 스 제국주의는 경례를 하는 흑인 청년을 도구적인 기표로 만들어 버리
> 고, 이 흑인은 내게 갑작스레 프랑스 제국주의의 이름으로 소리친다.
> 그러나 동시에 이 흑인의 경례는 굳어지고 동결되어 프랑스가 제국주
> 의를 확립하려고 했다는 영원한 증거가 된다,"(바르트『신화론』1957)

　설명을 바탕으로 사진을 분석해 보면 시니피앙(기표)은 프랑스라
는 국가와 소년의 존재에서 비롯되며, 소년의 늠름하고 단호한 결의
에 찬 표정과 자세가 프랑스의 모든 자손들은 인종차별 없이 위대한
조국인 프랑스의 국기 아래에서 평등하게 군에 복무한다는 시니피
에를 의도적으로 생성함으로써 랑그를 형성한다. 다음으로 이 사진

의 빠롤적 의미는 프랑스 제국주의에 대한 긍정적 이미지로, 프랑스 제국주의를 정당화하는 신화가 성립된다고 설명한다. 이렇게 보면 바르트가 말한 신화는 다분히 정치적 속성을 지닌 문화적 산물임을 알 수 있다. 신화의 허구성을 파헤치고 모순을 폭로함으로써, 각 사회에 널리 통용되고 있는 신화의 권력적 속성을 환기하는데 주력한다.

이상 살펴본 시니피앙과 시니피에, 랑그와 빠롤의 유기적 결합으로 이루어진 신화의 기호체계로의 의미작용에 대해 바르트는 1차 단계인 '외시(外示)의미(denotation)' 단계와 2차 단계인 '함축의미(connotation)와 신화(myth) 단계'로 나누어 설명하고 있다. 우선 1차 외시의미 단계는 기호로 특정 이미지를 제시함으로써 겉으로 드러나게 되는 의미 즉 시니피앙에 해당한다. 이에 대해 2차 단계인 함축의미와 신화 단계는 1차 외시 단계에서 제시된 문화적 가치나 표현 방식에 주목하며 시니피에에 해당한다.

이해를 돕기 위해 가족사진을 예로 들면 외시의미의 1차 단계는 화학적 인화과정을 거친 사진 자체로서 부모와 자녀로 구성된 가족 모습을 말한다. 다음으로 2차 함축의미 단계에서는 사진의 초점, 구도, 조명, 앵글 등 촬영자의 자의적인 선택이 개입되면서 함축적 의미를 생성한다. 만약 밝은 분위기의 컬러사진이라면 가족생활의 만족감과 안정성을 표현함으로써, 가족은 우리 삶의 가장 중요한 인간관계의 결합체라는 긍정적 신화를 만들어낸다. 반대로 어두운 분위기의 흑백사진의 경우는 가족생활의 억압이나 세대 간의 단절, 긴장을 함축함으로써, 가족생활의 붕괴가 현대 인간 생활의 현주소라는 부정적 신화를 성립시킨다. 결국 외시의미에서는 촬영한 것이 무엇

(what)인가를 문제시하는데 비해, 함축의미는 어떻게(how) 촬영되었는 가를 중요시한다. 이때 '어떻게'를 통해 신화적 메시지가 생성된다 는 것으로, 문화 텍스트의 서술구조 중 2차 단계인 함축의미 단계에 내포된 신화적 메시지의 허구성을 비판하게 된다.

이상의 예에서 나타나듯 바르트의 신화분석은 영화, 드라마, 광고, 신문기사, 사진을 비롯해 문학, 미술의 예술작품에 이르기까지, 우리의 일상을 에워싼 모든 문화적 텍스트와 실천행위에 적용 가능하다. 일례로 최근의 젊은 신세대를 대상으로 한 TV 광고물에서 화려한 색조 영상 이미지와 경쾌하고 속도감 있는 화면의 변화가 종래의 광고물과는 다른 함축적 의미를 생산함으로써, 신세대가 인류의 밝은 미래를 주도한다는 신화적 메시지를 만들어 낸다. 바르트는 다양한 문화 텍스트나 실천행위들이 제공하는 허구의 현실적 이미지로서의 신화가 어떻게 자연스럽고 상식적으로 수용되는가에 관심을 기울인다.

▌레비스트로스의 신화론

바르트가 2차 함축의미 단계에 집중한 것과는 대조적으로, 지금부터 소개하는 프랑스의 문화인류학자인 클로드 레비스트로스(Claude Levi Strauss 1908~2009)는 1차 외시의미 단계에 주목해 소설을 비롯한 영화, 드라마의 서술구조에 접근한다. 바르트와 마찬가지로 레비스트로스의 기본 전제는 문화를 이해하고 분석하는 핵심 작업은 소쉬르로 대표되는 구조주의 언어학의 기호 연구에 있으며, 신화 또한 동일하게 하나의 언어로 발화됨으로써 특정 의미를 생성해 낸다는 것이다.

레비스트로스에 따르면 신화의 실체는 "스타일이나 거기에 사용되는 음악 또는 구문론(構文論)이 아니라, 그것이 이야기하는 스토리"에 존재한다. 스타일, 음악, 구문론은 바르트가 주장한 2차 단계인 함축의미를 결정하는 요소 즉 'how'이며, 스토리는 1차단계인 외시의미 즉 'what'에 속한다. 신화를 기호체계로 파악하는 입장은 바르트와 동일하나, 레비스트로스는 바르트의 1차 단계인 외시의미의 성립과정에 주목하고 있음을 알 수 있다. 신화가 무엇을 함축하고 있는가를 중요시하면서, 이를 초래한 구조적 요인의 파악에 중점을 두는 태도이다.

이를 위해 레비스트로스는 각 국가나 민족에 의해 형성된 다양한 신화 내용과 그 속에 내포된 의미성 즉 빠롤보다는 이를 성립시키는 사회문화적 관습구조인 랑그의 서술구조 규명에 관심을 기울인다. 해당 사회에서 통용되는 도덕이나 윤리, 가치관, 정서, 종교로부터, 세부적으로는 결혼제도, 남녀관계, 옷차림이나 언어습관과 같은 문화인류학에서 중시하는 다양한 제반 관습들이 신화를 구성하는 기호체계라는 관점이다. 신화의 진정한 의미는 언어학의 문법에 해당하는 신화의 구조적 유형을 기호학적으로 명확히 규명할 수 있다는 인식을 드러낸다. 이러한 신화의 문법에 상응하는 것으로서 레비스트로스는 사회의 '심층구조(deep structure)'를 들면서, 소설이나 영화, 드라마 속에서 '서술(narrative)'되는 과정을 규명하는데 주력한다.

▌ 신화의 서술구조와 분석 방법

레비스트로스는 신화의 서술구조를 표면에 명료하게 드러나는 의미체계와, 의미체계 속에서 암암리에 작용하는 무의식적인 심층구조로 구분하고 있다. 의미체계와 심층구조는 바르트가 지적한 1차외시의미 단계를 세분한 것으로, 양쪽의 유기적 결합을 거쳐 한편의 소설, 드라마, 영화가 구체적 스토리의 전개 속에서 신화가 형성된다는 것이다. 소설이나 드라마, 영화에서는 일반적으로 인간이 직면한 삶과 죽음, 자연과 문명 간의 대립·모순 등을 의미체계로서 제시하며, 이를 극복하고 질서를 되찾기 위해 상황에 부합하는 인위적인 이야기인 심층구조로서의 신화를 무의식적으로 꾸며내 해결점을 모색한다는 것이다. 참고로 레비스트로스는 이를 신화의 '내러티브적 속성'으로 표현하고 있다.

레비스트로스는 신화가 내러티브 즉 서술구조의 심층인 무의식의 차원에서 작용해 관계를 구축하는 것은 인간의 본질적인 속성이자 보편적인 정신작용이라고 주장한다. 따라서 신화를 구조주의 방법론으로 접근하는 것은 소설, 드라마, 영화의 스토리에 내재된 보편적 서술구조를 기호적으로 파악함으로써, 인간 심성의 본질적인 측면을 명확히 밝히려는 목적을 지닌다. 레비스트로스가 생각하는 신화는 인간 사회에서 보편적 가치체계로 형성되는 정신적 요소의 서술에 중점을 두면서, 사랑, 죽음, 삶, 출생 등 인간의 존재를 에워싼 명제에 직결된다.

결국 레비스트로스의 신화론은 문학작품이나 드라마, 영화의 미디어 텍스트에 적용하는 과정에서 텍스트 속에 서술되고 있는 인간의 삶이나 윤리, 도덕, 종교의 제반 요소와 관련된 메시지를 신화로 규정하고, 이를 언어의 구조를 규명하듯 도식적으로 분석해 나간다. 이를테면 "인간의 범죄 행위에 드러난 선과 악의 갈등"이나 "종교를 통해 본 인간의 이상과 현실의 대립" 등의 인간사회의 보편적 가치 체계로서의 신화적 메시지를 구체적인 텍스트의 서술구조에 입각해 추출해 내는 것이다.

이러한 태도는 롤랑 바르트가 신화라는 기호의 역사적, 문화적 특성을 파악해 신화를 사회변화에 입각한 정치적 관점이나 이데올로기와 관련지어 이해하려 한 것과는 차별된다. 바르트가 텍스트의 서술구조의 저자 즉 신화 생산자의 메시지보다 그것이 환기하는 함축의미를 신화로 간주하고 허구성을 파악해 폭로하는 것임에 비해, 레비스트로스는 서술구조에 담긴 저자의 메시지 자체를 신화로 간주하고, 이를 구조적으로 파악하려 했다는 점에서 구별된다. 필연적으로 레비스트로스의 신화는 소설, 영화, 드라마의 스토리텔링 자체의 분석에 집중되며, 그것이 지닌 사회적 모순이나 불합리와 같은 함축적 의미는 크게 고려하지 않는다. 전술한 대로 바르트가 제기한 1차적 외시의미 단계인 '무엇'에 집중되며, 2차적 의미 함축단계인 '어떻게'는 중요시하지 않는다.

한편 레비스트로스에 의한 신화의 구체적인 서술구조 분석 방법은 다음과 같다. 우선 언어학에서 모음과 자음으로 이루어진 언어의 기본 요소인 음소(音素)를 가려내듯이, 소설, 드라마, 영화의 신화분석에서는 '신화소(mytheme)'를 추출한 후 대립 혹은 결합되는 특별한 관계의 분석에 임한다. 다음으로 신화소를 다시 주된 메시지에 해당하는 '주(主) 신화소'와, 이를 세부적으로 지탱하는 '개별 신화소'로 나누는데, 주의할 점은 신화소는 반드시 이항대립의 구조를 지닌다는 점이다. 이항대립 구조의 도출은 전술한 무의식적인 심층구조를 효과적으로 드러내기 위함으로, 이항대립의 관계 설정에 의해 항목

사이의 갈등 관계를 구체적으로 서술해 나가는 것이 레비스트로스 신화분석의 주된 과정이다.

다음으로 이항대립 항목 간의 갈등이나 모순을 해결하는 역할의 '중재자'를 설정해, 대결구도의 일정 부분을 해소하려는 노력을 기울이게 된다. 중재자는 해당 텍스트의 스토리텔링을 바탕으로 신화분석이 추구하는 의도 및 목표를 명확히 제시하게 된다. 당연히 중재자는 등장인물 중에서 선택된다. 다시 말해 레비스트로스 신화분석의 핵심은 소설, 영화, 드라마의 스토리가 부각하는 현실 삶을 에워싼 대립과 갈등의 측면을 부각시켜 사회 속 인간의 정신적 요소와 행동방식을 구체적으로 재현하고, 동시에 중재자로 하여금 대립과 갈등의 해결점을 모색하는 것에 있다.

그러나 이러한 해결은 소설이나 영화, 드라마와 같은 일정한 서술구조를 지닌 텍스트 상의 상징적인 해결일 뿐 실제 현실의 본질적 해결은 아니라는 것이다. 즉 소설, 드라마, 영화는 스토리의 서술로 인간 사회를 구성하는 다양한 문제점을 드러내고 해결책을 제시하지만, 구조적으로 뿌리 깊은 현대사회의 문제들은 본질적으로 해결되지 않는다. 그럼에도 이러한 신화분석이 유용한 이유는 소설을 비롯한 영화, 드라마 나아가 신문이나 광고, TV 뉴스의 대중 미디어 텍스트의 스토리텔링의 관습적 구조를 파악할 수 있기 때문이다. 레비스트로스의 신화분석이 문학을 비롯한 현대사회의 다양한 문화예술 텍스트 중 특히 미디어 텍스트 분석에 새로운 지평을 개척했다고 평가되는 이유가 여기에 있다.

▌『춘향전』의 서술구조 분석

이해를 돕기 위해 소설『춘향전』을 실제로 분석해 보자. 우선 주 신화소는 동 소설의 주제에 해당하는 부분으로, 이를테면 "계급을 초월한 사랑과 봉건적 신분제도 사이에서 갈등하는 인간의 고통과 고뇌" 정도를 상정해 볼 수 있다. 여기서 '사랑'과 '신분(제도)'이 이항 대립적 관계를 나타낸다. 다음으로 개별 신화소는 주 신화소의 세부 내용을 구성하는 이항대립 쌍을 추출한다. 기생과 양반(사대부), 억압 과 저항, 정조(절개)와 변절(수청), 암행어사와 탐관오리, 청렴과 부패, 고귀함과 저속함(속물적), 신의와 불신(시험), 고통과 인내, 정신과 육 체, 이별과 재회 등 다양한 조합을 제시할 수 있다. 이어서 중재자로 는 성춘향과 이몽룡이 가장 적합하며 각각 다음과 같은 스토리텔링 을 시도해 볼 수 있을 것이다.

> 양반의 자제와 <u>퇴기(기생)</u>의 딸이라는 당시(조선사회)의 신분적 차이 로 인해 도저히 불가능하게 여겨지던 두 사람의 사랑은 상대에 대한 한결같은 마음과 깊은 <u>신의</u>에 입각해 <u>이별</u>의 온갖 난관을 극복하고 결 국은 행복한 <u>재회</u>를 이루게 된다. 이 과정에서 이몽룡이 갑작스럽게 한양으로 떠나게 된 후, 성춘향은 이 지역 사또로 부임한 <u>속물적</u> 인간 인 변학도에 의해 온갖 육체적 <u>고통(억압)</u>을 당하나, 오로지 이몽룡에 대한 변함없는 신의와 한 사람만을 지아비로 섬긴다는, 당시의 <u>사대부</u> 여성과 같은 굳은 <u>정조</u> 관념은 결국 봉건적 신분제도의 틀을 뛰어넘어 끝까지 <u>저항</u>하고 마침내 온갖 난관을 극복하는 원동력으로 작용한다. <u>암행어사</u>가 된 이몽룡이 <u>탐관오리</u>인 변학도를 축출하는 과정은 당시

사회의 모럴인 청렴의 중요성과 부패한 관리는 결국 몰락할 수밖에 없다는 점을 부각시키고 있다.(중재자 성춘향)

이몽룡은 춘향이에 대한 깊은 사랑을 마음에 간직한 채 과거시험에 매진한 결과 마침내 장원급제를 이루고, 암행어사가 되어 춘향이에게 돌아가 이 지역 사또를 비롯한 탐관오리들을 소탕하기에 이름으로써, 춘향이와 함께 양반과 기생의 계급을 초월한 사랑을 실현시키고 있는 점에서 중재자에 해당한다. 이 과정에서 자신의 장원급제 사실과 암행어사의 신분을 철저히 숨기고 거렁뱅이의 모습으로 옥에 갇힌 춘향이를 찾아가거나, 마지막 암행어사 출도 후에도 재차 춘향이에게 자신에게 숙청들 것을 요구하는 등, 반복적으로 춘향이의 지고지순한 정신적 사랑과 육체적 정조를 시험함으로써, 결과적으로 춘향이의 신분의 제약을 초월한 굳건한 절개의 중요성을 강하게 환기하고 있다. 진정한 사랑 앞에는 어떤 고통도 인내할 수 있다는 이몽룡의 신의가 이러한 시험을 통해 표출되고 있으며, 그 근본에는 고착화된 신분적 억압에 저항하려는 진취적 자세가 깃들어 있다.(중재자 이몽룡)

중재자에 의한 스토리텔링의 주안점은 중재자의 역할을 중심으로 주 신화소에 나타난 이항대립적 요소의 형성과정과 해결(해소) 과정을 개별 신화소의 내용을 곁들여 스토리적으로 서술하는데 있다. 또한 주 신화소의 해결과정에서 중재자로 하여금 갈등이나 긴장구조를 초래하고 있는 내용에 관해 서술하는 방식을 취하고 있다. 참고로 변학도는 계급을 초월한 사랑이란 성립될 수 없다는 당시의 봉건사회의 신화적 사고를 신봉하고 실천하는 존재이므로 근본적으로 중재자가 될 수 없다.

▌ 〈태양의 후예〉의 서술구조 분석

〈태양의 후예〉는 2016년 KBS에서 인기리에 방송된 드라마로서 기획 의도는 다음과 같다.

> "모든 꿈은 돈으로 통하고, 행복은 성공 순이라고들 말한다. 정글같은 현실에서 살아남기 위해서 인간으로서의 미덕과 가치들은 쉽게 외면하고 지낸다. 약자의 죽음은 은폐되고, 강자의 독식은 합리화되며, 비겁하게 타협한 자의 출세는 지혜롭다 칭송받고, 의롭게 저항한 자의 몰락은 무모하다 폄하당하는, 탐욕이 선이라 말함에 이제 아무도 부끄러워하지 않는 이 세상에... 영웅이 필요하다. 진짜 영웅이 필요하다. 돈의 가치를 소중히 여기되, 돈의 노예로 살기를 거부하며, 힘의 권위를 명예롭게 지키되, 부당한 힘에는 결코 굴복하지 않으며, 성공을 향해 전력을 다하되, 성공의 자리에는 더 큰 책임의 무게가 따름을 항상 명심하고, 다른 이의 즐거움에 크게 웃어줄 수 있고, 작은 아픔도 함께 울고 안아줄 수 있는, 유치원 때 이미 다 배워 알지만, 점점 잊고 지냈던 우리 마음 속 진짜 영웅을 만나고 싶다"
>
> — KBS〈태양의 후예〉 홈페이지

주 신화소는 "조국(애국)과 사랑 사이에서 갈등하는 우리 사회의 진정한 영웅의 모습", "이상(군인으로서의 삶)과 현실(사랑) 사이에서 고뇌하는 평범한 인간들의 모습" 정도로 추출 가능하다. 각각 '조국'과

'사랑', '이상'과 '현실'이 이항대립을 이루고 있다. 개별 신화소는 사랑과 애국심, 군인과 의사, 생명과 죽음(살생), 명예(꿈)와 현실, 타협과 저항, 약자와 강자, 정의와 불의, 용기와 비겁, 영웅과 범인(凡人), 이별과 재회(재결합) 정도로 정리해 보았다. 중재자로는 여주인공 강모연과 조연 역할을 수행한 서 상사, 윤 중위를 설정할 수 있고, 이에 입각한 스토리텔링은 다음과 같다.

강모연은 사람의 생명을 살려야 하는 의사의 입장에서, 조국을 위해서는 살생이나 죽음도 마다하지 않는 유시진의 군인으로서의 애국심으로 인해 유시진에 대한 사랑의 감정에도 불구하고 이별을 택한다. 그러나 우르크에서의 파견 근무를 통해 유시진과 재회한 후 유시진을 비롯한 특전사 대원들의 조국과 인명을 구하려는 살신성인의 자세에 감동한 그녀는 그들이야말로 현실의 불의에 타협하지 않고 저항해 맞서 싸우는 이 시대의 진정한 영웅임을 깨닫고 유시진에 대한 사랑을 키워나가고 마침내 행복한 결실을 맺는다.(중재자 강모연)

유능한 특전사 요원인 서 상사와 윤 중위는 서로 사랑하는 사이이지만, 윤 중위의 아버지인 특전사 사령관은 두 사람의 관계를 반대하고, 서 상사는 자신의 군인으로서의 애국심에 찬 삶을 우선하기 위해 윤 중위에 대한 범인으로서의 사랑의 감정을 억제하고 일부러 윤 중위를 멀리한다. 그러나 오직 서 상사만을 사랑하는 윤 중위의 적극적 행동에 서 상사도 결국 마음을 돌리게 되고, 윤 중위와 결혼하려면 군복을 벗으라는 사령관의 제의를 받아들이기로 결심하나, 이를 알게 된 윤 중위는 서 상사의 군인으로서의 이상과 꿈을 저버린 행동에 실망해

두 사람은 일시적으로 이별하지만 결국은 재결합하게 된다. 두 사람의 갈등은 군인으로서의 삶이라는 이상과 이를 용납하지 않는 현실과의 대립을 극명하게 드러내고 있다. 사랑 앞에는 강자도 약자도 없다는 평범한 진리가 소소하게 다가온다.(중재자 서 상사·윤 중위)

특기할 점은 중재자는 꼭 주인공일 필요는 없으며, 서 상사와 윤 중위처럼 조역이라도 주 신화소의 갈등이나 대립·모순을 해소하고 봉합하는 인물이라면 얼마든지 가능하다는 것이다. 이를테면 『춘향전』의 경우는 방자나 향단을 중재자로 설정할 수도 있다.

문학과 영화

영화는 미디어 텍스트의 대표적 존재로서 시와 소설의 문학 장르와의 상호텍스트성을 드러내는 전형적 매체이다.

▌영화와 소설의 상호텍스트성

영화와 소설은 모두 일정한 시간의 테두리 속에서 시·청각 매체를 활용해 표현하는 서사 형태라는 공통점을 지닌다. 소설은 영화 성립 초기에 시나리오를 제공하였고, 전문 시나리오 작가 등장 후에는 독자적 서술구조를 모색하면서 소설의 대중화에 기여하였다.

초기의 영화에서는 플롯(plot) 전개의 대부분을 스토리텔링과 연대기적 시간구성에 의지하는 고전적 리얼리즘 소설의 기법을 채용하였다. 사건의 인과적 흐름에 입각한 이야기 전개방식은 19세기 서양의 리얼리즘 소설의 기본적 서사기법이다. 소설 속에 도입된, 카메라와 편집기능에 중점을 둔 영화의 기법은 특히 20세기 초기의 모더니즘 소설에 본격적인 영향을 미치게 된다.

여기서 영화의 편집기능을 살펴볼 필요가 있다. 영화는 카메라가 찍은 순간의 영상들을 시·공간의 인위적 분절(分節)을 통해 4차원적으로 재구성하며, 이 과정에서 카메라가 지속적으로 찍은 영상(shot)은 '롱 쇼트(long shot)'와 '커팅(cutting)', '클로즈업' 그리고 후술할 '몽타주'의 기법을 활용해 장면의 분위기나 등장인물의 심리상태를 적절히 표현한다. 참고로 롱 쇼트는 카메라가 피사체로부터 50야드 이상 떨어진 곳에서 촬영한 것이며, 커팅은 두 개의 분리된 쇼트를 결합하는 작업이다. 이러한 시간과 공간의 다양한 결합방식이 이야기 전개에서 가장 중요한 비중을 차지한다.

영화의 등장은 소설의 서술방식에도 적지 않은 변화를 초래하였다. 전통적인 소설의 서술방식은 스토리를 일정한 시간의 흐름과 순서에 입각해 풀어가는 방식인데, 모더니즘 소설에 이르러 동일한 공간 속에 다양한 시간의 흐름을 삽입하거나, 같은 시간에 일어난 다른 공간의 사건을 동시에 표현하는 변화를 시도하게 되었다. 이를 '체험의 동시성(同時性)'이라 하며 모더니즘 소설의 가장 핵심적인 묘사 기법이다. 체험의 동시성은 제임스 조이스, 버지니아 울프의 모더니즘 소설에 등장하는 '자동기술법'과 이미지의 몽타주적 배열에 사용되었으며, 현대인의 복잡하고 소외된 체험 양상과 심리를 묘사하는데 적극 활용되었다. 참고로 한국에서는 최초의 장편소설인 이광수의 『무정』(1917)과 최초의 무성영화 〈의리적 구투(仇鬪)〉(1919)가 거의 동시기에 등장하였다. 소설과 영화가 서구 근대문명의 산물임을 엿볼 수 있는 부분이다.

한국에서 영화와 소설의 적극적 상호교류는 1920년대 후반에 등장한 '영화소설'에서 파악할 수 있다. 영화소설은 시나리오와 소설의 중간 형태로서, 장면화(場面化) 기법을 활용하는 형태로 소설에 영화의 기법을 채택하였다. 본격적인 전개 시기는 1930년대이며, 근대 도시문명에 대한 인상을 주된 내용으로 한 모더니즘 계열의 소설이 주를 이룬다. 대표작으로는 후술할 박태원(1909~1986)의 『천변풍경』(1936~7), 『소설가 구보씨의 일일』을 비롯해 허윤석(1914~1995)의 『구관조(九官鳥)』(1979) 등이 있다.

▍ 영화소설의 주요 기법

크게 '카메라 눈(camera eye)'과 '몽타주(montage)'를 들 수 있다. 카메라 눈은 카메라 렌즈의 객관적 재현력을 활용해 작가의 의도를 드러내지 않은 채 대상을 포착해 보여주는 방식으로, 카메라의 자유로운 공간이동과 다양한 앵글조작으로 사물을 다각도로 응시한다. 소설의 서술기법에 활용할 경우 서술자 자신의 주관적 의도를 드러내지 않은 채 대상의 느낌과 분위기를 객관적으로 전달할 수 있다. 특히 기존 방식인 서술자가 사건과 인물에 대해 평가하고 설명하던 '말하기(telling)'에서, 장면을 압축하는 형태인 '보여주기(showing)'로의 변화를 초래했다는 점에서 특기할 만하다. 스토리를 아예 생략하고 장면의 시각적 이미지만으로 서술하기도 하며, 인생의 심오한 철학적 사색이나 통찰을 대신해 장면의 이미지와 분위기를 강화하는 효과가 있다. 기존 소설에서의 언어의 상징성, 의미성을 대신해 영화소설에서는 시각적 사유(思惟)가 중시되고 있음을 드러낸다.

카메라 눈을 활용한 전형적 작품이 전술한 박태원의 『천변풍경(川邊風景)』이다. 일제강점기 서울 청계천 근변에 거주하는 다양한 서민들의 외면적 삶의 모습을 삽화 방식으로 구성한 '세태(世態)소설'이다. 당시 서민들의 생활상을 '청계천 빨래터'에서 '천변풍경'에 이르는 50개의 절(節)과 70명의 등장인물로 묘사하고 있다. 특정 주인공은 존재하지 않으며 특별한 줄거리도 없다.

다음으로 몽타주 기법은 영화 서사의 핵심으로서, 특정한 미학적 효과를 자아내기 위해 독특한 방식으로 쇼트와 쇼트를 결합시키는 편집방식이다. 기본 원리는 쇼트들의 조각(fragement)으로 성립되는 '불연속적 연속성(discontinuous continuity)'에 찾을 수 있다. 인간이 경험하는 자연적 시간의 연속성을 부정하고 새로운 형태의 연속성을 창출하는 이른바 '시간 몽타주'에 해당한다. 하나의 대상을 다시점(multi-persepective)의 동시 결합을 시도함으로써 묘사 대상의 새로운 윤곽과 상황을 이끌어 낸다.

몽타주 기법의 특징은 순차적으로 진행되는 연대기적 시간의 흐름을 부정하는데 있으며, 전형적 예가 조이스에 의해 정착된 '의식의 흐름(stream of consciousness)'이다. 의식의 흐름에서는 외적 행위로부터 내적인 사고를 비롯해, 현재의 의식과 과거의 상황이 자유자재로 이동하면서 다차원적인 흐름을 형성한다. 회상을 통해 과거와 현재가 단일 흐름을 형성하는 것이 아니라, 과거와 현재, 행위(행동)와 사

고가 유기적으로 통합되지 않은 채 복수의 단계에서 동시에 진행된
다. 의식의 흐름의 영향으로 현대소설에서는 전통적인 시간과 공간
의 경계가 붕괴되는 결과를 초래하였다. 마지막으로 몽타주는 시간
성을 의식한 '시간 몽타주'와 공간의 불연속적인 연속성을 의식한
'공간 몽타주'로 나누어지며, 보통 영화소설 속에서는 양자가 조화
를 이루거나 결합하는 방식으로 나타난다.

　여기서 몽타주를 활용한 작품의 예로 앞서 언급한 박태원의『소설
가 구보씨(仇甫氏)의 일일(一日)』을 살펴보기로 한다. 1934년『조선중
앙일보』에 연재된 후 1938년 단행본으로 간행된 작품이다. 26세의
주인공 구보가 어머니의 잔소리를 피해 집을 나와 돌아오기까지의
하루 동안 경성의 이곳저곳을 배회하며 느낀 것을 의식의 흐름 기법
을 활용해 묘사한 작품이다. 구보는 도쿄 유학까지 다녀온 지식인
이지만 직업도 없고 결혼도 하지 못한 인물로 묘사되고 있다. 전통
적인 플롯 중심의 소설적 서사구조는 약한 대신에, 과거의 회상이나
심리의 추이에 대한 서술이 두드러진다. 본문 일부를 소개하면 다음
과 같다.

　　다료(茶寮)에서 나와, 벗과 대창옥(大昌屋)으로 향하며 구보는 문득
　　대학노트 틈에 끼어 있었던 한 장의 엽서를 생각하여 본다. 물론 처음
　　에 그는 망설거렸었다. 그러나 여자의 숙소까지를 알 수 있었으면서도
　　그 한 기회에서 몸을 피할 수는 없었다. 그는 우선 젊었고 또 그것은
　　흥미 있는 일이었다. 소설가다운 온갖 망상을 즐기며 이튿날 아침 구
　　보는 이내 이 여자를 찾았다. 우시코메쿠(牛込区) 야라이쵸(矢来町). 주
　　인집은 그의 신조사(新潮社) 근처에 있었다. 인품 좋은 주인 여편네가

나왔다. 들어간 뒤 현관에 나온 노트 주인은 분명히...... 그들이 걸어가고 있는 쪽에서 미인이 왔다. 그들은 보고 빙그레 웃고 그리고 지났다. 벗의 다료 옆 카페 여급. 벗이 돌아보고 구보의 의견을 청하였다. 어때 예쁘지. 사실 여자는 이러한 종류의 계집으로서는 드물게 어여뻤다. 그러나 그는 이 여자보다 좀 더 아름다웠던 것임에 틀림없었다.

어서 옵쇼. 설렁탕 두 그릇만 주우. 구보가 노트를 내어놓고 자기의 실례에 가까운 심방(尋訪)에 대한 변해(辨解)를 하였을 때 여자는 순간에 얼굴이 붉어졌었다. 모르는 남자에게 정중한 인사를 받은 까닭만이 아닐 게다. 어제 어디 갔었니. 요시야 노부코(吉屋信子). 구보는 문득 그런 것들을 생각해 내고 여자 모르게 빙그레 웃었다. 맞은편에 앉아, 벗은 숟가락 든 손을 멈추고 빠안히 구보를 바라보았다. 그 눈은 무슨 생각을 하고 있느냐, 물었는지도 모른다. 구보는 생각의 비밀을 감추기 위하여 의미 없이 웃어 보였다. 좀 올라오세요. 여자는 그렇게 말하였었다. 말로는 태연하게, 그러면서도 그의 볼은 역시 처녀다웁게 붉어졌다. 구보는 그의 말을 쫓으려다 말고, 불쑥 같이 산책이라도 안하시렵니까, 볼일 없으시면. 일요일이었고 여자는 마악 어디 나가려던 차인지 나들이옷을 입고 있었다. 통속소설은 템포가 빨라야 한다. 그 전날 윤리학 노트를 집어 들었을 때부터 이미 구보는 한 개 통속소설의 작가였고, 동시에 주인공이었던 것임에 틀림없었다. 그는 여자가 기독교 신자인 경우에는 제 자신 목사의 졸음 오는 설교를 들어도 좋다고까지 생각하고 있었다. 여자는 또 한 번 얼굴을 붉히고, 그러나 구보가 만약 볼일이 계시다면 하고 말하였을 때, 당황하게, 아니에요 그럼 잠깐 기다려 주세요. 그리고 여자는 핸드백을 들고 나왔다. 분명히 자기를 믿고 있는 듯싶은 여자 태도에 구보는 자신을 갖고 참 이번 주일에 무사시노칸(武藏野館) 구경하셨습니까. 그리고 그와 함께 그러한 자기가 하릴없는 불량소년같이 생각되고, 또 만약 여자가 그렇게도 쉽사리 그의 유인에 빠진다면, 그것은 아무리 통속소설이라도 독자는 응당 작가를 신용하지 않을 게라고 속으로 싱겁게 웃었다. 그러나 설혹 그렇게도 쉽사리 여자가 그를 좇더라도 구보는 그것을 경박하다고 생각하고 싶지 않았다. 그것에는 경박이란 문자는 맞지 않을게다. 구보의 자부심으로서는 여자가 초면임에도 불구하고 자기를 족히 믿을 만한 남자로 볼 수 있도록 그렇게 총명하다고 생각하고 싶었다.

여자는 총명하였다 그들이 무사시노칸 앞에서 자동차를 내렸을 때, 그러나 구보는 잠시 그곳에 우뚝 서 있을 수밖에 없었다. 그것은 뒤에서 내리는 여자를 기다리기 위하여서가 아니다. 그의 앞에 외국 부인이 빙그레 웃으며 서 있었던 까닭이다. 구보의 영어 교사는 남녀를 번갈아 보고, 새로이 의미심장한 웃음을 웃고 오늘 행복을 비오, 그리고 제 길을 걸었다. 그것에는 혹은 삼십 독신녀의 젊은 남녀에게 대한 빈정거림이 있었는지도 모른다. 구보는 소년과 같이 이마와 콧잔등이에 무수한 땀방울을 깨달았다. 그래서 구보는 바지 주머니의 수건을 꺼내어 그것을 씻지 않으면 안 되었다. 여름 저녁에 먹은 한 그릇의 설렁탕은 그렇게도 더웠다.

구보가 과거에 체험한 도쿄 생활의 기억과 현재의 의식이 몽타주 기법으로 대조되고 있다. 구체적으로 서두의 "다료에서 나와, 벗과 대창옥으로 향하며 구보는 문득 대학노트 틈에 끼어 있었던 한 장의 엽서를 생각하여 본다"에서 드러나듯 "한 장의 엽서"를 매개로 과거 도쿄 시절의 기억으로 이동하고 있음을 알 수 있다. 이후 과거의 단편적 기억과 현재의 영상이 교차하는 가운데 양자의 공간적 경계가 불분명해진다. 현재의 의식과 과거의 기억이 이중으로 노출되면서, 평면적이고 단순한 연속관계가 아닌, 동시적인 병치(juxtaposition)의 관계로 나타나고 있다. 시간성의 불연속성을 의식한 '공간 몽타주'에 해당한다. 공간 몽타주에서는 다른 장소에서 일어나고 있는 일을 평행으로 동시에 보여주거나, 여러 곳에 있는 다른 인물들의 모습과 행동을 동시에 볼 수 있게 한다. 인접하지 않은 복수의 공간을 연속적으로 병치의 형태로 포착한다. 『소설가 구보씨의 일일』에서는 설렁탕집 "대창옥"으로 암시된 "경성"과, "우시코메쿠 야라이초", "무사시노칸"이 떠올리는 도쿄가 병치된 동일공간에 위치하고 있다.

▌영화시와 다케나카 이쿠 〈럭비〉

'영화시(cine-poem)'는 시나리오 형식의 시로 1920년대 프랑스에서 성립되었다. 몽타주, 플래시백, 클로즈업의 영화기법을 활용해 시를 영상으로 표현하는 가운데, 영화의 단절된 화면을 이어가는 구성방식을 취하면서 비약하는 형태로 시의 행들을 조합한다. 이때 시 속 작자의 시점은 카메라의 눈이 대체하며, 말하기보다는 보여주기의 방식으로 대상을 하나의 장면으로 압축한다. 영상의 빠른 전환이 속도감을 자아내므로, 기본적으로 카메라의 촬영기법을 적극 활용하게 된다.

1. 밀려오는 파도와 물거품과 그 아름다운 반사와.
2. 모자(帽子)의 바다.

3. Kick off! 개시다. 신발 바닥에는 징(鋲)이 있다.

4. 물과 공기에 녹아드는 공이여. 타원형이여. 비누의 슬픔이여.

5. (앗 어디로 가버렸지)

6. 다리. 스타킹에 감싸인 다리가 공장을 꿈꾸고 있다.

7. 올려다보는 굴뚝이 모두 다 석탄을 피우고 있다. 웅대한 아침을 대
   비하고 있다.

8. 드러누운 청년. 생각 중인 청년. 이마에 땀방울이 맺혀 있는 청년.
   외치고 있는 청년. 청년. 청년. 청년은 온갖 정열의 빗속에 있다. 기
   뻐하는 청년. 햇살이 비추고 있는 청년.

9. 아름다운 청년의 이(齒).

10. 심장이 동력(動力)한다. 심장의 오후 3시. 심장은 공장으로 이어져
    있다. 날고 있는 피스톤.

11. 상승하는 압력계.

12. 피로한 노동자. 비공(鼻孔)운동.

13. 태클. 옆에서 커다란 손이다. 다섯 손가락 사이로, 이끼 같은 인간
    풍경.

14. 인간을 인간으로까지 되돌리는 것은 깃발입니다. 깃발의 진폭.
    (잊고 있던 세계가 다시 눈앞에 나타난다.) 삼각형 깃발. 악의 깃발.

15. 공장의 기적(汽笛). 하얀 수증기. 하얀 수증기의 분출, 꽃이 된다.

16. 보이지 않는 다리에 짓밟혀, 계속 일어서는 풀(草)의 감정. 그 중에
    일어나지 못하는 풀. 바람, 햇빛에 먼 바람이 부는 지면.

17. 드리블 6초. 굴러가는 공. 비가 되는 벨트의 회전.

18. 땀을 닦고 한숨짓는 청년. 일그러진 청년. (공은 바다가 보고 싶습
    니다.)

19. 발돋움 하는 청년. 소나무의 뾰족한 가지들.

20. 밀집(스크럼)! 기계의 태내(胎內). 꽉 맞물려가는 톱니바퀴.

21. 축 늘어진 청년. 기계 속으로 먹혀 들어가는 청년. 깊은 깊은 잠에
    빠져들 듯.

22. 무엇을 차고 있는 것일까.

    가슴에서 아래뿐인 청년.

    (아 나는 나의 목을 차고 있다.)

23. Try!

24. 깃발, 깃발 깃발 깃발.

25. 와하고 쏟아진 노동자의 물결이, 공장 문에서 시가지를 향해, 석양
    처럼 검은 복장으로.

26. 날아가는 신문지, 공기 속에 해파리처럼 떠올라……

27. 건널목이 닫힌다. 근동(近東)급행열차가 지나간다. 완전히 밤.

28. 떨어져 있는 목.(어디선가 본 청년이다.)

29. 북의 울림, 둔탁하게, 둔탁하게.

30. 비다. 비다.

– 다케나카 이쿠(竹中郁 1904~1982) 〈럭비〉(1932)

일본 시네포엠의 대표작이다. 럭비의 시합 개시부터 "Try"에 이르
는 과정 속에 경기장 외부의 풍경을 의도적으로 곁들이면서 시각
적·심리적으로 구성해 나간다. 해변으로 밀려오는 무수한 "파도",
"물거품"으로부터 공장으로 밀려가는 "노동자"의 "모자"를 떠올림
과 동시에, 럭비의 "Kick off"로 영상을 선명히 클로즈업시키는, 시
네포엠의 전형적 묘사 방식인 몽타주 기법을 활용하고 있다. 하늘 높

이 차올린 "타원형"의 럭비공을 "비누"로 감지하는 가운데, "앗 어디로 가버렸지"로 영상을 속도감 있게 순간적으로 전환한다. 이때 시속 카메라의 시선은 럭비선수들의 "스타킹에 감싸인 다리" 사이로 공장의 늘어선 "굴뚝"을 연상하는 한편, 격렬한 선수들의 열기가 어느 사이엔가 생산현장 속 공장 내부의 모습으로 이어지고 있다. 럭비의 경기 장면과 현실 속 공장 모습을 넘나드는 빠른 화면 전환과 영상의 비약은 "심장"의 "동력"과 "피스톤" 등의 효과음과 더불어 시네포엠 특유의 시와 영화, 음악적 요소의 절묘한 장르 혼합을 나타내고 있다.

형식 면에서는 각 행을 번호로 나열함으로써 영상의 독립성을 부각시키고, 럭비의 경기 장면과 공장의 생산 현장을 입체적으로 교차시키고 있는 점이 참신한 인상을 준다. 구체적으로 (23)의 "Try"로 암시된 시합종료와 동시에 밀려나오는 관중을, (25)에서의 공장 노동자의 모습으로 연상시키는 한편, "건널목"에서 그들을 가로 막는 "근동급행열차"의 청각적 인상을 통해, 열기를 뒤로 하고 조용히 저물어 가는 "밤"의 존재를 부각시킨다. 나아가 "떨어져 있는 목"(28)과 "둔탁"한 "북의 울림"(29), 그리고 마지막의 "비"는 격랑의 열기를 뒤로 한 도시의 밤을 감각적으로 인상 짓고 있다.

흔히 시네포엠은 무의미한 단편적 영상의 시각적 나열로 현실의식의 결여가 수반되기 쉽다는 점이 한계로 지적되는데, 이 시는 그러한 단점을 극복하고 있다. 이를테면 그라운드 풀밭 위를 짓밟으며 경기에 한창인 선수들의 모습 속에 공장의 기계에 압박당하는 "청년" 즉 노동자의 모습을 투영함으로써 일종의 사회 풍자적 메시지를 담고 있다. "공은 바다가 보고 싶습니다"(18)에서의 "공"은 "청년"의

꿈과 이상을 암시하며, (19)에서의 "소나무의 뾰족한 가지들"처럼 "발돋음 하는 청년"의 의지에도 불구하고 "밀집(스크럼)" 속에 가두어 지고 마는 인간은 "톱니바퀴"처럼 단조롭게 반복되는 공장 노동자의 지친 일상을 함축한 것으로 볼 수 있다. 이렇게 보면 "아 나는 나의 목을 차고 있다"(22)는 자신의 생명을 소모하는 노동자의 서글픈 자화상에 다름 아니며, (28)의 "떨어져 있는 목"은 쓸모가 없으면 해고되고 마는 노동자의 가련한 현실을 비판적으로 응시한 부분이다.

제5부

현대사회와 문학

최근의 문학작품이나 예술은 현대사회의 모습과 문화적 현상을 첨예하게 반영하고 있어, 현실 삶에 수반되는 제반 사회문제와 문학 텍스트와의 관계에 대한 조명의 필요성을 촉구한다. 문학을 단순한 허구세계의 미적 형상화가 아닌, 인간이 영위하는 일상생활 속에서 구체적인 의미성을 획득하고 실천하는 공간으로 인식할 경우, 문학은 언어를 매개로 다양한 삶의 행동방식을 드러내게 된다. 문학작품 속에서 표현되는 갖가지 삶의 모습에는 가치판단을 좌우하는 시대적 기준이 존재하며, 특히 사회와 인간과의 측면에서 불가분의 관련성을 지닌다. 본 장에서는 현대사회의 모습과 문학작품과의 밀접한 관계에 주의를 기울이면서, 오늘날의 핵심적 사회·문화현상인 포스트모더니즘과 페미니즘을 살펴보고자 한다.

물질적 삶의 단편화와 문학

고도로 정보화된 산업사회를 살아가는 현대인의 삶은 단편적 혹은 즉흥적 경험을 추구하는 경향이 농후하며, 지식의 습득은 문자 매체 중심의 기존 방식으로부터 컴퓨터, 스마트폰의 첨단 영상 미디어 매체에 의존하는 경향이 두드러진다. 정보통신의 발달은 지역적 개념과 국가의 경계를 해체하였고, 나날이 심화하는 사회와 개인 간의 분열과 갈등은 인간의 가치관을 전통적 틀에만 얽매일 수 없다는 인식을 초래하였다. 주지하듯 현대인들은 자아상실과 불안, 좌절, 소외, 원자화, 왜소화 등 최근 세계적으로 나타나는 병리적 사회·문화 현상에 노출돼 있다.

　문학은 이상과 같은 사회의 제반 문제점에 반성적 자각을 촉구하고 해결의 실마리를 제공한다. 전술한 문학의 교시적 기능은 오늘날의 문학에 더욱 유용한 존재로 인식되며, 고전문학과 차별되는 가장 큰 특징으로 볼 수 있다. 고전문학이 작품으로 드러나는 사회의 문제점을 권선징악의 관점에서 도덕적 가치를 우선시해 왔다면, 현대문학은 리얼리즘 문학처럼 사회 현실을 도덕적 잣대에서 벗어나 삶의 냉철한 반성으로 인간의 본질을 확인하고 삶의 한계와 가능성을 동시에 모색한다는 점에서 차별적이다. 오늘날의 문학이 적극적인 사회참여 또는 문화실천의 장이 될 수밖에 없는 이유이기도 하다. 이러한 관점은 다음과 같은 작품을 통해 확인 가능하다.

　　　뒷간에서 애를 낳고
　　　애가 울자 애가 무서워서
　　　얼른 얼굴을 손으로 덮어 죽인 미혼모가
　　　고발하고 손가락질하는 동네 사람들 곁을 떠나
　　　이제는 망치 든
　　　안짱다리 늙은 판사 앞으로 가고 있다.

그 죽은 핏덩어리를

뭐라고 불러야 서기(書記)가 받아쓰겠는지

나오자마자 몸 나온 줄 모르고 죽었으니

생일이 바로 기일(忌日)이다

변기통에 붉은

울음뿐인 생애,

혹 살았더라면 큰 도적이나 대시인이 되었을지 그 누구도 점칠 수 없는

그러나 치욕적인 시 한 편 안 쓰고 깨끗이 갔다

세발자전거 한 번 못 타고

피라미 한 마리 안 죽이고 갔다.

단 석 줄의 묘비명으로 그 핏덩어리를 기념하자

거기에서 떨어져

변기통에 울다가

거기에 잠들었다.

– 최승호(1954~) 〈무인칭의 죽음〉(1987)

　현대사회의 부정적 현상의 하나인 미혼모의 문제를 다룬 시이다. 시인은 미혼모 문제가 단순한 특정 개인의 문제가 아닌 우리 모두의 문제라는 메시지를 던지고 있다. 공동체 사회에서 나이 어린 소녀를 파멸의 지경에 이르게 한 것은 다름 아닌 우리들이요, 어린 미혼모를 손가락질하며 추방한 것도 법정에 세운 것도 우리들이라는 현대사회의 현실을 신랄하게 꼬집고 있다. 산업화의 심화와 기계화된 삶 속에서 황폐해 버린 현대문화의 비극적 자화상을 미혼모 문제에 빗

대어 자성적으로 바라보고 있다. 제목의 "무인칭"은 원하지 않은 생명의 탄생이라는 사생아를 바라다보는 사회적 시선을 압축적으로 드러내고 있는 점에서 시적 여운이 느껴진다. 문학과 현대사회와의 밀접한 관련성을 여실히 느낄 수 있는 작품이다.

포스트모더니즘의 성립과 전개

'포스트모더니즘(postmodernism)'은 20세기 후반의 테크놀로지의 발달 속에서 구세대를 대표했던 모더니즘적 세계관인 인간 중심의 전통적 권위나 지배구조를 부정하는 인식과 더불어 시작된 사회·문화 현상으로, 통일된 주장이나 강령을 지닌 문화사조는 아니다. 따라서 포스트모더니즘이란 용어는 현대사회와 대중문화의 성격을 논할 때 사용되는 실체가 없는 유행어 같은 암묵적 개념이다. 문학과 음악, 미술, 건축, 영화의 예술 분야와 광고, 패션의 일상생활 영역에서 폭넓게 나타난다. 1950·60년경에 등장해 1970년대 이후 크게 유행하면서 이론화를 둘러싼 열띤 논쟁이 전개되고 있다. 기존의 전통적이고 관습적인 이론이나 사상으로는 20세기 후반의 다양한 문화 현상을 일일이 설명하고 파악할 수 없다는 인식에서 출발하고 있다.

기본적으로 포스트모더니즘은 이전 시대의 핵심적 사고체계인 '근대성(modernity)'에서 벗어나려는 '탈근대성'을 표방한다. 근대성은 마르크스(K.H.Marx 1818~1883)나 헤겔 등으로 대표되는 전통적 철학 및 인식체계를 가리키며, 핵심은 인간의 지(知)와 이성을 중시하는 로고스(logos) 중심주의와 남성중심주의에 입각한 가부장사회, 인종적으로는 백인을 주체로 인식하는 유럽중심주의로 요약된다. 이러한 근대성을 부정하는 포스트모더니즘은 이성보다는 감성을 강조하고, 남성이 아닌 여성을 사회의 주체로 인식하며, 유럽중심주의로부터 이슬람·아시아·아프리카의 제3세계로 시선을 돌리면서, 모든 전통적 사고방식이나 사회질서에 저항하는 태도를 드러낸다. 영국의 문화이론가인 안젤라 맥로비(A.Mcrobbie 1951~)는 다음과 같이 지적하고 있다.

> "(포스트모더니즘은)가부장적이고   제국주의적이었던   (모더니즘의)대서사의 지배로 인해 역사적으로 그 목소리를 박탈당했던 사람들이 등장함을 알려주었다."(『포스트모더니즘과 대중문화』1992)

포스트모더니즘은 남성·백인·기독교 중심주의에서 벗어나, 여성·흑인·이슬람교와 같은 성별과 인종·종교·민족을 초월하는 형태로 오랫동안 주변적 존재로 간주돼 온 소수자(minor)를 전제로 삼는다. 소수자란 역사적으로 전통사회에서 주체(남성·백인·기독교 등)에 지배를 받거나 종속돼 온 타자(他者)를 가리킨다. 포스트모더니즘은 근대성이 지배하던 이전 모더니즘 사회에서의 타자가 주체의 자리로 역전되는 매우 역동적인 공간이다. 이를테면 후술할 페미니즘의 성립과 유행은 타자의 위치에 있던 여성이 남성을 대신해 주체의 자리로 이동하였음을 드러낸 전형적 예에 속한다. 한편 인용한 맥로비의 담론에서 주목을 끄는 용어가 모더니즘을 지탱하는 핵심적 개념인 대서사이다.

▌대서사의 성립과 붕괴

'대서사'는 '거대서사'라고도 하며 영어로는 'master-narrative', 'grand-narrative'로 표기한다. 인간을 에워싼 사회와 현실의 명확한 인식체계를 설명하는 서술형식이다. 역사와 철학으로 대표되는 전통 학문의 사고와 권위를 조직적으로 구성하는 '스토리'이자 현실을 이해하게 해주는 설명의 '얼개(framework)' 역할을 수행하면서, 포스트모더니즘 성립 이전까지 제반 근대학문과 지식체계에 커다란 영향을 미쳐왔다고 지적된다.

이를테면 마르크스주의에서 말하는 역사는 한 생산양식이 다른 생산양식으로 연속적으로 대체되고 사회계급 간의 투쟁이 발생해 마침내 사회주의 혁명에 도달한다는 변증법적 스토리가 대서사에 해당한다. 대서사는 일찍이 보편성과 정당성을 근거로 인간의 자유와 사회의 평화 실현이라는 선의의 정치적 목적 즉 이데올로기로 출발해 다양한 학문 분야에 영향을 미쳐 왔다. 또 다른 예로서 과학은 인류를 고통과 질병, 가난으로부터 해방시키는 역할을 자임하면서, 다른 서사들을 조직하고 가치를 부여하는 가운데 오랫동안 대서사의 위치를 확보해 왔다. 그러나 포스트모더니즘에서는 인류의 이상으로 출발한 현대과학이 점차 지배 권력에 종속됨에 따라, 보편적 지식과 자유를 위한 선의의 동반자가 아닌 인간을 억압하는 기술적 수단으로 변질되었다고 비판한다.

이러한 대서사로 대표되는 근대학문 및 진리체계의 커다란 특징으로 이항대립으로 규정된 인식체계를 간과할 수 없다. 이를테면 진실과 거짓, 정의와 불의, 선과 악으로 명확히 구분되던 사고방식은 포스트모더니즘에서는 더 이상 작동하지 않게 되었다는 것이다. 즉 포스트모더니즘은 어제까지 진실이었던 것이 오늘은 거짓으로 전복되는 역동적 구조를 지니고 있다.

> "서구의 대서사는 보편적 시민성을 내세워 특별한 문화적 동일성을 초월하여 우리의 범주 하에 규정되어 왔다. 즉 대서사는 포함과 배제를 통하여 이질성을 총체성의 영역에 편입시키고, 보편의 원리로 다른 목소리를 억압하고 배제하였다. 이제 이러한 서사의 권위는 해체되고, '작은 이야기'가 그 가치를 나타내기 시작한다. 대서사가 갖는 보편성은 우리에게 부딪히는 현실적 문제를 해결하기 못하고 문화의 다양성이라는 측면에서 다시 검토되어야 한다."(『포스트모던의 조건』 1979)

대표적인 포스트모더니즘 이론가인 리오타르(J.F.Lyotard 1924~1998)의 주장이다. '작은 이야기'는 대서사처럼 진리를 지탱하는 보편적 지식이 아닌 인종·성별·계급 면에서 다른 입장을 취하는 주변적 존재인 소수 집단들에 관한 담론 즉 '소(小)서사'로서, 동성애자·이슬람교도·흑인·노동자를 가리킨다. 이처럼 국가나 민족·인종·성별에서 주류적 위치를 차지하고 절대적 지위를 누려온 보편적 대서사의 권위가 이제는 몰락했다는 것이다. 따라서 포스트모더니즘에서는 기존의 보편성이나 획일성보다는 개별성과 소수성에 입각해, 다양한 현대사회의 문화적 차별성 즉 문화의 개별성과 다원성을 강조한다.

이러한 대서사가 붕괴하게 된 이유는 자본주의 경제체제의 발전과 심화에서 찾을 수 있다. 시기적으로 2차 대전 이후 세계는 전쟁의 수행에 따른 제반 산업기술의 눈부신 발전을 토대로 자본주의 체제가 더욱 심화되는 가운데, '후기 자본주의(late capitalism)'로 불리는 새로운 경제체제를 맞이하게 되었다. 후기 자본주의 사회의 특징은 전통적 자본주의가 강조한 재화(財貨)의 생산으로부터 상품의 소비와 인간의 복지를 중시하는 물질 중심의 소비문화 확산에 있다. 특히 후기 자본주의의 또 다른 특징인 정보통신 기술의 발달은 미디어 매체의 발전에 힘입어 소비지향적이고 환락적인 글로벌 문화가 자리 잡는 계기를 제공하였다.

소비지향적 문화는 전통 도덕과 윤리를 앞세운 청교도적 가치로서의 모더니즘의 정신성을 무용지물로 만들어 버리는 한편, 정신보다는 물질을 중시하고 집단보다는 개인을 우선시하는 현대사회의 특성을 더욱 강조하게 되었다. 결국 대서사의 붕괴가 초래한 포스트모더니즘의 성립은 개인의 자유를 강조하는 개인주의 사상의 심화와 오직 경제적 이익과 가치를 최고의 덕목으로 삼는 상업적인 기업 자본주의의 발전에 근본적 원인을 찾을 수 있다. 포스트모더니즘이 가장 큰 위력을 드러내는 대중문화 분야에서는 문화란 인간의 사고 표현의 정수로서 고귀한 것인데 비해, 대중문화는 무질서하고 저속한(kitsh) 것으로 여겨온, 문화를 에워싼 전통적 인식체계인 '엘리트 문화주의'의 대서사가 붕괴했음을 의미한다.

▌ 포스트모더니즘 문화의 특징

포스트모더니즘은 현대사회에서 근본적으로 적대적인 문화의 성립을 초래하였고, 배후에는 기존의 규격화된 사회적 지식체계나 규범에 반항적인 태도를 읽어낼 수 있다. 이를테면 "대학은 상아탑이다"와 같은 학문적 오랜 권위를 인정하지 않는 저항적 속성을 드러낸다.

다음으로 상업성을 바탕에 둔 실험적인 문화라는 점이다. 영화, 음반, 실험비디오, TV 드라마, 광고, 패션, 잡지의 현대문화의 다채로운 영역에 침투하고 있다. 일례로 의상의 경우 비대칭 구조가 두드러진다. 이를테면 상의는 넥타이 차림의 정장이지만 하의는 반바지를 착용하거나, 신발과 양말의 색이 각각이고, 한 벌의 의복에 동양적 이미지와 서양적 이미지를 혼합하는 식의 랑그적 불일치를 시도하기도 한다.

표상성과 환상성도 포스트모더니즘 문화의 두드러진 특징이다. 표상은 사물이나 사항의 속성이 인간의 감각이나 지각에 의해 겉으로 드러나는 것을 말하며, 포스트모더니즘에서 현실은 표층으로 구성되며, 내면적 의미나 심층(의식)은 존재하지 않는다고 여긴다. 즉 포스트모더니즘에서는 현실의 심층은 존재하지 않고, 그 자리를 막연한 '모사(模寫 simulation)'나 상상이 대체한다. 환언하자면 특정 현상을 초래한 이유(why)는 중요하지 않으며, 오직 그러한 현상이 어떻게 (how) 그리고 무엇(what)을 문제 삼고 있는가에 관심을 기울인다. 특정 현상을 초래한 합리적 사고인 이성보다 그것이 어떠한 느낌과 감각으로 표출되고 있는가에 주목하는 과정에서 감성이 가장 중시된다. 오늘날의 광고가 감성에 호소하는 이유도 이와 무관하지 않다.

마지막으로 포스트모더니즘 문화에서는 이항대립의 경계(境界) 해체가 두드러진다. 남성과 여성, 주체와 객체, 정신과 육체사이의 어떤 구분도 없애버리는 프로그램이 포스트모더니즘이다. 나아가 고급문화와 하위문화의 경계는 물론 과거와 현재의 시간, 현실과 초현실의 공간, 선과 악의 도덕체계와 같은 인간의 의식과 사회현상을 에워싼 전통적 개념의 경계 해체가 두드러진다.

일례로 SF영화 〈아바타(Avartar)〉(2009)를 들 수 있다. 2154년 지구로부터 4.4광년(光年) 떨어진 행성인 판도라(Pandora)를 무대로 대체 에너지 자원을 찾기 위해 행성을 파괴하려는 지구인과 판도라를 지키려는 원주민 나비(Navi)족과의 갈등과 전쟁을 그린 영화이다. '아바타'는 인간과 판도라 행성의 토착민 나비의 DNA를 결합한 하이브리드 생명체를 가리킨다. 영화에서 아바타라는 인간도 동물도 아닌 기이한 생명체가 탄생하게 된 이유는 중요하지 않으며, 단지 아바타라는 모사와 상상의 이미지에 토대를 둔 가상의 현실 즉 포스트모더니즘에서 말하는 '하이퍼 리얼리티(hyper-reality)'에 관심을 기울인다. 포스트모더니즘에서는 현실에 실존하지 않은 채 표층적으로 모사된 환상과 환영의 유희를 즐길 뿐이다. 포스트모더니즘의 표상성은 현실세계와 환상세계의 공간개념, 현재와 과거·미래의 시간개념 등 전통적인 이항대립의 인식체계의 경계 붕괴가 초래한 다원성의 결과물이다.

모더니즘 문학

포스트모더니즘 문학을 이해하기 위해서는 전대의 모더니즘과 모더니즘 문학에 대한 이해가 필수적이다. 모더니즘은 시기적으로 1차 세계대전 이후 문학과 예술의 개념, 감각, 형식을 논하기 위해 사용되는 용어로서, 이전 시기의 서구문화 및 예술과 결별하는 과정에서 종래의 사회조직이나 종교와 도덕의 불변의 진리에 의문을 제시하는 형태로 성립되었다. 배경에는 1차 대전의 파국이 기존의 서구문명과 문화에 대한 인류의 신뢰를 붕괴시켰다는 전제가 존재한다. 일관성을 추구하고 안정된 사회질서에 기반을 둔 전통적 문학형식이 당시의 무질서하고 혼란한 사회상황을 효과적으로 반영하고 표현하는데 한계를 느끼고, 문학과 미술의 예술 분야에서 실험적이고 혁신적인 변화를 추구하게 되었다. 포스트모더니즘 문학의 이전 단계인 모더니즘 문학·예술이 그것이다.

모더니즘 문학 장르 중 시의 경우 엘리엇(T.S.Eliot)이 1922년에 발표한 433행의 장편시 〈황무지(The Waste Land)〉가 대표적 작품이다. 1차 대전 후의 세계를 암흑의 '황무지'로 인식하면서, 종래의 규격화된 시적 언어표현에서 이탈해 말하듯 서술하고, 전통적인 구조의 일관성 대신 부분들을 뒤죽박죽 순서를 바꾸어 배열하는 새로운 묘사방식을 시도하고 있다. 시의 새로운 기술방식으로서, 문맥적 연관성을 지니지 않는 구성 요소들을 독자 스스로 발견해 내거나 창조하도록 유도하려는 의도로 평가된다. 일부를 인용해 보면 다음과 같다.

> 이 얽힌 뿌리는 무엇이며, 이 자갈 더미에서
> 무슨 가지가 자라난단 말이냐? 인간들이여,
> 그대는 알기는커녕 짐작도 못하리라, 그대 아는 건
> 오직 부서진 형상들의 퇴적, 거기엔 해가 쬐어대고
> 죽은 나무에는 그늘도 없고, 귀뚜라미의 위안도,
> 메마른 돌 틈엔 물소리도 없다. 다만

이 붉은 바위 아래 그늘이 있을 뿐,

(이 붉은 바위 그늘로 들어오려므나)

"당신이 일 년 전 처음으로 히야신스를 제게 주셨지요,

그래서 다들 저를 히야신스 아가씨라 부릅니다."

그러나 이슬에 젖은 머리칼에, 꽃을 한아름 안은 너와 더불어

그 히아신스 정원에서 밤늦게 돌아왔을 때

나는 말도 못했고 눈마저 멀어

산 것도 죽은 것도 아니었고 아무것도 몰랐으며

그저 불꽃의 중심을 들여다보았다. 침묵의 시간,

바다는 거칠고 쓸쓸도 하오.

일정 흐름에 입각한 기술이나 문맥의 인과관계가 느껴지지 않으며, 비약과 의미를 가늠할 수 없는 비유가 기존의 시적 서술방식에서 이탈하고 있다. 이를테면 "부서진 형상들의 퇴적", "귀뚜라미의 위안"은 쉽게 의미를 파악할 수 없는 참신한 언어감각이다. 흐름이 단절되고 의미의 연결을 파괴함으로써, 제목의 황무지가 떠올리는 건조하고 거친 인상을 자아낸다. 인류를 절체절명의 위기에 몰아넣은 전쟁의 황폐가 특별한 심상풍경으로 묘사되고 있다.

다음으로 모더니즘 소설에서는 줄거리의 연속성을 부정하거나 작중 인물의 캐릭터를 충실히 재현하는 표준적 방법을 거부하고, 일관된 서술구조에서 이탈해 종래의 산문소설의 관례를 타파하고 있다. 대표 작가의 한 사람인 제임스 조이스의 『율리시즈(Ulysses)』(1922)에서는 전술한 일종의 심리적 기법인 '의식의 흐름'을 구사하고 있

다. 개인의 이성적 사고의 흐름과 병행해, 의식의 일부를 구성하는 시각적 · 청각적 · 물리적 인상과 같은 잠재의식을 표현하기 위한 기법으로 지적된다. 단편적이고 일관성 없는 사고와 문법을 이탈한 구문, 언어의 이미지, 자유로운 연상이 두드러진다.

기타 피카소(P.Picasso 1881~1973)의 입체파나 추상적 성격의 표현주의로 대표되는 미술 분야 외에도, 멜로디 · 하모니 · 리듬으로 구성되는 기존 음악의 표준적 관례에서 벗어난 모더니즘 음악이 문학과 더불어 당시의 모더니즘 예술의 특징을 드러내고 있다. 이러한 모더니즘 문학과 예술의 핵심 요소로 지적되는 것이 '전위(前衛 avant-garde)'이다. 전위는 원래 군대용어로서 전투 시 선봉에 서는 선발대를 가리키는데, 여기서 파생해 문학과 예술에서는 매우 진취적이고 혁신적인 성향을 말한다. 모더니즘 문학 · 예술과 동일 의미로 사용되는 전위파 문학 · 예술은 내용과 형식에서 전통적인 관례와 규범을 타파하고, 기성문학과 예술의 질서에 저항하는 그룹을 가리킨다. 이들은 기존의 표현 방식이나 제재, 소재에서 이탈해 완전히 새로운 감각을 추구함으로써, 오랜 관례에 젖어 있던 당시의 독자들의 감각에 커다란 충격을 가하고 있다.

포스트모더니즘 문학

모더니즘 문학과 예술은 2차 세계대전 후의 새로운 정치 · 사회 · 문화 현실과 전술한 후기 자본주의로 대변되는 물질만능의 경제구조의 심화 속에서 새로운 변화의 필요성에 직면하게 되었다. 2차 대전에서 독일의 나치 정권이 자행한 대량학살의 경험과 원자폭탄에 의한 인류 전멸의 위협을 거쳐, 테크놀로지의 발달이 초래한 자연환경 및 생태계의 파괴, 인구폭등과 기아, 빈곤, 빈부격차의 심화는 기존의 모더니즘적 가치관만으로는 대응할 수 없다는 한계를 통감하게 만들었다. 전대의 모더니즘 문학·예술은 성립 당시로서는 실험적이고 반(反)전통적인 새로운 것이었지만, 시간의 경과와 함께 이미 관례화·관습화된 존재로 전락한 결과, 이로부터 이탈할 필요성을 자각하게 된 것이다.

▌ 포스트모더니즘 문학의 성격

포스트모더니즘 문학은 1970년대 이후 다양한 이론의 성립을 모색하게 된다. 전술한 대로 후기 자본주의의 핵심적 성격인 IT 즉 정보통신산업의 발달은 미디어 매체의 보급을 촉구하였고, 특히 컬러 TV의 보급은 시각적 소비문화의 확산을 초래하였다. 생생한 현실 리얼리티 전달의 필요성이 고조되면서, 문학 분야에서도 관습적인 언어 구사나 상투적 구성만으로는 급변하는 사회와 정치적 현실을 재현할 수 없다는 위기의식이 팽배하였다. 소비 중심의 물질만능주의 사고는 필연적으로 현대사회에서 소외된 인간의 고독감, 허무감의 파편화된 삶의 모습을 표면적으로 감각화하기에 급급하였다. 전술한 포스트모더니즘의 표상성을 드러내는 부분으로, 문학작품 또한 전대의 모더니즘 문학처럼 사회 현실의 내면을 응시하고 분석하지 못한 채, 단지 삶의 단편적 인상을 감성에 호소하는 형태로 추이

되었다.

한편 포스트모더니즘 문학에서 가장 두드러진 특징이 전술한 상호텍스트성이다. 모든 예술 텍스트들은 단일 상태가 아닌 내부적으로 긴밀히 연결돼 있다는 주장으로, 문학을 포함한 미술, 음악의 영역 구분 없이 유기적인 상호작용으로 창조적인 텍스트를 생성하고 있다. 포스트모더니즘 문학과 상호텍스트성의 접점은 모든 장르와 매체 사이의 경계 파괴나 혼합을 시도하는데 찾을 수 있다. 배후에는 기존 형식의 왜곡과 변형으로 세계에 도전하고 저항하는 태도를 드러내는, 전술한 적대적 문화로서의 속성이 반영돼 있다. 상호텍스트성은 포스트모더니즘 문학에서 별도의 장르로 여겨져 온 소설과 시, 비평, 미술, 역사를 비롯해, 광고 텍스트나 영화와 같은 문화의 모든 장르가 유기적으로 연결되고 혼합되는 형태로 나타나게 된다.

1. "양쪽 모서리를
   함께 눌러 주세요"
   나는 극좌와 극우의
   양쪽 모서리를
   함께 꾸욱 누른다

2. 따르는 곳
   ⇩
   극좌와 극우의 흰
   고름이 쭈르르 쏟아진다

3. 빙그레!

   ─나는 지금 빙그레 우유

   200ml 패키지를 들고 있다

   빙그레 속으로 오월의 라일락이

   서툴게 떨어진다

4. ⇨

5. ⇨를 따라

   한 모서리를 돌면

   빙그레─가 없다

   다른 세계이다

6. ⇧ 따르는 곳을 따르지 않고

   거부한다

   다른 모서리로 내 다리를

   내가 놓는 오월의 음지를

   내가 앉는 의자의

   모형을 조금씩 더

   옮긴다… 이 地上

   이 地上 오월의 라일락이

   서툴게 떨어진다

─오규원 〈빙그레 우유 200ml 패키지〉(1987)

"빙그레 우유"의 광고문구인 "양쪽 모서리를 함께 눌러 주세요"를 시 속에 패러디 형식으로 삽입한 작품이다. "빙그레 우유"는 현대 물질문명의 물신주의(物神主義)를 비판한 것으로 지적된다. 나아가 "빙그레"가 떠올리는 웃음을 통해 "地上 오월의 라일락이 서툴게 떨어진다", "극좌와 극우의 흰 고름이 쭈르르 쏟아지는"이 암시하는 고통스런 현실의 극복 의지 또한 읽어 낼 수 있다. 그러나 이 시가 주는 메시지는 내용이나 시인의 사상보다 전혀 이질적 장르인 광고와 시의 결합에 찾을 수 있다. 이러한 파격적 조합에 의해 시인이 전하려는 메시지의 무게감보다는 시 속 광고문구의 가벼움이나 패러디 특유의 유희적 요소가 돋보인다. 이처럼 원래 텍스트에서 인용한 요소를 가볍고 단순 베끼기로 시도하는 저속(kitsh)한 패러디를 포스트모더니즘 문학에서는 '패스티시(pastiche)' 즉 '혼성모방'이라고 한다.

> 지금, 하늘에 계신다 해도
> 도와주시지 않는 우리 아버지의 이름을
> 아버지의 나라를 섣불리 믿을 수 없사오며
> 아버지의 하늘에서 이룬 뜻도 아버지 하늘의 것이고
> 땅에서 못 이룬 뜻은 우리들 땅의 것임을, 믿습니다.
> (믿습니다? 믿습니다를 일흔 번쯤 반복해서 읊어 보시오)
> 오늘날 우리에게 일용할 고통을 더욱 많이 내려 주시고
> 우리가 우리에게 미움 주는 자들을 더더욱 미워하듯이
> 우리의 더더욱 미워하는 죄를 더, 더더욱 미워하여 주시고
> 제발 이 모든 우리의 얼어 죽을 사랑을 함부로 평론치 마시고
> 다만 우리를 언제까지고 그냥 이대로 내 버려 둬, 주시겠습니까?

대개 나라와 권세와 영광은 이제 아버지의 것이

아니옵니다(를 일흔 번쯤 반복해서 읊어 보시오)

밤낮없이 주무시고만 계시는

아버지시여

아멘

– 박남철(1953~2014) 〈주기도문, 빌어먹을〉(1984)

    성경 문구인 "주기도문"을 시 속에 끌어들인 전형적인 패러디 형태의 패스티시 작품이다. 주기도문으로 표상되는 종교는 로고스의 인식체계나 통념을 부정하고 비판하는 전형적인 포스트모더니즘적 사고의 속성을 드러낸다.

    다음으로 상호텍스트성에 입각해 문학이나 예술 장르 간의 경계 소멸과 혼합을 추구하는 포스트모더니즘 문학의 구체적 종류에는 다음과 같은 것이 있다.

▌ 메타픽션 · 구상시 · 메타비평

    먼저 '메타픽션(meta-fiction)'은 작품의 창작과정 자체가 작품의 주요 골격이 되는 형태이다. 기존 소설이 텍스트 외부에 존재하는 세계를 허구적으로 반영하고 재현한 것이라면, 메타픽션은 텍스트 자체의 구조(매커니즘)를 작품 내부에 반영한 '자기 반영적 글쓰기'의 성격을 나타낸다. 기존 소설과 달리 허구와 실재(實在)가 분리되지 않은 형태로 기술되며, 이 과정에서 플롯(기승전결)의 전개, 시점(視點), 서술방식 등 기존 소설이 견지해온 형식과 기법을 거부함으로써 현실이 가지는 확정성과 고정성을 해체한다. 배후에는 실재란 무엇인가, 우리가 살고 있는 이 세계가 과연 실재하는가라는 철학적 탐색을 근본에 두고 있다. 실재하는 현실보다 가상의 '하이퍼 리얼리티'에 관심을 기울이는 포스트모더니즘의 속성을 반영한 것으로, 실재가 오히려 예술의 창조 행위에 방해가 된다는 포스트모더니즘적 예술관을 읽어 낼 수 있다.

메타픽션의 예로 1990년대 한국 포스트모더니즘 소설의 대표작으로 평가되는 이인화(1966~)의『내가 누구인지 말할 수 있는 자는 누구인가』(1992)를 살펴보기로 한다. 우선 소설은 주인공 은우(소설가로 이인화 자신)가 장편소설을 창작하는 장면에서 시작된다. 작품의 결말 처리를 두고 고민한 은우는 주인공의 허망한 죽음으로 소설을 끝맺는데, 이를 두고 은우와 평론가인 박문도 사이에 설전이 벌어진다. 소설가 이인화가 쓴 실재로서의 소설과 소설 속 주인공인 은우가 쓴 허구로서의 소설이 일치하고 있음을 암시하며, 소설 속에 또 다른 소설이 존재하는 메타픽션 특유의 형태이다. 실재와 허구가 분리되지 않은 이른바 자기표절 혹은 자기모방으로서의 메타픽션의 기법을 드러낸다.

한편 소설의 시점 또한 일정치 않고 중간에 바뀐다. 1인칭 주인공 시점에서 시작해, 은우의 여자 친구의 시점으로 바뀌거나, 문학평론가 박문도의 시점 등 다양한 시점으로 변화한다. 등장인물 전원이 전지적(全知的) 시점을 지니고 있다. 이로 인해 독자는 과연 실재하는 것은 무엇이며 그것은 존재하는가라는 기본명제에 의문을 제기함으

로써, 포스트모더니즘이 추구하는 현실의 모호함, 애매함에 입각한
진실과 허위·거짓의 이항대립 경계를 해체하고 있다.

> 시뮬레이션(simulation)이론을 요약하자면 아주 간단하다. 미친 놈 모
> 습을 기가 막히게 연출할 수 있다면 그건 정말로 미친 놈이라는 것이
> 다. 그러면 흉내와 실재 사이에 아무런 차별성도 없단 말인가? 〈사회적
> 으로〉 그렇다는 것이 교수의 대답이었다. 흉내(simulant)와 실재(reality)
> 사이에서 사회는 언제나 실재를 선택한다. 실제로 미친 놈은 사회의
> 자기 동일성에 아무런 위협을 주지 않는다. 그는 단지 사회에 대한 자
> 신의 부적응만을 호소하고 있기 때문이다. 그러나 정말 미친 것에 가
> 깝게 미친 시늉을 하는 놈은 아주 위험하다. 그런 흉내는 〈정신병〉이라
> 는 실재가 고정된 것이 아니며, 이성적인 인간과 미친 사람을 구별하
> 는 질서와 법 자체가 흉내, 그러니까 모조품에 불구하다는 도전을 하
> 고 있기 때문이다.(『내가 누구인지 말할 수 있는 자는 누구인가』 중에서)

인용문 속의 주장은 단순히 소설 속의 허구적 내용이 아닌, 작가
이인화가 주장하는 실제 논리이다. 메타픽션에서는 소설 속의 허구
(환상)와 현실 속의 실재가 혼동되는 형태로 나타나므로, 허구와 실재
가 상호 모순적으로 드러나게 된다. 실재하는 현실에 대한 강한 불신
이다.

한편 시의 경우도 산문인지 시인지 그림인지 구별이 되지 않는 과
감한 형식 파괴와 초현실적 기법, 나아가 언어의 기능을 완전히 파
괴하는 파격적 형태가 등장하는데, 다음에 소개하는 '구상시(具象詩
Concrete poetry)'가 그것이다. '구체시(具體詩)'라고도 하며, 의미·문맥·

비유의 문법적·수사적 요소로 형성되는 언어의 논리성과 의미를 파괴하고, 언어로 표출되고 형상화되는 음성의 청각성과 문자의 시각성을 중시한다. 시 속 문자들의 순서와 위치가 조직적으로 뒤바뀐 단어나 구로 구성되거나, 분리된 단어 구성, 무의미한 음절·숫자·구두점의 단편적(斷片的) 조합들로 이루어지므로 관습적인 방법으로는 읽을 수 없는 실험적 성격의 시이다.

山
절망의 산,
대가리를밀어버
린, 민둥산 벌거숭이산
분노의산, 사랑의 산, 침묵의
산, 함성의산, 증인의산, 죽음의산,
부활의산, 영생하는산, 생의산, 희생의
산, 숨가쁜산, 치밀어오르는산, 갈망하는
산, 꿈꾸는산, 꿈의산, 그러나현실의산, 피의산,
피투성이산, 종교적인산, 아아너무나너무나폭발적인
산, 힘든산, 힘센산, 일어나는산, 눈뜬산, 눈뜨는산, 새벽
의산, 희망의산, 모두모두절정을이루는평등의산, 평등한산, 대
지의산, 우리를감싸주는, 격하게, 넉넉하게, 우리를감싸주는어머니
                                        – 황지우 〈무등〉(1985)

　　형식 면에서 "산"의 모습을 형상화한 행의 배치로 시각적 효과를 느끼게 한다. 내용 면에서는 광주 소재의 "무등산"이 광주민주화 운

동(1980)을 떠올리면서 민주화를 향한 간절한 열망을 담고 있다. 시와 그림의 상호텍스트성을 드러내면서 시적 메시지를 일정 부분 담고 있는 구상시의 일종으로 볼 수 있다. 그러나 다음 작품은 특별한 내용 없이 오로지 시각적 이미지의 유희적 요소를 강조한 전형적인 구상시에 해당한다.

```
川川川川川川川川川川川川川川川川川川川川川川川川
川川川川川川川川川川川川川川川川川川川川川川川川州
川川川川川川川川川川川川川川川川川川川川川川州州州
川川川川川川川川川川川川川川川川川川川川州州州州
川川川川川川川川川川川川川川川川川川州州州州州
川川川川川川川川川川川川川川川川州州州州州州
川川川川川川川川川川川川川川州州州州州州州
川川川川川川川川川川川川州州州州州州州州
川川川川川川川川川川州州州州州州州州州
川川川川川川川川州州州州州州州州州州
川川川川川川州州州州州州州州州州州
川川川川州州州州州州州州州州州州
川川州州州州州州州州州州州州州
州州州州州州州州州州州州州州州
```

일본의 1960년대 대표적 포스트모더니즘 시인인 니쿠니 세이치(新国誠一 1925~1977)의 〈강 또는 삼각주(川または州)〉(1966)라는 작품이다. "川"과 "州"의 한자의 반복과 나열을 통한 공간의 균등 분할과 기계적 배치가 한 장의 그래픽 효과를 떠올릴 뿐, 구체적인 문맥을 수반한 시적 의미나 메시지는 판독 불가능하다. 여백으로 강물 소리가 연상되며, 글자와 그림을 혼합한 전형적인 상호텍스트성을 보이고 있다. 이러한 단편적 이미지의 나열과 시적 깊이의 결여는 구체시의 기본적 특징으로 언어 유희적 요소를 부각시킨다.

마지막으로 실제 작품의 분석을 추구해 온 기존 문예비평의 정석적 방법을 부정하고, 비평 자체의 논리와 이론 적용에 문제를 제기하는 '메타비평(meta-criticism)'이 있다. 비평을 위한 비평으로 지적되며, 이를테면 독자가 특정 작품을 읽고 비평문을 썼다면, 그 비평문을 다시 비평한 것을 말한다. 메타비평에서는 비평의 대상이 되는 작품과 이에 대한 비평 및 그 비평에 대한 비평 등 중층 구조를 드러낸다. 메타비평은 비평 주체의 비평 활동을 자기반성적으로 인식하며, 비평 주체가 작품을 읽고 비평문을 쓰기까지의 비평 활동의 과정을 제3자의 입장에서 반성적으로 인식하고 평가하는 자기비평을 가리킨다. 기존 비평이 견지해온 전통적 형식과 권위를 부정하고, 비평은 확정성과 고정성을 지니지 못한다는 포스트모더니즘 특유의 현실에 대한 불확실성을 드러낸다. 메타비평은 문학 분야에 도입된 후 점차 영역을 확대해, 영화 등 문화 전반에 활용되고 있다.

　이상 살펴본 바와 같이 포스트모더니즘 문학의 특징은 기존 문학 장르가 견지해 온 전통적인 틀과 인식을 파괴하고, 현실과 실재의 새로운 해석을 추구하는데 있다. 배후에는 시시각각으로 변하는 현대사회 속에서 나날이 물질화되고 파편화된 인간들의 삶을 고정적으로 바라보는 것에 한계를 느끼는 현대인의 회의심리가 자리하고 있다. 이 과정에서 나타나는 장르 간 경계 해체나 소멸 및 혼합은 오늘날의 세계가 인터넷의 보급과 확산과 같은 정보통신의 비약적 발전으로 지역 및 국가 간의 경계의 벽이 허물어지고 있음을 반영하고 있다.

페미니즘의 성립과 전개

'페미니즘(feminism)'이 문화 영역에서 이론적으로 관심을 받게 되는 것은 1970년대이다. 이에 앞서 근대문학에서는 인간의 자유로운 감정과 정서 표현의 일환으로서, 여성을 문학 표현의 주된 대상으로 인식하는 페미니즘적 사고가 이미 20세기 초부터 성립되었고, 전형적 예가 '여성문학(woman literature)'이다. 여성이 창작 주체인 문학일반이나 여성주의 시각을 담은 문학을 폭넓게 가리키는 개념으로, 작품 속 여성을 연구대상으로 상정하고 구체적인 시각을 제공하게 되었다는 점에서 페미니즘 문학의 지향점을 제시하고 있다.

페미니즘은 가부장제 사회의 남성중심주의 즉 남성우월주의에 반항하는 시각에서 출발하였다. 생물학적 성인 '섹스'를 비롯해 사회·문화적 성차(性差)인 '젠더'를 여성의 주체적 입장에서 인식한다. 남성과 여성의 성적 차이에 기인한 여성의 사회적 불평등과 억압을 고발하고 해결하려는 목적을 지니고 있다. 기존 사회에 만연한 남성중심주의의 사고가 오랫동안 여성을 차별적으로 인식해 왔다는 성차별적 인식으로부터, 여성의 사회적 지위를 억압하는 현실에 저항하려는 여성해방 이데올로기로 평가된다. 참고로 페미니즘의 종류로는 자유주의 페미니즘, 마르크스주의 페미니즘, 급진적 페미니즘, 포스트모던적(포스트구조주의) 페미니즘 등이 지적되는데, 여성을 해방시키는 구체적 방법에서만 차이를 드러낼 뿐 여성해방 전략으로서 동일한 이데올로기를 지닌다. 아울러 페미니즘 지지자들은 여성해방이 궁극적으로 인류의 복지에 이바지한다고 여긴다.

한편 페미니즘은 정치적 입장에서 참정권 · 선거권 · 교육권 · 노동권의 획득을 주장하고, 남성의 주변적 존재에서 벗어나 여성의 독립성과 자율성을 주체적으로 자각한다. 문화 예술적으로는 여성의 생물학적 특성을 오히려 여성 특유의 매력으로 긍정하면서, 여성의 신체적 아름다움을 적극적으로 인식한다. 기본적으로 페미니즘은 지금도 끊임없이 생산되고 있는 사고체계로서, 우리 사회에 여성에 대한 차별이 존재한다고 여겨지는 한 페미니즘 논의는 계속될 것이다.

▌ 페미니즘의 기본 관점

프랑스의 저명한 페미니즘 이론가인 보브와르(S.D.Beauvoir 1908~1986)는 『제2의 성(Le Deuxième Sexe)』(1949) 속에서 여성의 현실적 존재 조건을 실존주의 철학의 관점에서 조명하고 있다. 그녀의 대표적 페미니즘 담론인 "현실에서 여성은 타자"는 여성에 대해 자신을 주체로 규정해 온 남성과의 상대적 관계 속에서만 정의되는 타자라고 말한다. 즉 현대사회에서 페미니즘은 남성의 관점에서 상대적 타자로 여겨짐으로써 현실적 존재로 인식돼 온 여성을 자율적 주체의 지위로 전환하는 종합적인 사회 · 정치 · 문화 운동임을 엿볼 수 있다.

페미니즘의 기본 관점은 여성과 남성의 차이를 응시하는 시각에 있으며 흔히 '근원주의'와 '비(非)근원주의'로 나누어진다. 근원주의에서는 여성과 남성의 본질적 차이를 인정하고 이를 선천적이고 생물학적인 차이로 간주한다. 특히 전대의 가부장제 사회가 생물학적 성차를 바탕으로 남성을 성적 우세종(種)으로 여기고 여성의 특성을

역사적으로 억압해왔다는 것이다. 여성의 본질적 속성인 여성성
(femininity)은 가부장제 외부에 존재한다는 인식이다. 따라서 여성의
신체적 가치의 재병가는 가부장제 사회의 단점을 직시하고 이상적
인 사회로 나아가기 위한 필수불가결한 요소로 간주된다. 전술한 페
미니즘의 분류 중 자유주의 페미니즘과 마르크스주의 페미니즘, 급
진적 페미니즘이 이에 해당한다.

이에 비해 비근원주의 시각은 생물학적 관점에 입각한 본질적 여
성성과 남성성(masculinity)을 부정하면서, 여성성과 남성성의 주체성
은 선천적인 생물학적 특성이 아닌 후천적인 문화에 의해 규정된다
고 여긴다. 이를테면 의복이나 화장이 여성성과 남성성의 차이를 초
래했으며, 여성성 또한 가부장제 사회 내부에서 제도적으로 형성된
것으로 간주한다. 포스트모던적 페미니즘이 이에 속한다.

▌ 남근중심주의와 오이디푸스 콤플렉스

'남근중심주의(phallocentrism)'는 여성에 대한 남성의 우월적 사고의
근거를 남근(男根)의 존재 유무로 파악한다. 오스트리아의 프로이드
(Sigmund Freud 1856~1939)와 프랑스의 라캉(J.Lacan 1901~1981) 등 정신분석
학자들의 인체의 해부학적 시각에 기인한 주장으로서, 여성 신체의
특징을 페니스(penis)의 '거세(去勢)'로 인식하고 있다는 점이 특징이다.
주장의 핵심은 여성에게도 원래는 페니스가 있었으나 거세되었으
며, 따라서 여성은 본능적으로 '남근선망(penis envy)'을 지닌다는 것이
다. 나아가 페니스의 결핍 내지 부재는 여성들에게 신체적 열등감을
초래하였고, 남성에 비해 항상 수동적 위치에 처하게 만들었다며 남

성의 여성 지배를 정당화하고 있다

참고로 남근중심주의의 산물이 '남성중심주의(androcentrism)'로, 오랫동안 인류의 역사와 문화를 주도한 사상이자 가부장제 사회를 지탱해 온 핵심적 사고체계이다. 남성의 생물학적 우위를 바탕으로 여성 지배와 억압을 정당화해 왔다. 이러한 남근중심주의를 구체적으로 뒷받침하고 있는 주장이 프로이드의 '오이디푸스 콤플렉스(oedipus complex)'이다.

오이디푸스 콤플렉스라는 명칭은 고대 그리스의 오이디푸스 신화에서 유래되었다. 오이디푸스는 오늘날의 이집트 지역인 테베의 왕 라이오스(Laios)와 왕비 이오카스테(Iokaste)의 아들이자, 숙명적으로 아버지를 살해하고 스핑크스의 수수께끼를 풀어 훗날 테베의 왕이 된 인물이다. 이오카스테가 자신의 어머니인 줄 모르고 결혼한 오이디푸스는 나중에 사실을 알게 된 후 크게 자책하며 자기 눈을 도려내었고 이오카스테는 자살한다.

프로이드는 자신의 저술인 『꿈의 해석(Die Traumdeutung)』(1899)에서 오이디푸스 신화에서 명칭을 차용해 아동이 이성 부모에게 성적 관심을 갖고 접근하는 욕망을 오이디푸스 콤플렉스로 부르고 있다. 오이디푸스 콤플렉스는 후술할 프로이드가 제시한 인간의 성적 심리 발달 5단계 중 세 번째 단계인 남근기(phallic stage 3~6세)에 나타나는 핵심적 특징이다. 참고로 프로이드의 제자 칼 융(C.G.Jung 1875~1961)은 여아의 경우를 구별해 '엘렉트라 콤플렉스(Elektra complex)'로 지칭하고 있다.

우선 남자아이의 경우 어머니는 사랑의 대상으로, 그런 어머니에게 인정받기 위해 어머니를 소유한 아버지와 같은 남자가 되려는 동일화 경향이 강하게 나타난다. 이 과정에서 남아는 아버지를 사랑의 경쟁자로 여기고 적대감을 품게 되나, 절대적 권위를 지닌 아버지의 위협으로부터 무의식적으로 아버지가 자신의 성기를 거세할지도 모른다는 '거세불안(거세공포)'을 느끼게 된다. 따라서 불안을 해소하고 자신의 성기를 유지하기 위한 노력으로 남아는 아버지와의 충돌을 포기하고, 어머니가 인정하는 아버지의 남성다움(남성성)을 갖기 위해 동성 부모를 성적으로 동일시하게 된다. 다시 말해 남아는 남자답게 행동하면서 성장하는 가운데 사회에서 요구하는 남성성을 획득하게 된다는 것이다.

참고로 오이디푸스 콤플렉스의 극복은 근친상간의 욕망을 포기하는 결과로 나타나며, 그때까지 막연했던 의식과 무의식의 경계가 분명하게 확립되는 가운데, 현실적인 '자아'를 거쳐 양심과 윤리의식으로 지탱되는 이상적인 '초자아'를 형성하게 된다는 것이 프로이드의 주장이다. 이에 대해서는 제6부 〈현대문학과 성〉에서 자세히 설명한다.

다음으로 여아의 경우는 자신에게 남성과 같은 페니스가 없음을 인식하고 자신은 성기를 지니지 못한 열등한 존재이며, 어머니에 의해 거세된 것으로 여기는 '거세 콤플렉스'를 지닌다. 처음에는 남아와 마찬가지로 어머니를 애정의 대상으로 여기던 여아는 대상을 아버지로 이동하는 가운데, 거세된 성기의 대체물인 자신의 음경에 인간의 성적 충동을 발동시키는 에너지인 '리비도(libido)'를 집중시키고, 남성과의 성교로 아이를 얻는 것에 몰두하게 된다. 즉 아이를 출산하는 것이 성기를 얻는 방법이라고 여긴다는 것이다. 결국 여아의 거세 콤플렉스에 기초한 오이디푸스 콤플렉스는 여아가 아버지와 같은 이성을 사랑하는 한 소멸되지 않고 지속되며, 따라서 남아와 같은 초자아의 형성은 일어나지 않는다는 것이다. 프로이드는 이를 근거로 여성은 남성에 비해 이성적이지 못하고 경박하며 유혹적이라는 고정관념을 형성하고 있다.

이상과 같은 오이디푸스 콤플렉스의 논리에 따르면 전술한 성적 에너지인 리비도는 근본적으로 남성적이며, 남성이 여성보다 우월한 것은 세상의 보편적 진리이자 자연의 섭리라는 남성중심의 담론을 성립시킨다. 나아가 오이디푸스콤플렉스에 입각한 남성중심주의 관점에서의 남근의 의미는 아버지의 절대적 권위(power)를 상징하고, 문화적으로는 사회적 권위와 제도를 지배하는 힘을 의미함으로써 가부장제 이데올로기를 형성한다. 결론적으로 남근중심주의에 기초한 남성중심주의나 가부장제 사회에 저항하려는 것이 페미니즘의 기본정신이다. 페미니스트들은 이처럼 돌출된 남성 성기의 의미를 강조하는 남근중심주의를 특정 신체 부위에 집착한 '시각중심주의(ocularcentrism)'이자 자기도취적 '나르시시즘(narcissism)'이라고 비판한다.

▌ 섹스 · 젠더 · 섹슈얼리티

페미니즘을 지탱하는 성 담론의 주요 요소로 '섹스(sex)', '젠더(gender)', '섹슈얼리티(sexuality)'를 들 수 있다. '섹스'는 자연적으로 타고난 유전적 요인 즉 생물학적 조건의 성을 말한다. 여성은 남성에 비해 생물학적으로 열등하므로 남성의 영향이나 지배를 받을 수밖에 없다는 근원주의 시각의 산물이다. 원래는 남성과 여성의 엄정한 분할과 구분의 목적으로 16세기에 사용되기 시작한 후, 19세기에 들어와 양성 간의 육체적 관계의 의미로 확대되었다. 오늘날에는 남녀의 생물학적 차이와 성행위, 성적 쾌락의 복합적 의미로 사용되고 있다.

다음으로 '젠더'는 사회·문화적 조건 속의 성차를 의미한다. 성은 자연적으로 주어진 것이 아닌, 사회화 과정 속에서 형성되며 역할이 구성된다는 비근원주의 시각의 산물이다. 문화적으로 생산·구성된 성으로, 1970년대 이후 두드러진 여성해방운동으로서의 페미니즘 성립과 전개에 주요 이론적 근거가 된다. 남녀의 성적 역할을 본질적으로 다르다고 규정함으로써 성차를 인정하고 여성의 사회적 지위 또한 생물학적 구조로 결정된다고 여기는 근원주의 시각의 생물학적 결정론을 반박하는 토대를 제공한다. 여성성과 남성성은 고정불변이 아니며 문화적 환경에 따라 변한다는 인식을 드러낸다. 보브와르의 "여성은 태어난 것이 아니라 만들어진다"는 주장은 선천적으로 부여된 신체적 조건보다 후천적으로 형성된 사회적 요인인 젠더적 요소에 입각해 여성의 사고와 행동의 가치를 재평가하려는 태도에 다름 아니다.

마지막으로 '섹슈얼리티'는 성적 본능에 관계된 행동과 개념의 총체로, 성의 만족에 관련된 다양한 상황을 가리킨다. 여성의 신체적 매력을 바탕으로 한 성정(性情), 색정(色情), 성애(性愛), 관능(官能), 욕정(欲情) 등을 의미하며, 페미니즘에서는 이를 인간의 순수한 본능적 감정으로 긍정한다. 특히 근대에 접어들어 남성의 관점에서 여성의 섹슈얼리티를 일방통행적으로 응시하던 남성중심사회의 관점에서 벗어나, 남녀 모두의 섹슈얼리티를 인정하고 유기적 결합을 추구하는 시점의 변화를 나타낸다. 남성의 시선에 수동적으로 노출돼 온 여성의 신체를, 여성 스스로 보여주는 존재로 자각하는 주체성을 수반하게 된 것이다. 섹스의 본능적 쾌락과 이에 관한 문화적 관점을 망라한 삶의 총체적 맥락에서 파악되는 것이 섹슈얼리티로, 성은 윤리나 도덕에 위배되는 금기사항이 아님을 천명하고 있다. 이처럼 섹슈얼리티는 성을 생물학적 측면과 문화적 측면에서 복합적으로 주장할 때 사용되는 개념이다. 참고로 오늘날 우리 사회의 핵심 문제가 되고 있는 성폭력이나 성도착은 섹슈얼리티에 대한 인식이 정상 궤도에서 벗어난 결과물이다.

최근의 페미니즘은 섹스 · 젠더 · 섹슈얼리티의 모든 영역에서 새로운 정의를 추구하고 있다. 여성과 남성의 생물학적 차이인 섹스의 경우 성전환(sex change)을 통한 전통적 남성과 여성의 경계를 해체하고 있으며, 젠더에서는 여성의 군복무 의무화와 같은 양성평등에 대한 관심이 고조되고 있다. 섹슈얼리티에서는 남성의 여성화, 여성의 남성화 경향이 나타나, 점차 여성성과 남성성의 고전적 경계가 애매해지고 있다. 이러한 현상은 결국 페미니즘이 단순히 여성의 문제에 국한되지 않고 인간의 정체성이나 주체성을 모색하는 중요한 틀임을 웅변해 준다.

페미니즘 문학과 여성적 글쓰기

페미니즘 문학에서는 여성의 신체와 정신 및 사회적 역할의 주체적 자각이라는 기본 정신을 다각도로 반영하고 있다. 작가는 여성과 남성 모두 가능하며 초창기에는 남성 작가들의 관점이 대세였으나, 점차 여성의 입장에서 본 여성성의 묘사로 추이되면서 신체적 매력의 긍정과 부정 등 스스로를 타자화하고 있다. 이러한 페미니즘 문학의 대표적 이론으로 1980년대 급진적 페미니스트 운동가의 한 사람인 앨런 식스(H.Cixous 1937~)가 주장한 '여성적 글쓰기(l'écriture feminine)'를 간과할 수 없다. 식수는 대표적 저술인 『메두사의 웃음(Le Rire de la Méduse)』(1975)에서 기존의 남성 주도의 글쓰기에 저항하는 여성적 글쓰기를 선언하고, 여성의 경험에 입각한 글쓰기로 여성이 스스로를 표현하고 자율적인 주체성을 구성해야 한다고 주장한다.

식수에 따르면 가부장사회에서의 남성적 글쓰기는 전술한 대서사의 특징인 전통 사회규범을 에워싼 이항대립적 사고인 이성적 존재로서의 남성과 감정적 · 충동적 존재로서의 여성을 기본 시각으로 삼아 여성적 글쓰기를 의도적으로 억압하는 특권을 누려왔다고 지적한다. 그러나 여성적 글쓰기는 고정적이고 편협한 남성적 글쓰기의 편견을 극복할 수 있는 가변성과 역동성을 지니고 있다는 것이다.

> "(여성적 글쓰기는)바로 변화의 가능성이고, 전복적 사고를 위한 도약대의 역할을 할 수 있는 공간이며 사회적, 문화적 규범들의 변형을 위한 선행적 움직임이다."(식수)

이러한 주장의 배후에는 남성적 글쓰기가 지향하는 대상의 판단을 에워싼 규범과 경계의 고착화와는 대조적으로, 여성은 탈규범적이고 자유롭고 대담하며, 이를 극복할 수 있는 우주적 리비도인 섹슈얼리티를 지니고 있다는 시각이 존재한다. 여성은 자신들의 신체적 매력인 섹슈얼리티를 강조함으로써 이성(理性)이라는 굴레 속에서 굳어져 온 남성우월주의와 가부장제의 편견 나아가 남근중심주의의 정신분석학적 사고에서 벗어날 수 있다고 말한다. 대서사로 대표되는 전통적 서구사상의 경직된 사고에서 벗어나는 유일한 수단은 남성 주도의 이성이 아닌 여성 주도의 욕망 즉 섹슈얼리티의 강조에 있으며, 여성적 글쓰기는 이를 선도한다는 것이다.

▌이사카 요코 〈조례〉

비에 젖으니
다림질(iron) 냄새가 나고
김이 서린 점퍼스커트의
치마 주름에 꼬인
실밥까지 가지런히 정렬한다

아침 교정에
몇 줄기인가
진한 감색(紺色) 강을 흐르는 요령으로
새하얀 손발을 당기고
빈혈의 입술을 다문 채

야스다 양은 아직 오지 않았고
나카하시 양도
체조가 시작돼

위원의 구령에 맞춰

생식기를 오므리고 발돋움을 할 때마다

복숭아뼈로 양말이 주름져 흘러내린다

일지를 겨드랑이에 낀 당번의 가슴 언저리로

구름 낀 햇살에

천천히 언덕을 올라오는 그녀들

강물이 흩어지며

약간 상기된 피부를

진한 감색으로 진정시키며

어두운 복도를 걸어간다

그러자 창가에서 맞이하는 부드러운 것

볼이 아직도 떨리며

감정이 살며시 물결친다

이유는 묻지 않는다

멀리서 찾아 온 것이다

– 이사카 요코(井坂洋子 1949~) 〈조례(朝禮)〉(1979)

여성적 글쓰기의 특징을 엿볼 수 있는 작품으로, 10대 여학생의 시점에서 본 성의식(性意識)과 신체성을 표현하고 있다. 비 오는 날 아침의 어느 여학교 "조례" 광경 속에서 여성 스스로가 신체적 움직임과 느낌을 자각하는 가운데, 내면(무의식)에 잠재된 성감을 우회적이지만 과감하게 표출하고 있다. 구체적으로 "체조"의 동작에 수반된 "생식기를 오므리고 발돋움"을 하는 과정에서 "상기된 피부"를 "진정시키"

고, "창가에서 맞이하는 부드러운 것", "감정이 살며시 물결친다"는
이 시가 표현하려는 성적 오르가즘을 엿볼 수 있다. 마지막 부분의 "멀
리서 찾아온 것"은 기존 남성중심사회에서 항상 주변적 위치로 규정
되던 여성이 성적 매력을 주체적으로 자각하고, 오랫동안 억압돼 온
여성의 본능과 쾌락을 직시하려는 시적 메시지를 내포하고 있다.

여성적 글쓰기를 주장하는 사람들은 남성의 성이 남근에 집중된
것과는 달리 여성은 많은 성 기관(器官)을 지니고 있어 성적 쾌락과
매력은 다중적이며, 성적 본능의 차이는 글쓰기에도 적용돼 논리적
이고 합리적인 남성 언어와는 대조적으로 여성 언어는 비논리적 모
순에 가득 차 있다고 주장한다. 유기적 인과관계나 연관성보다 비약
과 단절을 즐기는 여성적 글쓰기의 전형적 특징에 해당한다.

실제로 "새하얀 손발", "빈혈의 입술", "생식기", "복숭아뼈", "상
기된 피부"는 성감을 염두에 둔 다양한 신체 부위의 표현이며, "진한
감색 강을 흐르는 요령으로", "강물이 흩어지며", "진한 감색으로 진
정시키며"는 문맥의 의미가 모호한 여성적 글쓰기 특유의 비논리적
성격을 드러낸다.

페미니즘 문학작품 감상

이상과 같은 페미니즘 및 페미니즘 문학의 일반적 특징을 염두에
두면서 구체적인 작품을 몇 편 더 소개해볼까 한다.

▌ 현진건 『B사감과 러브레타』

　현진건(1900~1943)의 단편소설 『B사감과 러브레타』(1925)는 엄밀히
말해 페미니즘 문학은 아니지만, 작품이 담고 있는 메시지가 페미니
즘적 시각을 드러내고 있다는 점에서 특기할 만하다. 주인공인 C여
학교 교원이자 기숙사 사감인 B여사는 딱딱한 성격과 주근깨투성이
의 얼굴로 40세인 지금까지 노처녀 신세를 면치 못하고 있는 인물이
다. 기숙사 사감 일에 엄격하면서 규율을 중시하고 유달리 괴팍한
성격의 소유자이다. 그녀는 기숙사로 날아드는 남학생들의 러브레
터와 면회를 극도로 싫어한다. 표면적으로는 남성 혐오자처럼 행동
하지만 사실 그녀는 남자를 그리워하는 못생긴 노처녀에 불과하다.
겉으로는 본능을 감추고 남자를 기피하는 독신주의자처럼 보이나,
내면적으로는 남성을 갈구하는 모순된 성적 심리를 지니고 있다. 동
소설의 담론적 메시지는 인간의 위선이나 이중성 즉 남성에 대한 증
오와 동경을 풍자하고 있는 점에 찾을 수 있다.

　한편 페미니즘 측면에서는 외모상의 결함을 지닌 주인공을 등장
시켜 여성을 신체적 아름다움으로만 평가하는 세상 인식을 비판하
는 동시에, 기숙사 사감으로서의 사회적 권위의 이면에 잠재된 인간
의 본능인 에로스를 간접적으로 조명하고 있다. 만약 이 소설을 남
성중심주의 시선으로 바라본다면 주인공 B사감의 이중적 행위와 심
리상태는 정상적인 인식의 틀에서 이탈한 병리적 요소인 광기(狂氣)
에 가깝다. 그러나 소설에서는 주인공의 기이한 행동을 목격하게 되
는 세 명의 여자 기숙생들이 이를 긍정적으로 받아들이고 있음을 알
수 있다. 기숙생과 B사감 모두 여성이라는 점에서 항상 도덕적으로

억압돼 온 여성의 성적 심리를 긍정적으로 그리고 주도적으로 자각하고 있다는 평가가 가능하다. 인용하는 본문은 세 명의 여자 기숙생들이 매일같이 들려오는 남녀의 해괴한 웃음소리의 정체를 찾는 과정에서 그 소리가 B사감의 방에서 나오는 것임을 알게 되는 장면으로 소설의 마지막 부분이다.

　　그것은 다른 일이 아니라 밤이 깊어서 새로 한 점이 되어 모든 기숙생들이 달고 곤한 잠에 떨어졌을 제 난데없는 깔깔대는 웃음과 속살속살하는 말낱이 새어 흐르는 일이었다. 하루 밤이 아니고 이틀 밤이 아닌 다음에야 그런 소리가 잠귀 밝은 기숙생의 귀에 들리기도 하였지만 자던 잠결이라 뒷동산에 구르는 마른 잎의 노래로나, 달빛에 날개를 번뜩이며 울고 가는 기러기의 소리로나 흘려 들었다. 그렇지 않으면 도깨비의 장난이나 아닌가 하여 무시무시한 증이 들어서 동무를 깨웠다가 좀처럼 동무는 깨지 않고 제 생각이 너무나 어림없고 어이없음을 깨달으면, 밤소리 멀리 들린다고, 학교 이웃집에서 이야기를 하거나 또 딴 방에 자는 제 동무들의 잠꼬대로만 여겨서 스스로 안심하고 그대로 자버리기도 하였다. 그러나 이 수수께끼가 풀릴 때는 왔다. 이때 공교롭게 한 방에 자던 학생 셋이 한꺼번에 잠을 깨었다. 첫째 처녀가 소변을 보러 일어났다가 그 소리를 듣고 둘째 처녀와 셋째 처녀를 깨우고 만 것이다. (중략)
　　"딴은 수상한걸. 나도 언젠가 한번 들어 본 법도 하구먼. 무얼 잠 아니 오는 애들이 이야기를 하는 게지."
　　이때 그 괴상한 소리는 땍때굴 웃었다. 세 처녀는 으쓱하며 귀를 소스라쳤다. 적적한 밤 가운데 다른 파동 없는 공기는 그 수상한 말마디를 곁에서나 나는 듯이 또렷또렷이 전해 주었다.

"오, 태훈 씨! 그러면 작히 좋을까요."

간드러진 여자의 목소리다.

"경숙 씨가 좋으시다면 내야 얼마나 기쁘겠습니까. 아아, 오직 경숙 씨에게 바친 나의 타는 듯한 가슴을 인제야 아셨습니까!"

정열에 뜨인 사내의 목청이 분명하였다. 한동안 침묵……

"인제 고만 놓아요. 키스가 너무 길지 않아요. 행여 남이 보면 어떡해요."

아양떠는 여자 말씨.

"길수록 더욱 좋지 않아요. 나는 내 목숨이 끊어질 때까지 키스를 하여도 길다고는 못 하겠습니다. 그래도 짧은 것을 한하겠습니다."

사내의 피를 뿜는 듯한 이 말 끝은 계집의 자지러진 웃음으로 묻혀 버렸다.

그것은 묻지 않아도 사랑에 겨운 남녀의 허물어진 수작이다. 감금이 지독한 이 기숙사에 이런 일이 생길 줄이야! 세 처녀는 얼굴을 마주 보았다. 그들의 얼굴은 놀랍고 무서운 빛이 없지 않았으되 점점 호기심에 번쩍이기 시작하였다. 그들의 머릿속에는 한결같이 로맨틱한 생각이 떠올랐다. 이 안에 있는 여자 애인을 보려고 학교 근처를 뒤돌고 곰돌던 사내 애인이, 타는 듯한 가슴을 걷잡다 못하여 밤이 이슥하기를 기다려 담을 뛰어넘었는지 모르리라.

모든 불이 다 꺼지고 오직 밝은 달빛이 은가루처럼 서리인 창문이 소리 없이 열리며 여자 애인이 흰 수건을 흔들어 사내 애인을 부른지도 모르리라.

활동사진에 보는 것처럼 기나긴 피륙을 내리어서 하나는 위에서 당기고 하나는 밑에 매달려 디룽디룽하면서 올라가는 정경이 있었는지 모르리라.

그래서 두 애인은 만나 가지고 저와 같이 사랑의 속살거림에 잦아졌는지 모르리라…… 꿈결 같은 감정이 안개 모양으로 부시게 세 처녀의 몸과 마음을 휩싸돌았다.

그들의 뺨은 후끈후끈 달았다. 괴상한 소리는 또 일어났다.

"난 싫어요. 난 싫어요. 당신 같은 사내는 난 싫어요."
이번에는 매몰스럽게 내어대는 모양.

"나의 천사, 나의 하늘, 나의 여왕, 나의 목숨, 나의 사랑, 나를 살려 주어요, 나를 구해 주어요."

사내의 애를 졸리는 간청…….

"우리 구경 가볼까."

짓궂은 셋째 처녀는 몸을 일으키며 이런 제의를 하였다. 다른 처녀들도 그 말에 찬성한다는 듯이 따라 일어섰으되 의아와 공구와 호기심이 뒤섞인 얼굴을 서로 교환하면서 얼마쯤 망설이다가 마침내 가만히 문을 열고 나왔다. 쌀벌레 같은 그들의 발가락은 가장 조심성 많게 소리나는 곳을 향해서 곰실곰실 기어간다. 컴컴한 복도에 자다가 일어난 세 처녀의 흰 모양은 그림자처럼 소리 없이 움직였다.

소리 나는 방은 어렵지 않게 찾을 수 있었다. 찾고는 나무로 깎아 세운 듯이 주춤 걸음을 멈출 만큼 그들은 놀랐다. 그런 소리의 출처야말로 자기네 방에서 몇 걸음 안 되는 사감실일 줄이야! 그렇듯이 사내라면 못 먹어하고 침이라도 뱉을 듯하던 B여사의 방일 줄이야. 그 방에 여전히 사내의 비대발괄하는 푸념이 되풀이되고 있다……

"나의 천사, 나의 하늘, 나의 여왕, 나의 목숨, 나의 사랑, 나의 애를 말려 죽이실 테요. 나의 가슴을 뜯어 죽이실 테요. 내 생명을 맡으신 당신의 입술로……"

셋째 처녀는 대담스럽게 그 방문을 빠끔히 열었다. 그 틈으로 여섯 눈이 방 안을 향해 쏘았다. 이 어쩐 기괴한 광경이냐. 전등불은 아직 끄지 않았는데 침대 위에는 기숙생에게 온 소위 '러브 레터'의 봉투가 너저분하게 흩어졌고 그 알맹이도 여기저기 두서없이 펼쳐진 가운데 B여사 혼자 – – –아무도 없이 제 혼자 일어나 앉았다. 누구를 끌어당길 듯이 두 팔을 벌리고 안경을 벗은 근시안으로 잔뜩 한곳을 노리며 그 굴비쪽 같은 얼굴에 말할 수 없이 애원하는 표정을 짓고는 키스를 기다리는 것같이 입을 쭝긋이 내어민 채 사내의 목청을 내어 가면서 아깟말을 중얼거린다. 그러다가 그 넋두리가 끝날 겨를도 없이 급작스레 앵돌아지는 시늉을 내며 누구를 뿌리치는 듯이 연해 손짓을 하면서 이번에는 톡톡 쏘는 계집의 음성을 지어,

"난 싫어요. 당신 같은 사내는 난 싫어요."
하다가 제물에 자지러지게 웃는다. 그러더니 문득 편지 한 장(물론 기숙생에게 온 '러브 레터'의 하나)을 집어 들어 얼굴에 문지르며,
"정 말씀이야요. 나를 그렇게 사랑하셔요. 당신의 목숨같이 나를 사

랑하셔요? 나를, 이 나를."

하고 몸을 치수르는데 그 음성은 분명히 울음의 가락을 띠었다.

　　"에그머니, 저게 웬일이야!"

첫째 처녀가 소곤거렸다.

　　"아마 미쳤나 보아, 밤중에 혼자 일어나서 왜 저리고 있을꾸."

둘째 처녀가 맞방망이를 친다⋯⋯.

　　"에그 불쌍해!"

하고 셋째 처녀는 손으로 괸 때 모르는 눈물을 씻었다⋯⋯

　　인용문 말미의 "에그 불쌍해"라는 "셋째 처녀"의 반응에는 B사감
의 행동을 도덕적으로 질책하거나 비난하기에 앞서 B여사의 억압된
성의식에 심정적으로 동조하고, 그것이 오랫동안 여성들의 관습적
숙명으로 여겨져 왔다는 인식이 내포돼 있다. 페미니즘이 추구하는
여성의 성의 자유를 우회적으로 표출한 부분이라고 할 수 있다.

▌이바라기 노리코 〈여자아이의 행진곡〉

　　다음에 소개하는 시는 여성의 신체와 행동방식을 에워싼 인습적
사고의 모순과 불합리를 직시하고, 이에 당당히 맞서려는 능동적인
자세를 엿보게 하는 작품이다.

　　남자애를 괴롭히는 것이 난 좋아

남자애를 비명 지르게 하는 것은 더더욱 좋아
오늘도 학교에서 지로(次郞)의 머리를 쥐어박았지
지로 녀석 비명을 지르며 술행랑을 쳤어
　　지로의 머리는 돌대가리
　　도시락 뚜껑이 찌그러졌다

아빠는 말한다 의사인 아빠는 말한다
여자애는 설치면 안 돼
몸속에 중요한 방이 있으니까
조용히 있거라 조신하게 굴거라
　　그런 방이 어디 있는 거지?
　　오늘밤 찾아 봐야지

할머니는 성을 내신다 쭈구렁 할머니는
생선을 깨끗이 발라먹지 않는 여자애는 쫓겨 난단다
시집가서 사흘도 못 돼 쫓겨 온단다
머리와 꽁지만 남기고 나머지는 깨끗이 먹거라
　　시집 따위 가지 않을 테니
　　생선 뼈다귀 꼴도 보기 싫어

빵집 아저씨가 외친다
단단해진 건 여자와 양말 여자와 양말이로고
빵 사던 아주머니들이 웃었다
당연하죠 거기엔 그럴만한 이유가 있어요

나도 강해져야지!

내일은 어떤 녀석을 울려줄까

       – 이바라기 노리코(茨木のり子 1926~2006) 〈여자아이의 행진곡

                      (女の子のマーチ)〉(1958)

   작자는 전후(戰後) 대표적인 일본의 여류시인으로, 기존 관념이나 관습에 얽매이지 않는 진취적이고 자유로운 여성의 모습이라는 전형적인 페미니즘 문학의 이데올로기를 드러내고 있다.

   제1연에서는 항상 남자아이를 울게 만드는 말괄량이와 같은 시적 화자의 모습이 떠오른다. 활달하고 적극적인 행동이 신체적으로 열등한 존재로 인식돼 온 여자아이의 통념을 부정하고 있다. 참고로 "지로"는 가장 흔한 일본 남자의 이름이고, 마지막 행의 "도시락 뚜껑이 찌그러졌다"는 당시의 도시락이 오늘날과 같은 플라스틱이 아닌 양은(洋銀)이나 알루미늄 소재임을 나타낸다.

   제2연은 "의사"인 "아빠"의 입을 빌려 여성 신체의 생리적 특성을 암시한다. "중요한 방"은 자궁(子宮)을 떠올리며, 여성을 종족번식의 도구로 여겨온 가부장적 가치관의 빠롤적 언표이다. 자궁의 존재로 인해 여성은 늘 "조용"하고 "조신"해야 한다는 사회적 통념을 환기한다. 마지막 행의 "그런 방이 어디 있는 거지?/오늘밤 찾아 봐야지"에는 이에 대한 강한 거부감이 느껴진다.

   제3연의 주된 메시지는 "시집"을 전제로 한 인습적 사고의 부정이다. "쭈그렁 할머니"는 구세대 여성의 상징으로, 마지막 두 행은 '여성 곧 결혼'이라는 관습적 사고를 정면에서 반박하고 있다. 결혼은 필연이 아닌 선택이라는 오늘날의 사회 인식을 선점하고 있다.

마지막 제4연에서는 "빵집 아저씨"의 "단단해진 건 여자와 양말"이라는 표현에 주목할 필요가 있다. 여성의 단단함은 육체적·정신적으로 강인해진 여성을 의미하고, "양말"의 '단단함'에서 우선 "양말"은 물질로 대체 가능한 시니피에적 표현으로, 전후 일본 산업사회의 경제적 발전을 배후 맥락으로 읽어낼 수 있다. 인상적인 점은 단단함을 통한 "여자"와 "양말"의 동등화로서, "양말"의 속성에 경제발전의 이미지를 투영한 것으로 여겨진다. 전후 일본의 물질생산을 에워싼 산업구조의 변화 속에서 여성의 사회적 진출이 두드러지고 있음을 암시한 젠더적 메시지를 상정해 볼 수 있다.

결국 이 시의 핵심 주제는 산업혁명이후 가정이라는 사적 공간에 제한돼 온 여성의 위치에 대한 저항의식이다. 실제로 이 시가 발표된 1950년대 후반은 일본이 전후의 폐허로부터 역동적 경제성장을 이루어 가던 시기로, 마지막 행에서는 기존의 수동적 삶에서 벗어나 강하고 진취적인 여성으로 살아가려는 시적 화자의 의지를 드러내고 있다.

▌버지니아 울프 『올랜도』

『올랜도(Orlando)』는 페미니즘 문학의 선구자로 일컬어지는 영국의 여성작가 버지니아 울프가 1928년에 발표한 실험적 성격의 소설이다. 울프가 자신의 친구인 비타 색빌 웨스트를 모델로 쓴 일종의 전기소설로, 엘리자베스 여왕시대에서부터 현대에 이르기까지 400년에 걸친 주인공 올랜도의 생애를 독특한 구성으로 전개하고 있다.

소설 속에서 올랜도의 여성적 미모에 반한 엘리자베스 1세는 그녀에게 영원히 늙지 말고 죽지도 말라고 말하고, 과연 여왕의 말대로 올랜도는 400년을 살아가게 된다. 파격적 요소는 올랜도가 남성과 여성의 성적 정체성을 동시에 지닌 채 이중적 삶을 영위해 간다는 점이다. 후술할 '양성구유'에 해당한다. 엘리자베스 시대의 올랜도는 16세의 미소년으로서, 17세기 콘스탄티노플에서 현대까지는 여성으로서, 삶을 다중적으로 묘사하고 있다. 특히 여성으로서의 올랜도는 남성중심주의 사회의 차별적 관습을 통렬히 실감하면서, 실연을 경험하고 정상적인 인간의 삶을 영위하게 된다.

> 올랜도는 여자가 되었다 – 그것을 부인할 수는 없다. 그러나 사방을 둘러봐도 올랜도는 바로 이전의 모습 그대로이다. 성의 변화는 비록 그들의 미래를 바꾸었지만, 그들의 정체성을 바꾸는 데는 아무런 일도 하지 않았다. 그들의 얼굴은 그들의 초상화가 입증하듯이 실제로 그대로였다. 그의 기억은 – 그러나 앞으로 우리는 관습상 '그의' 대신에 '그녀의'라고, '그' 대신에 '그녀'라고 말해야 한다 – 그러니까 그녀의 기억은 아무런 장애에도 부딪치지 않고 그녀의 삶의 모든 사건들을 거쳐 거슬러 올라간다. 마치 검은색 물방울 몇 방울이 기억의 맑은 연못 속으로 떨어지기라도 한 것처럼 약간의 가벼운 어슴프레함이 있을 수 있다. 분명하던 것이 약간 가물가물해졌다. 그러나 그게 전부였다. 그러한 변화는 고통 없이 성취되고 완수되었던 것으로, 올랜도 그녀 자신이 전혀 놀라움을 나타내지 않았다.(『올랜도』 중에서)

실제로 소설에서는 여성이 된 올랜도가 남자와 결혼해 아이까지 낳게 되는 과정에서 개인의 정체성이 생물학적 성인 섹스나 젠더로 결정될 필요가 없음을 시사한다. 적어도 남성으로부터 여성으로의 성전환이 올랜도라는 개인의 삶 속에 정체성의 혼란을 초래하지 않고 있다. 인용문 마지막 부분 "그러한 변화는 고통 없이 성취되고 완수되었던 것으로, 올랜도 그녀 자신이 전혀 놀라움을 나타내지 않았다"가 이를 뒷받침한다.

결국 소설 내용이 제시하는 담론의 핵심은 오늘날의 의학적 성과인 트렌스젠더(transgender)를 포함한 이른바 양성성(兩性性)의 문제로 압축된다. 현대사회에서 여성이 된 올랜도의 삶은 인위적으로 부여된 여성성이 기존의 남성성과 통합돼 양쪽의 성을 넘나드는 조화된 인간상의 내면을 묘사하고 있다. 전문 용어로는 '양성구유(兩性具有 Androgyny)'에 해당한다.

양성구유는 남성을 의미하는 'andro'에 여성을 의미하는 'gyn'이 결합된 그리스어이다. 남성과 여성의 생물학적 구분을 부정하고, 남성성과 여성성이 결합·공유된 복합적 정체성을 가리킨다. 울프는 에세이 『자기만의 방(A Room of One's Own)』(1929)에서 양성구유는 "성의 양극화와 성별의 감옥에서 탈출"하게 해 주었다고 주장한다. 남성과 여성의 이항대립이라는 모더니즘적 가치관을 해체하는 포스트모던적 페미니즘 담론으로 볼 수 있다.

결론적으로 울프가 소설 『올랜도』에서 제시한 양성성은 그녀가 경험한 성적 차별의 자각에서 시작되었고, 남성과 여성의 신체와 정신 양면에서의 균형과 조화, 다양성과 통일성을 추구하는 작가의식에서 성장했다고 평가된다. 전통 남성중심사회에서의 여성 차별에 대한 문제제기는 남성과 여성이 슬기롭게 공존하는 양성적 정신의 필요성을 고취하고 있다. 『올란드』에 담긴 울프의 메시지는 그를 대표적인 양성 작가로 부르는 이유를 엿보게 하며, 한편으로는 전술한 식스의 여성적 글쓰기처럼 여성을 자율적이고 독립적 주체로 자각하는 페미니즘의 정신이 있었기에 가능한 것이었다. 동 소설이 제시한 양성애(bisexual)나 트랜스젠더를 비롯해 레즈비안(lesbian)과 같은 동성애 문제는 최근의 페미니즘 문학에서 가장 진취적이고 혁신적인 소재로 간주된다. 배후에는 남성과 여성의 신체적 차별성을 에워싼 이항대립의 사고와, 이성애만을 인간의 정상적인 규범으로 간주해 온 기존 모더니즘적 가치관을 부정하려는 의도가 담겨 있다.

제6부

현대문학과 성

현대사회와 문학 속에서 성이 차지하는 비중과 중요성은 아무리 강조해도 지나침이 없으며, 이를 이해하기 위해서는 인간의 성장과 정 속에서의 성의 역할과 기능을 조명한 프로이드의 정신분석이론을 살펴볼 필요가 있다.

프로이드의 정신분석학 이론

정신분석학 이론을 다룬 프로이드의 주요 저술로는 전술한『꿈의 해석』을 비롯해,『일상생활의 정신 병리학』(1901),『성욕에 관한 세 편의 에세이』(1905),『정신분석입문』(1917),『자아와 그것』(1923) 등을 들 수 있다.

정신분석학은 20세기 인류문명의 광범위한 영역에서 영향을 미친 이론으로, 심리학과 정신의학은 물론 문학과 예술, 종교를 주된 관심의 대상으로 삼는다. 문화현상을 성립시키는 주체인 인간에 체계적으로 접근하면서, 당시로서는 아직까지 불명확한 영역이던 인간의 정신 및 성격 구조 형성과정에 적극적으로 관심을 기울이고 있다.

▌ 정신분석학의 중심 개념

정신분석학에서는 인간의 성신을 구성하는 정신적 에너지에 주목해 생물학적 기초를 규명하는데 주력한다. 정신적 에너지는 개인의 발달단계, 과거의 경험, 현재의 환경 등 다양한 요인들에 좌우되는데, 크게 생의 본능과 죽음의 본능의 양극의 관점으로 나눈다.

먼저 생의 본능인 '에로스(eros)'는 생명을 유지·발전시키고 사랑을 하는 본능이다. 에로스는 인간으로 하여금 자신을 사랑하고 생명을 지속시키며, 타인과의 사랑으로 종족을 보존한다. 에로스와 대조되는 죽음의 본능인 '타나토스(thanatos)'는 생물체가 무생물체로 환원하려는 본능이다. 이로 인해 생명은 결국 사멸되고 살아있는 동안에도 자신을 파괴하거나 처벌하며, 타인이나 환경을 파괴하는 공격적 행동을 취한다. 간단히 말해 자살과 살인, 살생 등 모든 생명을 소멸시키려는 충동이 타나토스이다. 주의할 점은 에로스와 타나토스는 단순히 대립하지 않고 서로 영향을 미치거나 혼합되는 형태로 인간 정신 에너지의 균형을 유지한다는 것이다.

전술한 바와 같이 리비도는 정신적인 힘이자 에너지이다. 성적 본능의 에너지로 간주되며, 출생 시부터 나타나고 아동의 행동과 성격을 결정한다. 리비도의 개념은 처음에는 협의의 성적 에너지로 간주되다가, 점차 사랑과 쾌감의 모든 표현으로 범위가 확대되었다. 동성애, 이성애, 양성애의 성적 정서를 형성하는 주요 개념이기도 하다.

한편 프로이드의 정신분석학에서 가장 두드러진 성과의 하나로 무의식의 발견을 드는데 이론이 없다. 인간의 정신생활의 중심은 무의식에 좌우되며, 인간의 마음을 빙산에 비유할 때 물 위에 떠있는 작은 부분이 의식이라면, 물속에 잠겨 있는 대다수의 부분이 무의식에 해당한다. 프로이드는 거대한 무의식 영역 속에 추진력, 정열, 억압된 관념 및 감정들이 숨어 있다고 여긴다. 한마디로 무의식은 인간 생명의 거대한 하층구조로서, 인간의 의식적 사고와 행동을 전적으로 통제하는 보이지 않는 힘이다. 의식과 무의식을 비롯해 전의식 등 인간의 정신 구조에 대한 프로이드의 주장을 자세히 정리해 보면 다음과 같다.

먼저 '의식(consciousness)'은 특정 순간에 인간이 알거나 느낄 수 있는 모든 경험과 감각의 총체이다. 정신생활의 극히 일부분만이 의식의 범위 안에 포함되며, 인간이 경험하는 의식 내용은 외부 요인에 의해 규제되는 선택적 여과 과정의 결과이다. 경험은 잠시 동안 의식될 뿐 시간의 경과나 주위 시선이 이동하는 순간 전의식이나 무의식 속으로 들어가 잠재하게 된다. 그러므로 의식은 성격의 제한된 극히 일부분만을 나타낸다. 이를테면 학생들이 강의를 듣는 순간 강의 내용을 이해하려는 사고의 흐름으로 눈이 피곤해지고 배가 고프기 시작한다는 것 등은 모두 의식의 범주이다.

두 번째로 '전(前)의식(preconsciousness)'은 흔히 이용 가능한 기억과 경험을 가리킨다. 어느 순간에는 의식되지 않으나, 조금만 노력하면 쉽게 떠올릴 수 있는 의식의 표면 아래에 위치하는 내용들이다. 의식과 무의식을 연결하는 역할을 수행하며, 프로이드는 인간에게 무의식의 내용은 전의식으로 나타나고 이를 거쳐 의식이 된다고 생각하였다. 이를테면 어제 저녁에 무엇을 먹었고 왜 친구와 다투었는가를 떠올리는 경우가 이에 속한다.

세 번째로 '무의식(unconsciousness)'은 프로이드 정신분석이론의 가장 큰 성과이다. 인간 정신의 심층부에 잠재하면서 의식적 사고를 전적으로 통제하는 힘이자 인간의 행동을 결정하는 주된 요소이다. 인간의 모든 경험은 잠시 동안만 의식 세계에 머무를 뿐 주위를 다른 곳으로 돌리거나 시간이 지나는 순간, 의식의 경험들은 전의식을 거쳐 심층부로 들어가 무의식이 된다. 이에 대해 프로이드는 의식 밖에서 억압되는 일정 체험이나 생각은 소멸되는 것이 아니라, 무의식 속으로 들어가 잠재해 개인의 행동에 강력한 영향력을 행사한다고 주장한다. 이때 억압된 생각이나 체험 혹은 잠재된 경험들은 생물학적 충동으로 어떤 일과 연상돼 나타날 경우, 현실에서 불안을 일으키고 다시 심층부로 밀려나 끝없는 무의식적 갈등을 형성하게 된다. 결국 무의식은 인간의 행동에 가장 큰 영향력을 발휘하는 모든 사고와 기억, 욕구를 총칭하며, 아동기의 외상(trauma), 부모를 향한 감추어진 적대감이나 억압된 성적 욕구가 이에 해당한다.

한편 프로이드는 인간의 초기 성격구조 이론의 중심 개념이던 무의식으로부터, 1920년대에 이르러 기존의 정신생활의 개념 모형을 수정해 새로운 이론을 제시하고 있다. 먼저 '원초아(id)'는 일차적 본능과 무의식이 지배하는 단계로, 프로이드의 주장 이전에는 막연히 무의식으로 불리던 인간 성격의 한 부분이다. 가장 생물학적이고 원시적인 일차적 층위로서 인간에게 행동의 힘을 부여하는 근원적인 생물학적 충동인 식사, 수면, 배변, 성관계 등에 관여한다. 유전되며 출생 시에 이미 존재하고, 행동 성향은 공격적, 동물적, 비논리적, 비합리적, 환상지향적이다. 긴장 감소를 위해 쾌락의 원리를 따르므로, 자신을 괴롭히는 모든 억압과 사회적 규칙을 싫어하고 무시한다. 따라서 모든 행동은 자애적인 방법으로 표현되므로, 타인에 대한 영향은 전혀 고려하지 않는 배타성을 지닌다. 결국 원초아는 정신적 에너지의 일차적 층위의 저장소이다. 예를 들면 원초아만을 지닌 사람은 빵집에서 모락모락 김이 나는 빵을 보고 본능인 식욕만이 작용해 빵을 훔치게 된다.

다음 단계인 '자아(ego)'는 이성과 분별을 의미한다. 원초아에서 파생되며 생후 6~8개월부터 발생하기 시작해 2~3세에 형성된다. 원초아의 충동을 어떤 방법으로든 충족시켜 주어야 하지만, 다음 단계인 초자아가 침해를 받지 않는 범위 내에서 이루어지게 된다. 이처럼 자아는 원초아의 욕구(yes)와 다음 단계인 초자아의 거절(no) 사이에서 현실에 맞도록 조정해 개체를 적절히 유지하는 기능을 수행하며, 원초아의 쾌락 원리와는 달리 현실 원리를 따른다. 현실 원리의 목적은 적당한 대상과 환경 조건이 이루어질 때까지 원초아의 본능적 만족을 지연시켜 개체를 안전하게 보전하는데 있다. 이렇게 보면 자아는 성격의 조정자이자 집행자로서, 주어진 환경을 고려해 현실적 행동을 취하므로 합리적 판단 기능을 지닌다. 본능인 원초아를 충족시키거나 보류시키는 두 가지로 조절 가능하며, 현실적이고 합당한 방법으로 욕구 충족의 방법을 모색한다. 자아와 원초아는 분리돼 존재할 수 없으므로 본능적 요소와 주위 환경의 상태를 적절히 조정하고 개인의 이성적 행동을 가능케 한다. 이를테면 자아를 지닌 사람은 빵집의 빵을 보더라도 욕구를 잠시 보류하고 자신이 돈이 없다는 현실을 고려해 돈을 벌어 빵을 사서 먹어야겠다는 대안을 생각하게 된다.

인간의 사회화 과정으로 습득되는 마지막 발달단계가 '초자아(superego)'이다. 인간이 바람직한 사회생활을 수행하기 위해 습득하게 되는 도덕·윤리체계의 원동력이다. 인간의 마음속에 있는 윤리적 · 도덕적 · 이상적인 면을 가리키며, 유전되지 않고 후천적으로 습득된다. 부모가 주는 보상이나 처벌의 양육 태도에 반응하면서 발달한다. 아동이 옳고 그름이나 도덕과 비도덕을 분별할 수 있게 될 때 비로소 나타나며, 아동의 생활 범주가 점차 확대되면서 소속 집단이 인정하는 적절한 행동규범을 추가하고 초자아가 형성된다. 이때 아동은 항상 부모의 기대와 집단의 규범에 알맞게 행동함으로써 사회활동으로 야기될 수 있는 갈등과 처벌을 피하게 된다.

프로이드는 초자아를 다시 '양심(conscience)'과 '자아이상(ego ideal)'의 하위체계로 구분하고 있다. 양심은 아동이 잘못을 저질렀을 때 부모로부터 받는 꾸지람과 처벌로 생성되고, 자신을 향한 비판적 평가나 도덕적 억압, 죄의식이 포함된다. 이에 비해 자아이상은 아동의 정적인 행동에 따른 부모로부터의 보상이나 칭찬으로부터 발달하며, 아동이 목표나 포부를 갖고 자존심과 긍지를 느끼는 원동력이 된다. 초자아는 전술한 오이디푸스 콤플렉스의 해결로 아버지와 자신을 동일시할 때 형성된다. 따라서 아버지는 도덕적 상징자로서 중요한 역할을 담당한다.

이렇게 보면 결국 자아가 현실을 고려하는 것인데 비해, 초자아는 무엇이 옳고 그른가의 사회적 기준을 통합하는 요소로서, 대부분의 인간들은 아동기에 부모의 가치관, 선과 악, 도덕과 같은 사회적 규범을 내면화한다. 초자아는 도덕성을 추구하나 이러한 요구가 지나치면 죄책감을 느끼게 된다는 점에 주의할 필요가 있다. 이를테면 도덕 원리에 따라 돈을 벌어 빵을 사 먹는 것보다 그 돈으로 불우한 이웃을 도울 수도 있음을 깨닫는 경우이다. 궁극적으로 인간의 성격은 원초아, 자아, 초자아의 단계로 발달하게 된다.

▌ 인간의 성적 심리 발달 5단계

프로이드의 정신분석학 이론의 또 다른 주요 요소가 '성적 심리 발달(psychosexual development)' 5단계이다. 프로이드는 인간의 심리 발달에 수반되는 성의 변화를 유아기부터 청소년기까지 다섯 단계로 구분하고 있다. 특히 초기 세 단계인 구강기, 항문기, 남근기가 인간의 성격 형성에 결정적 역할을 수행한다고 주장하고 있다. 이 시기에 리비도는 신체의 특정 부위에 위치해 만족을 추구한다. 부위와 대상은 연령에 따라 변하게 된다.

한편 성적 심리 발달단계가 모두 성공적으로 진행되는 것은 아니다. 다음 단계로의 진행이 저해되면 특정 단계에 고착(固着)되며, 고착은 성인기 성격에 직접적 영향을 미치면서 후술할 성도착 발생의 주요 원인이 된다. 프로이드는 고착을 '좌절'과 '방임'의 두 요소로 설명하는데, 좌절은 아동의 심리나 성적 욕구를 양육자가 적절하게 충족시키지 못하는 상태이고, 방임은 성적 심리 욕구를 지나치게 만족시켜 양육자가 아동에게 내적인 극복 훈련을 제대로 시키지 않아 의존성이 심화되는 과잉충족을 말한다.

제1단계는 '구강기(oral stage)'로 0~2세에 나타난다. 유아는 입으로 쾌락을 습득하며, 특히 생후 1년간은 입이 성적, 공격적 욕구 충족을 수행하는 신체 부위로서, 입, 입술, 혀, 잇몸의 자극에서 만족을 느끼므로 빨고, 삼키고, 깨무는 행동이 두드러진다. 유아는 어머니의 보살핌으로 생활하므로 의존적이고 다른 사람으로부터 분화되지 않은 상태이다.

제2단계인 '항문기(anal stage)'는 2~3세에 나타난다. 대·소변을 가리는 배변훈련(toilet training)이 시작되는 시기로 리비도는 항문에 집중된다. 신경계의 발달로 괄약근을 자신의 의사로 조절 가능하다. 유아는 마음 내키는 대로 배설하고 보유할 수 있으나, 배변훈련이 시작되면서 유아의 본능적 충동은 양육자인 어머니의 통제를 받는다. 유아는 자신이 원하는 때에 배변을 원하지만 어머니는 사회적 관행을 내세운다. 따라서 유아는 배변시기를 조정하기 위해 갈등하며, 욕구의 만족을 늦추어야 할 필요성을 자각하면서 자아가 발달하기 시작한다.

한편 부모는 배변훈련 시 옳고 그름에 대해 말하고, 유아는 부모에 동조하며 부모의 의견을 내면화해 따르게 된다. 전술한 초자아 형성의 시초이다. 배변훈련이 성공하면 유아는 사회적 승인을 획득하는 쾌감을 경험하게 되며, 이를 위해서 엄격함과 관대함을 조화시킨 적절한 교육이 필요하다. 양육자인 부모의 적절한 칭찬으로 유아는 생산적이고 창의적인 성격을 형성하게 된다. 그러나 너무 일찍부터 엄격히 배변훈련을 시키면 다음 단계로 원만히 이행하지 못하는 항문고착이 일어나 고집이 세고 인색하며 난폭한 성격이 나타나게 된다. 인간의 성격 형성에 가장 중요한 시기가 항문기이다.

제3단계인 '남근기(phallic stage)'는 3~6세에 해당한다. 리비도가 성기에 집중되므로 아동은 자신의 성기를 만지고 자극함으로써 쾌감을 느낀다. 전술한 인간의 원시적 1차 본능인 원초아와, 이성 및 분별이 형성되는 자아, 그리고 초자아가 역동적으로 작용하기 시작하는 시기이다. 물론 가장 중요한 상황은 전술한 오이디푸스 콤플렉스이다.

제4단계 '잠복기(latent stage)'는 7~12세이다. 특정 신체 부위에 리비도가 한정되지 않으며 성적 에너지도 잠재되는 시기이다. 이전 단계 인 남근기의 오이디푸스 콤플렉스를 극복하고 난 후의 평온함 속에 서 성적 욕구가 철저히 억압된다. 행동은 비교적 자유롭지만 감정은 무의식 속에 계속 존재하며, 원초아는 약한 대신 자아와 초자아는 강 력해지는 시기로서 성격 발달을 주도한다. 따라서 리비도의 지향 대 상은 친구 특히 동성 친구로 향하고 동일시 대상도 주로 친구가 된 다. 지적인 활동, 운동, 동성 친구와의 우정에 집중한다. 주의할 점은 이 시기가 고착화되면 성인이 돼도 이성에 대한 정상적 친밀감을 갖 지 못해 동성애 성립 요인이 된다는 것이다. 전반적으로 이성과의 관 계를 회피하거나 정서적 감정 없이 단지 공격적인 방식으로 성적 행 동을 취하기도 한다.

마지막 제5단계는 '성기기(性器期 genital stage)'로 일반적으로 13세 이 후에 나타난다. 사춘기부터 성적으로 성숙되는 성인기 직전까지이 며 심한 생리적 변화가 나타나는 격동기이다. 왕성한 호르몬 분비의 생리적 요인들로 잠복기 동안 억제되고 억압되었던 성적·공격적 충동이 자아의 방어를 압도할 정도로 강해진다. 따라서 이전의 방어 양식들은 적절성을 상실한 채 광범위한 재적응이 요구된다. 이를테 면 사춘기 전기에는 리비도가 다시 유아기의 애정 대상을 지향하고, 원초아가 우세할 때는 지나치게 쾌락 추구에 몰두해 공격성, 야수성, 범죄 행동이 왕성해지며, 반대로 자아가 너무 표면화되면 불안이 심 해지고 금욕주의, 지성화의 경향이 강해져 원초아를 억제하고 자아 를 방어하려고 한다. 그러다가 사춘기 후기에는 성적 성숙이 완성돼 사춘기 전기의 불안은 소멸된다. 특징으로는 부모에 대한 관심이 미 약하거나 사라지고, 가족 밖에서 연장자와의 친교를 가지며 이성을 향한 성욕 충족을 추구한다. 이때의 성적 욕구는 독서, 운동, 자원봉사 등의 활발한 활동으로 승화되기도 한다. 무엇보다 이 시기의 원만한 성격 발달을 위해서는 근년에 내한 학습과 즉각적인 만족을 지연시키려는 노력과 책임감이 요구된다.

　프로이드는 이상 살펴 본 5단계를 순조롭게 이행하고 극복함으로써 인간은 정상적인 성적 의식과 심리를 지닌 성인으로 성장하며, 그렇지 못할 경우 성도착과 같은 이상 상황으로 나타난다고 주위를 환기한다. 전술한 오이디푸스 콤플렉스로 대표되는 프로이드의 정신분석학 이론은 전체적으로 인간의 성적 욕망을 지나치게 강조하고 있다는 인상이 농후하다. 따라서 이에 대한 보편성 논란은 현재까지 지속되고 있지만, 인간의 무의식적으로 억압된 욕망들이 문화적 배경에 따라 다양하게 나타난다는 점은 인정해야 할 성과이다. 현대 대중문화의 가장 큰 특징이 오락적이고 향락적인 소비지향의 문화이기 때문이다. 만약 오늘날의 물질주의적 대중문화가 인간의 쾌락을 추구한다는 점에서 보편성이 인정된다면, 유아기의 오이디푸스 콤플렉스의 극복 여부가 인간으로서의 건전하고 정상적인 문화소비 욕구와 비정상적인 성도착의 쾌락 추구를 가늠하는 갈림길이 될 수 있다. 따라서 성도착을 비롯한 성의 문제를 문학과 예술 분야에서 어떻게 다루어야 할 것인가가 매우 중요하며, 이를 분석하기 위해서는 우선 문학과 신체와의 관계를 면밀히 고찰하지 않으면 안된다.

문학의 주제로서의 신체

　신체와 성은 근대문학의 가장 특징적 주제로서 20세기 이후 학문적 관심이 고조되고 있다. 우선 문학과 신체, 이후 문학과 성의 순서로 고찰을 진행해 보기로 한다.

　신체에 대한 인류의 인식은 근대이전과 이후로 나누어 볼 수 있다. 근대이전의 신체관은 신체를 정신의 예속물로 간주하는 정신우월주의 입장에서, 신체는 정신의 주변적 존재이며 정신이 신체를 지배한다는 로고스중심주의 인간관이 두드러진다. 대표적 주장의 하나가 철학자 데카르트(Descartes René 1596~1650)의 「심신이원론(心身二元論)」 다른 말로 「물심이원론(物心二元論)」이다. 세계 및 인간의 존재를 정신과 신체 및 물질의 이분법적 구도로 파악하면서, 신체를 형태를 지닌 물질의 일환으로 간주하고 있다. 데카르트가 남긴 유명한 "나는 생각한다, 고로 나는 존재한다(Cōgitō ergo sum)"는 정신이 없는 신체는 단순한 기계에 불과하고, 인간은 오직 정신(心) 즉 지성에 의해 제어된다는 의미이다. 동 사고방식은 궁극적으로 자연까지도 물질적 존재로 파악하는 인식을 초래하였고, 인간의 정신을 자연이라는 물질 위에 위치시킴으로써 자연을 객체적(客觀的)으로 바라다보는 근대과학의 성립으로 이어지게 되었다.

　이에 비해 근대이후의 신체관은 신체를 정신보다 우위에 두는 신체우선주의의 특징을 드러낸다. 대표적 주장으로 우선 프로이드의 「심신상관론(心身相關論)」은 근대의학의 일 분야인 '심신의학(心身醫學)'의 기초가 된 주장이다. 인간의 대뇌(大腦) 활동에 주목하는 가운데,

전술한 의식과 무의식의 개념을 바탕으로 신경증, 히스테리 등의 근대적 질환이 인간의 정신 상태와 밀접한 연관이 있음을 주장함으로써 심신의 상관성을 부각한 주장이다. 기존의 물질로서의 자연과 정신으로서의 인간을 분리해 온 이원론을 재검토하는 한편, 신체를 단순한 물질로 간주해 온 종래의 데카르트의 이원론적 신체관을 철학적으로 불신하고 재평가의 필요성을 강조하고 있다.

다음으로 소개할 것은 오스트리아의 철학자인 에드먼트 후설(E.G. A.Husserl 1859~1938)의 「간신체성(間身體性)」이다. 동 주장의 핵심은 이른바 '현상학적 환원(現象學的 還元)'이라는 용어로 압축된다. 현상학적 사고란 인간이 사물의 실재를 파악하는 과정에서 모든 선입견을 배제하고 의식에 직접 나타나는 것에 내재된 절대적 의미를 인정해야 한다는 태도이다. 현상학적 환원에 따르면 인간은 눈에 보이는 사물이 있으면 객관적으로 존재한다고 무조건 확신하지만, 중요한 것은 그러한 확신이 어째서 성립하고 있는가라는 조건을 생각해야 한다는 주장이다. 요컨대 사물의 존재에 대한 기존 인식의 핵심은 지성 즉 인간의 정신을 앞세워 타인(타자)과 다른 자기가 객관적으로 존재한다는 자아 인식을 바탕에 두고 있으나, 이러한 태도로는 자기와 타자와 연관된 다양한 세계의 문제에 일일이 대처할 수 없다는 철학적 사고에 입각하고 있다. 이를테면 전술한 데카르트의 "나는 생각한다, 고로 나는 존재한다"는 나의 존재를 생각이라는 지성의 가치에 입각해 무조건적으로 자각한 전형적 사고방식이라는 것이다.

이에 대해 후설은 세계(세상)는 객관적으로 무조건 존재하는 것이 아니며, 자기와 타자의 주체성이 서로 연관돼 양자의 공동세계로서 성립되는 경우에 한하고, 그 매개체가 다름 아닌 신체라는 것이다.

결국 주장의 핵심은 자아의 존재론적 인식은 오로지 타자의 신체를 통해 성립되며, 신체를 통한 자기와 타자의 근원적 연결이 자아 확립의 불가분의 요소라는 논리이다. 종래의 자기 신체 중심의 일방적 인식에서 탈피해 자기와 타자를 연결하고, 매개체를 신체로 간주하고 있는 점에서 신체가 인간의 존재에 차지하는 비중과 중요성을 환기하고 있다.

▌ 근대문학과 신체

프랑스의 상징파 시인 폴 발레리는 "(인간은)신체라는 바다위에서 부침(浮沈)하며 떠다니는 정신의 배와 같다"고 주장하고 있다. 데카르트의 정신우월주의와는 대조되는 신체우월주의 관점이다. "바다"의 기후·환경 조건에 좌우되는 "배"는 신체라는 거대한 역동적 존재에 의해 좌우되는 수동적 정신을 나타낸다. 신체는 인간에게 잠재된 무한한 내면의 에너지를 표상하는 예술표현의 주요 소재가 될 수 있음을 암시하고 있다. 한마디로 요약하면 정신에 지배 혹은 좌우되지 않는 신체의 주체성을 강조하고, 신체는 인간의 무한한 본능, 욕망의 분출과 확장을 추구한다는 의미이다. 이러한 사고는 근대문학을 포함한 예술에서 차지하는 신체표현의 중요성을 환기하면서, 신체야말로 작자가 추구하는 순수한 미적 가치를 문학과 예술에서 구현할 수 있는 대표적 존재임을 시사하고 있다.

정신을 압도하고 지배하는 인간의 본능적 욕망이자 미적 자각으로서의 신체는 에로스를 지탱하는 중심 개념이며, 주체적 자아인 정체성의 주된 인식 수단이다. 이를테면 그리스의 나르키소스(narkissos)

신화에서 유래된 '나르시시즘'은 전형적 예에 속한다. 다음에 소개하는 일본의 여류 가인(歌人)이자 시인인 요사노 아키코(与謝野晶子 1878~1943)는 이른 시기에 스스로의 신체적 매력을 주체적으로 자각하고 신체를 에로스의 표상으로 간주한 대표적 문학가이다.

「やわ肌の熱き血潮に触れもみでさびしからずや道を説く君」
(부드러운 피부의 뜨거운 정열에는 손도 대지 않고 도덕을 논하는 그대여 (인생이)쓸쓸하지 아니한가)
– 요사노 아키코 『흐트러진 머리(みだれ髪)』(1901)

근대 문학작품 속에서는 여성 신체의 미적 가치 추구가 두드러지며, 머리카락에서 발에 이르기까지 여성의 신체부위를 탐미적으로 묘사하는 섹슈얼리티의 강조로 나타난다. 요사노는 일본 근대 초기의 낭만주의 여류작가 겸 사상가 · 여성해방운동가로 전형적인 진취적 신세대 여성이다. 단가집(短歌集) 『흐트러진 머리』는 신체의 아름다움과 매력에 대한 강한 자부심과 자의식이라는 근대적 자각을 담고 있다. 인간의 본능적 감정을 긍정하고 도덕이나 윤리를 초월한 관능적 미를 동경하는 태도는 수동적 입장의 여성으로부터 자신의 미를 적극적으로 과시하는 의식의 변화를 초래했다는 점에서 전술한 페미니즘적 요소가 인정된다.

종합해 보면 문학작품 속에서 신체는 작자가 추구하는 순수한 미적 가치를 예술적으로 실현할 수 있는 특징적 주제이다. 문학에서는 결혼이나 도덕, 윤리와 같은 사회적 규범을 초월해 신체를 동경하고 에로틱한 쾌락을 추구한다. 특히 근대문학에서는 신체를 소재로 미의 절대적 가치를 신봉하고, 성적 관능의 세계 속에서 인간의 삶의 참된 의미를 추구하는 신체 담론을 적극적으로 생성해 내고 있다. 참고로 여성의 신체적 매력을 에워싼 과도하고 비정상적인 집착이 후술할 성도착이다.

문학 속의 성

문학작품은 인간의 내면에 잠재된 신체의 성적 욕망을 예술적으로 승화시키는데 주력하게 되는데, 성을 문학작품에서 적나라하게 표현한 대표적 형태가 '포르노그래피(pornography)'이다.

▌ 포르노그래피와 문학작품

성적 흥분을 조장할 목적으로 에로틱한 행위를 서책이나 그림, 사진, 조각, 영화 등으로 표현한 것을 포로노그래피라고 한다. 19세기 이후 현실 생활에서의 성이 인간의 본질적 중요 속성으로 제시된 후, 20세기에 접어들어 활발한 논의가 진행되고 있다. 성적 쾌락을 유토피아로 추구하는 외설적인 내용으로, 독자의 기호에 맞추어 이성 간의 정상적인 성행위는 물론, 근친상간(incest), 새디즘(sadism), 매조히즘(masochism), 동성애(homosexuality) 등 성도착 현상을 다루기도 한다. 성적 흥분과 쾌락에 치우친 결과 인간의 타락과 부패를 초래하

고 성범죄를 조장한다는 이유에서 도덕적이고 법적인 제재의 대상
이 되기도 한다.

　대표적인 포로그래피적 성격의 문학작품으로 우선 중세 이탈
리아의 보카치오(G. Boccaccio 1313~1375)의 소설『데카메론(Decameron)』
(1348~53)을 들 수 있다. 1348년에 유럽을 강타한 페스트 전염병의 위
험에서 벗어나기 위해 피렌체 교외로 피신한 여성 7명과 남성 3명이
따분한 일상을 잊으려는 목적으로 하루에 한 사람이 한 편씩 10일
간 들려 준 이야기 100편을 모은 옴니버스 형식의 작품이다. 이야기
내용은 에로틱, 불건전, 잔혹한 것 등 다양하며, 죽음의 그림자로 가
득한 현실에 저항하면서 자유분방한 삶의 생명력을 활기차게 묘사
하고 있다. 참고로 100편의 이야기 중 상당수가 에로틱 코미디로,
예술적 성애(性愛)를 다루기보다 지극히 속물적 흥미를 자아내는 섹
스 장면이 다수 등장한다. 배후에는 당시의 수도사와 성직자의 성적
방종과 위선을 폭로하는 확실한 사상적 메시지를 담고 있다고 평가
된다.

　다음으로 소개하는 것은 영국 작가 데이비드 허버트 로렌스(D.H.
Lawrence 1885~1930)의『채털리 부인의 사랑(Lady Chatterley's Lover)』(1928)이
다. 우선 대략의 줄거리는 다음과 같다.

　리드 경의 둘째 딸 코니(콘스탄스)는 탄광 소유주인 귀족 클리퍼드
채털리와 결혼하게 되는데, 제1차 세계대전에 참전한 남편은 6개월
뒤 하반신 불구가 돼 돌아온다. 클리퍼드는 이후 탄광 경영에만 열중
하고 문인들과 교제하면서 이따금 자신의 소설도 쓰지만, 부부 사이
에는 전혀 성관계가 없어 코니는 우울증에 빠진다. 클리퍼드는 이미
남성성을 상실한 상태로, 두 사람 사이에는 아직 아이가 없었다. 클

리퍼드는 아내인 코니를 사랑하고 코니 또한 남편에게 애착을 지니고 있었으나, 코니는 점점 야위어 가고 차츰 침착한 성격을 상실해 가면서 극심한 불안감에 사로잡힌다.

그러던 어느 날 코니는 남편에게서 채털리 가문의 사냥터를 지키는 산지기인 멜로즈를 소개받는다. 멜로즈는 광부의 아들로, 코니는 이 금발 남성에게 깊은 인상을 받게 된다. 그 후 몇 번 숲의 오두막에서 멜로즈와 마주친 코니는 어느 날 그의 오두막에서 병아리를 보다가 문득 자신의 여성성이 버려져 있다는 사실을 인식하고 눈물을 흘린다. 코니의 이런 마음을 헤아린 멜로즈는 그녀를 조용히 오두막 안으로 끌고 들어가 담요 위에 눕히고 두 사람은 극히 자연스럽게 결합한다. 코니는 자신의 행동을 후회하기보다는 오히려 마음이 안정되는 것을 느낀다.

이후 코니는 여러 차례에 걸쳐 밀회를 거듭하게 되면서 날이 갈수록 멜로즈에게 깊은 애정을 품게 된다. 육체의 쾌락을 알게 된 그녀는 전혀 딴 사람이 된 심정이었다. 그러던 어느 날 코니는 홀로 여행길에 나서게 되었고, 여행을 하면서 한 가지 굳은 결심을 한다. 이때 코니는 임신한 상태였다. 여행에서 돌아온 코니는 아버지 집에 머물며 남편에게는 다시 돌아가지 않겠다고 편지를 보낸다. 그리고 자신의 사랑의 대상이 산지기인 멜로즈라는 사실도 분명히 밝힌다. 이를 들은 남편 클리퍼드는 화를 내며 코니에게 온갖 욕설을 퍼붓지만 코니는 그런 남편을 싸늘하게 바라볼 뿐이었다. 결국 코니는 클리퍼드에게 이혼을 요구하나 클리퍼드는 이혼에 동의하지 않는다. 그러자 그녀는 한 노동자의 아내로서 어머니로서 살기로 결심하고 집을 나간다.

발표 당시 적나라한 성적 묘사로 외설 논란에 휩싸이는 등 제대로 된 평가를 받지 못하다가 1960년대 이후 문학적 의의가 인정되기 시작하였다. 참고로 영국에서 무삭제로 발표된 것은 작품 발표로부터 60년이 경과한 후이다. 섹스는 육체와 정신을 결합하고 사회의 상류 층과 하류층의 경계를 허물며 현대인들의 상처를 치유한다는 담론적 메시지를 담고 있다. 전쟁으로 불구가 된 클리퍼드와 이로 인해 불행에 빠진 코니는 파괴되고 황폐해진 현대문명의 자화상을 상징적으로 드러내고 있다. 특히 클리퍼드를 불구자로 만든 전쟁, 자연을 희생시키는 기계화된 현대인의 삶, 전혀 동정심을 가지지 않는 계급 사회의 모습은 전형적인 문명비판의 메시지를 담고 있다. 실제로 귀족계급인 클리퍼드는 육체보다는 정신을 강조하는 사회의 특권층을 대변하고, 멜로즈는 노동자 계층으로서 클리퍼드가 지니지 못한 육체의 이미지를 강조한다. 나아가 동 소설에서는 기존의 문학작품이 금기시해 온 인간의 가장 은밀한 영역인 성을 공개적 영역으로 전환하고 있다는 문학사적 의의를 지닌다. 무엇보다 프로이드가 인간의 정신적 면에서의 중요성을 환기한 성을 포르노그래피의 어둡고 외설적인 주변부에서 끌어내고, 문학 내부에 자리매김하는 계기를 제공했다고 평가된다. 또한 성의 해방이라는 좁은 범주를 뛰어넘어 권위와 인습의 타파, 계급 갈등의 해소도 동 소설에서 간과할 수 없는 성과로 주목된다.

이상의 작품들은 문학작품 속에서 성이 차지하는 비중과 중요성을 드러내며, 근대문학에서는 성이 신체를 매개로 기존 윤리나 도덕적 규범을 초월해 표현됨을 인식시킨다. 이를 뒷받침하는 주장이 다음 문장이다.

"문학적 주제로서의 신체가 가장 위기적인 격렬함으로 노출되는 것은 행복한 사회적 인지(認知)가 거부되고, 공동체가 나누어 소유하고 있는 규범과의 사이에 알력과 긴장감이 해소되지 않는 상태에서 이다."

– 고모리 요이치(小森陽一 1953~) 『신체와 성』(2002)

    신체를 작가가 추구하는 순수한 미적 가치를 문학 속에서 구현할 수 있는 특징적 주제로 간주한다면 이 주장은 암시하는 바가 적지 않다. "행복한 사회적 인지"는 결혼과 같은 관습적 행위를 말하고, "규범"은 도덕, 윤리 등 사회가 추구하는 가치체계를 가리킨다. 고착화한 인습이나 규범은 근대문학이 지향하는 인간의 자유로운 감정표현과 필연적으로 갈등구조를 형성할 수밖에 없다. 따라서 근대적 사고체계 속에서 정신의 자유는 곧 신체의 자유를 수반하며, 전근대사회의 도덕, 윤리 등 "사회적 인지"체제 속에서 억압돼 온 신체의 자유를 향한 열망은 필연적으로 문학작품 속에서의 성의 중요성을 각인한다.

    한편 신체나 성의 중요성이 지나치게 강조될 경우 흔히 병적 집착이나 이상감각(異常感覺)인 성도착으로 나타나게 되는데, 성도착은 근대문학 속에서도 중요한 소재를 차지하며 특히 여성의 신체를 주된 대상으로 삼고 있다.

문학과 성도착

　문학작품에서는 인간의 내면에 잠재돼 있는 다종다양한 성적 기호(嗜好)를 예술적으로 표현하고 흔히 '성도착(paraphilia)'으로 지칭한다. 성도착은 "생식을 목적으로 한 이성과의 '정상'의 성적 교섭 이외의 행위를 통해 발견되는 에로틱한 쾌락"(고모리)으로서, 상식적인 성도덕이나 사회통념에서 벗어난 성적 기호이자 정신의학에서는 병리적 정신질환으로 진단한다.

　주된 종류로는 신체의 특정 부위를 숭배하는 페티시즘(fetishism), 상대 이성으로부터 고통을 받고 성적 쾌감을 느끼는 매조히즘, 상대 이성에게 육체적 고통을 가해 성적 쾌감을 느끼는 새디즘, 로리타 콤플렉스(lolita-complex)로 불리는 소아성애, 이성의 복장을 착용함으로써 희열을 느끼는 복장도착(transvestism), 사체와의 신체적 접촉 속에서 흥분을 발견하는 사체성애(necrophilia) 등을 들 수 있다. 공통점은 자기도취적이고 자기만족적인 성적 관능의 병적 세계 속에서 인간으로서의 삶의 의미나 가치를 추구한다는 점이다.

　성도착에 대한 본격적 주장으로 프로이드의 『성 이론에 관한 세 개의 엣세이(Drei Abhandlungen zur Sexualtheorie)』(1905)를 들 수 있다. 동 저술에 나타난 프로이드의 성도착의 기본 관점에 따르면 인간의 성의식은 태생적으로 형성되거나 육체의 성장에 따라 완성되는 것이 아니며, 어머니와의 원초적 관계로부터 출발해 자기애를 거쳐 가족관계 속에서 후천적으로 성립된다. 어머니를 비롯한 가족관계에 문제가 발생하면 신체 형성에 지장을 초래해 성도착으로 나타난다는 것으로, 이러한 관점은 전술한 오이디푸스 콤플렉스의 주장으로 뒷받침된다. 전술한 바와 같이 프로이드는 인간의 성적 심리의 발달단계를 5단계로 나누어 설명하면서, 각 시기에서 나타나는 성적 심리의 변화를 제대로 극복하면 정상적 인간으로 성장하지만, 특정 시기에 고착하면 자아 형성에 지장을 초래하고 마침내 성도착으로 이어진다고 주장한다.

특기할 점은 프로이드가 성도착을 단순한 병리적 일탈이나 타락으로 보지 않고, 인간의 내면에 잠재된 본능적 감정 및 정서의 일환으로 파악해 무조건의 윤리적 단죄를 부정하고 있는 점이다. 이러한 견해는 문학작품에서 성도착을 예술적으로 접근할 수 있는 근거를 시사한다. 프로이드는 개인의 정신구조 형성과정에서 체험한 사건에 입각해, 신체를 에워싼 인간의 이상감각을 다양한 인간탐구의 필연적 결과물로 간주하고, 예술적 응시의 여지를 문학의 영역에 편입시켰다. 특히 프로이드의 주장의 핵심은 성에는 신체의 미적 추구에 입각한 다종다양한 복수의 대체물이 존재하며, 이것은 인간의 심리 세계 중 무의식의 가치를 정당화한다는 것이다. 이상과 같은 성의 다원성에 대한 긍정은 이성애만을 정상적인 사랑의 형태로 간주해 온 전통적 성 가치관을 붕괴시키고, 동성애를 비롯한 성의 다양성을 문학은 물론 사회적 관심사로 부각시키게 되었다. 실제로 성도착의 일환으로 여겨지던 동성애만 해도 최근에는 합법화가 진행되는 등 성도착을 바라보는 사회적 잣대는 앞으로도 변할 가능성이 있다. 이에 앞서 문학을 전술한 대로 인간을 표현하는 예술학으로 인식할 경우, 적어도 문학작품에서 성도착은 사회적인 잣대와는 또 다른 이해와 접근이 요구된다.

▌ 하기와라 사쿠타로 〈사랑을 사랑하는 사람〉

난 입술에 연지를 바르고,

새로 난 자작나무 줄기에 입을 맞추었다,

설령 내가 미남일지라도,

내 가슴엔 고무공 같은 유방이 없다,

내 피부에선 결 고운 분 냄새가 나질 않는다,

난 쭈글쭈글한 박복한 사내다,

아, 참으로 가여운 사내다,

오늘 향 그윽한 초여름 들판에서,

반짝대는 나무숲 속에서,

손에는 하늘빛 장갑을 꼬옥 끼어 보았다,

허리엔 콜셋 같은 것을 차 보았다,

목덜미엔 하이얀 분 같은 것을 칠하였다,

이렇듯 살며시 교태를 부리며,

난 여자들이 하는 것처럼,

살짝 고개를 젖히고,

새로 난 자작나무 줄기에 입을 맞추었다,

입술에 장미빛 연지를 바르고,

새하얀 교목(喬木) 품에 매달리었다.

　　　　　－ 하기와라 사쿠타로 〈사랑을 사랑하는 사람(恋を恋する人)〉(1917)

앞서 소개한 대로 하기와라 사쿠타로는 근대 일본시사를 대표하
는 시인이자 가장 이색적 시인으로 평가된다. 이 시는 발표 직후 풍

기 문란의 이유로 검열에 문제가 발생해, 수록 시집인『달에게 짖다』에서 삭제됐다가 훗날 다시 포함된 작품이다. 이 시에 대해 시인은 "성욕에 관한 일종의 동경 및 미감(美感)"을 노래한 "지극히 전아(典雅)한 탐미적 서정시"에 지나지 않으며, 이 시에서 표현하려 한 것은 "소년시절의 성욕—상대가 없는 심란한 성의 번민"으로, 마지막 부분의 "교목에 매달리고 싶은 격렬한 성욕의 고뇌와, 사랑을 사랑하는 소년 시절의 덧없는 정욕이 나에게 시를 쓰는 방법을 가르쳐 주었다"고 회상하고 있다. 주장의 요점은 단순한 병적 도착에 가까운 성욕의 직접적 표현이 아닌 순수한 시적 상상력의 산물로서 관능의 세계를 탐미적으로 묘사하고 있다는 것이다. 인간의 무의식에 잠재된 성욕을 전혀 창피스럽게 여기지 않는 근대시인으로서의 소신과 자각을 엿볼 수 있다.

시인의 주장을 염두에 두면서 시를 분석해 보기로 한다. 우선 "유방"과 같은 여성 신체의 전유물에 대한 강렬한 소유 욕구와 "연지", "장갑", "콜셑", "분" 등 여성에게 제한된 신체 소품의 착용 욕망이 두드러진다. 남성의 여성화에 대한 동경과 성도착의 일종인 이성장(異性裝 cross-dressing)으로 볼 수 있다. 참고로 이성장은 신체상의 성별과 성적 자인(自認)은 일치하면서도 외견상의 장식은 자신과는 다른 성별로 바꾸는 행위를 가리킨다.

흥미로운 점은 이성장이 일본문화의 전통적 요소라는 점이다. 근세의 전통 서민극인 '가부키(歌舞伎)'에서는 역사적으로 여성 배우의 출연을 금지하고 있어, 여성 역할을 전담하는 여장 남성 배우인 '온나가타(女形)'가 그 역할을 대신한다. 그밖에 패전 후에는 여장과 남장의 남성 동성애자를 혼용해서 가리키는 '오카마'도 오늘날까지 존재하는 이성장의 일상적 예이다. 이러한 문화적 전통이 적어도 일본 문학에서는 얼마든지 문학적 소재로 사용될 개연성이 존재한다.

한편 이 시에서는 여성 복장과 분장으로 시적 화자가 성적 흥분과 만족을 느끼고 있음을 알 수 있다. 마지막 부분 "새하얀 교목 품에 매달리었다"는 복장 규범을 이탈한 사람들의 이상성욕의 일종인 복장 도착증과 초목간음(草木姦淫)을 떠올린다. 참고로 초목간음은 이 시에서 여성 신체를 모성애적 포용력의 대상으로 동경한 무의식적 결과물로 지적된다.

이렇게 보면 이 시의 가장 큰 특징은 남성의 입장에서 여성 신체에 관심을 기울이고 표현하고 있는 점이다. 나아가 남성에 의한 여성의 복의 착용 욕구가 의식적이든 무의식적이든 복장의 고착화된 틀을 해체하려는 크로스 젠더(cross-gender)적 요소가 인정된다는 점이다. 이 시에 대한 호불호는 갈리지만, 하기와라의 초기 시의 핵심적 특징의 하나인 병적인 이상감각의 근원이 원시적이고 순수한 생명감의 추구에 있음을 고려할 때, 성도착을 연상시키는 본능적 성의 욕구도 동일한 관점에서 논할 여지는 충분하다고 하겠다.

▌블라디미르 나보코브 『롤리타』

블라디미르 나보코브(Vladimir Nabokov 1899~1977)는 러시아 출신의 미국으로 망명한 소설가이다. 『롤리타(Lolita)』(1955)는 전술한 '롤리타 콤플렉스'의 근원이 된 그의 대표 소설로 수차례 영화화되기도 하였다. 어린 소녀에게만 성적 욕구를 느끼는 37세의 주인공 중년 남성이 우연히 만나게 된 12세의 소녀 롤리타에게 반해 그의 어머니와 결혼까지 한 후, 그녀가 죽자 롤리타와 함께 여행을 떠나며 여러 일을 겪게 되는 내용이다. 우선 개략적인 줄거리는 다음과 같다.

2차 세계대전 직후 미국 뉴잉글랜드로 건너온 주인공 험버트 험버트는 유년기의 사랑을 상기시키는 12세의 어린 소녀 돌로레스(롤리타) 헤이즈의 모습에 매료돼, 그녀의 곁에 머물기 위해 그녀의 어머니 샬로트와 일부러 결혼한다. 험버트는 자신의 일기에 롤리타의 일거수일투족과 그녀와 스치는 모든 순간에 느낀 흥분과 환희를 기록하는데, 일기를 발견한 샬로트는 험버트에게 복수를 생각하나 이를 알아차린 험버트의 차에 치여 죽는다.

자신의 숨겨진 욕망과 정열이 밝혀질까 두려운 험버트는 그 길로 롤리타를 차에 태우고 수개월간 미국 전역을 떠돌아다닌다. 롤리타는 이제 순진무구한 유혹자이자 적극적인 희생자가 되었고, 험버트는 수동적인 피(被)유혹자 역을 자처하며 부적절한 애정의 도피행각을 벌인다. 그러던 어느 날 롤리타는 중년의 극작가 클레어 퀼티와 함께 사라지게 되고, 롤리타를 찾으려는 모든 노력이 수포로 돌아간 후 3년이 지나서 험버트는 한 통의 편지를 받는다. 결혼해 임신한 롤리타가 경제적 지원을 요청하는 편지였다. 그토록 갈망하던 롤리타와의 재회에서 험버트는 이제는 다른 남자와 결혼하고 홀몸도 아닌 무척 곤궁한 모습의 롤리타를 향해 자신에게 되돌아올 것을 요구하지만 롤리타는 이를 거절한다. 그러자 험버트는 롤리타를 빼앗아간 퀼티를 찾아가 총으로 쏴 죽인 후, 아름다운 풍광의 작은 마을이 내려다보이는 비탈길에 올라가 아래쪽에 귀를 기울이며 다음과 같은 독백을 내뱉는다. "나는 알았다, 가망 없이 가슴 아픈 것은 내 곁에 롤리타가 없어서가 아니라, 저 소리들의 어울림 속에 그녀의 음성이

더 이상 들리지 않기 때문임을"

동 소설은 소아성애라는 성도착 요소와 의붓딸과의 사랑이라는 근친상간의 요소로 발표 당시에는 발매금지뇌었나가, 1958년 미국에서 베스트셀러가 되며 선풍적 인기를 끈 작품이다. 소설 서두에 1인칭 화자인 주인공 험버트 험버트가 살인 혐의로 감옥에 수감된 상태에서 자신의 소아성애를 에워싼 강박관념에 얽힌 이야기를 서술하면서 시작된다.

> 롤리타, 내 삶의 빛이요, 내 생명의 불꽃. 나의 죄, 나의 영혼. 롤—
> 리—타. 세 번 입천장에서 이를 톡톡 치며 세 단계의 여행을 하는 혀
> 끝. 롤. 리. 타. 그녀는 로, 아침에는 한쪽 양말을 신고 서 있는 사 피트
> 십 인치의 평범한 로. 그녀는 바지를 입으면 롤라였다. 학교에서는 돌
> 리. 서류상으로는 돌로레스. 그러나 내 품안에서는 언제나 롤리타였
> 다.(『롤리타』중에서)

"험버트 험버트"라는 기이한 주인공 남성의 이름은 상반된 정체성이 주인공의 본성에 내재돼 있음을 독자에게 암시한다. 평가의 초점은 험버트 험버트의 패륜적 행동과 소아성애라는 성도착을 바라보는 사회적 인식으로 압축되는데, 대략적인 기존의 평가는 윤리적 판단이 무의미하다는 것이다. 롤리타는 험버트와 관계하기 얼마 전 여름 캠프에서 조숙한 남자 아이들과 장난하면서 순결을 상실하였고, 이 경험으로부터 험버트를 그저 순진하게 아이들이 소꿉장난과 같이 즐기는 세계로만 끌어들이려 한다. 그러나 롤리타는 어른들의 세계에서 성교가 무엇을 의미하는지 전혀 인지하지 못하는 상태에

서 험버트를 유혹하는 능동적 행동자이자 수동적 입장의 희생자라는 모순적 이중성을 드러낸다. 인간의 애정 행각에서 명확하게 단정할 수 있는 것은 없으며, 윤리적인 판단 또한 근본적으로는 의미가 없다는 복합적 메시지를 암시하고 있다. 따라서 본 소설은 전체적으로 포로노그래피적 선정성보다 자신의 성적 정체성을 자각하고, 이를 바탕으로 한 여성을 육체적으로 정신적으로 사랑하게 된 주인공의 고뇌와 고통이라는 비극적 요소에 무게감이 실리고 있다.

▌ 한국문학과 외설시비

마지막으로 살펴보고자 하는 것은 한국문학에서 외설논란에 휘말린 작품에는 어떤 것이 있는가이다. 한국에서의 성과 문학과의 관계를 가늠해 볼 수 있는 자료가 되기 때문이다. 외설시비에 휩싸인 최초의 작품은 염재만(1934~1995)의 『반노(叛奴)』(1969)이다. 우선 간략한 줄거리는 다음과 같다.

어선을 사서 결혼하고 고향 섬에 돌아가 생활하는 것이 꿈인 주인공이 어선 살 돈을 번 후 한 여성을 만나 신혼살림을 차리지만 그들의 생활은 오래가지 못한다. 그녀는 다른 정상적인 여자들과는 달리 성욕이 강하고 정복욕이 대단한 여성으로, 그녀는 주인공을 노예처럼 부리려 한다. 결국 두 사람은 1년 만에 배 살 돈을 모두 탕진하고 도둑질을 하다가 구류 생활까지 하게 되는데, 그런 와중에서도 그녀의 성적 욕망은 끝을 모르고, 이를 더 이상 감당할 수 없게 된 주인공은 그녀를 뿌리치고 고향으로 내려간다는 내용이다.

소설 『반노』는 한국문학사상 최초로 성적 표현의 자유를 두고 법과 문학이 충돌한 사례로 유명하다. 소설 성립 당시의 한국사회는 박정희 대통령의 이른바 삼선개헌(三選改憲) 문제로 사회의 긴장감이 고조되던 시기로, 정부 당국에 의한 내내적인 퇴폐풍조 단속이 행해지고 있었다. 결국 동 소설은 1969년 7월 30일 '음란문서 제조죄'로 작자가 검찰에 기소된 후 1975년 12월 6일 무죄 확정판결을 받을 때까지 외설과 표현의 자유를 둘러싸고 지루하고 긴 법정 공방을 이어가게 된다. 법원 판결 이후 1976년 문제가 된 부분을 삭제하고 우여곡절을 겪은 끝에 비로소 1995년에 장편으로 개작돼 재출간되었다. 참고로 외설시비 문제가 된 소설 부분은 다음과 같다.

> 그는 미친 듯이 나를 쓰러트립니다. 자신의 옷도 벗고 내 옷도 익숙하게 벗깁니다. 서로의 나체만이 남습니다. 서로의 국부가 교면(嬌面)스러운 빛을 발산하면서 한껏 부조되고, 그 위에 온갖 충격이 요동쳐 갑니다. 어느덧 기진하여 둘은 널브러집니다.(『반노』중에서)

검찰의 외설 지적에 작자는 동 소설을 "성의 노예성에서의 탈피"를 주제로 한 순수문학이며, "제목에서 시사하듯 성의 노예가 되었던 인물(주인공)이 섹스의 참뜻은 향락에 있는 것이 아니라, 자식을 잉태하는데 있음을 깨닫는 것이 주제"라고 항변하였다. 한편 재판부의 무죄판결 취지는 "음란의 정의는 과도하게 성욕을 자극하거나 정상적인 성적 정서를 크게 해칠 정도로 노골적이고 구체적인 묘사"에 있으며, "군데군데 성교 장면이 나오기는 하나 향락적이고 유희적인 면을 탈색하였고 본능에 의한 맹목적인 성교와 그 뒤에 오는 허망함을 반복 묘사해, 인간에 내재하는 성에 대한 권태와 허무를 깨닫게 하고 새로운 자아를 발견하자는 주제인 만큼 음란성이 없음"으로 결론짓고 있다.

　참고로 그 밖에 외설논쟁으로 법정 공방을 일으킨 작품으로는 마광수(1951~2017)의 소설『즐거운 사라』(1992)를 비롯해 장정일(1962~)의『내게 거짓말을 해봐』(1996), 연극『미란다』(1996), 이현세(1956~)의 만화『천국의 신화』(2003) 등이 있다. 음란외설의 객관적인 기준은 존재하지 않으며 시대 상황의 변화에 따라 가변적이다. 단지 창작과 표현의 자유와 사회통념이 충돌할 때 이른바 열린 사회일수록 전자에 무게중심을 두려는 경향이 농후하다. 이상의 끊임없는 논란에서 알 수 있듯이 성은 오늘날의 문학작품 속에서 중요한 소재의 하나로서 인식되며 앞으로도 이러한 경향은 계속될 것이다. 물론 그 근본에는 신체가 존재하며, 앞으로도 신체와 성은 다양한 각도에서 조명되면서 작가의 첨예한 문제의식과 예술적 가치를 가늠하는 핵심적 테마로 자리매김할 것이다.

문학과 문학교육연구소(2005)『문학의 이해』삼지원
홍문표(2003)『문학개론』창조문학사
한계전(외)(1996)『문학개론』민지사
알 웹스터, 라종혁 옮김(1999)『문학이론연구입문』동인
조셉 칠더스(외), 황종연 옮김(1999)『현대문학·문화비평사전』문학동네
인하대학교 특화사업단(2005)『현대문화론의 이해』인하대학교 출판부
정재철(편)(1998)『문화연구이론』한나래

저 자 약 력

임용택

인하대학교 일본언어문화학과 교수. 도쿄대학원 총합문화연구과 비교문학비교문화
전공 석사·박사과정 졸업. 주요 저술로는『金素雲「朝鮮詩集」の世界―祖国喪失者の詩
心』(中央公論新社),『일본문학의 흐름2』(공저 한국방송대학출판부),『일본의 사회와
문화』(제이앤씨),『달에게 짖다－일본 현대대표시선』(창비),『일본 근·현대시 속의
도시와 인간』(박문사)을 비롯해『하기와라 사쿠타로 시선』(민음사),『둔황』(문학동
네)의 역서가 있음. 그 밖에 일본 근·현대시 및 한일비교문학 관련 논문 다수.

이 저서는 인하대학교의 지원에 의해 연구되었음

문학의 이해와 감상

초 판 인 쇄	2023년 04월 21일
초 판 발 행	2023년 04월 28일
저　　　자	임용택
발 행 인	윤석현
발 행 처	박문사
책 임 편 집	최인노
등 록 번 호	제2009-11호
우 편 주 소	서울시 도봉구 우이천로 353
대 표 전 화	02) 992 / 3253
전　　　송	02) 991 / 1285
전 자 우 편	bakmunsa@hanmail.net

ⓒ 임용택, 2023 Printed in KOREA.

ISBN 979-11-92365-30-5 03800   정가 19,000원